U0010667

台灣地圖 53

走遊三國 101 回

跟著郭老師走廟趣看三國演義

郭喜斌———著

晨星出版

　　文化的傳播，恰似一江春水四處流，可以跨越國界至新的區域，開出美麗的花朵。

　　《三國演義》這個橫跨古今、歷久彌新的曠世巨作，可以說是「文化傳播」的經典代表。除了發源地之外，在日本、韓國、越南、泰國、台灣……也都深受歡迎。它的表現形態非常多元，甚至發展出地區性特色，套句通俗用的台灣語就是伊的齣頭誠濟（I ê tshut-thâu tsiânn tsē）。它本來最初的樣貌是採取史實為框架，用七分真實、三分虛構的手法，將歷史加油添醋，形成民間通俗易懂的「俗」文學。由於叫好又叫座，演變出多元的詮釋方式。所以《三國演義》也可以是戲曲，或建築的剪黏、交趾陶裝飾、石雕、民間彩繪美術……。在台灣《三國演義》還發展出非常獨特、活靈活現，以母語的語調詮釋，唱作俱佳的說書人文化。

　　我們可以說《三國演義》既是有形的文化財，也是非物質無形文化資產。然而這樣多元的表現，它主要仍是依託於人本身而存在，所以詮釋者、保存者就非常重要。可是誰又是最佳的傳承者與創新者呢？我認為郭喜斌老師當之無愧。

　　郭喜斌老師有延續台灣傳統文化強烈的使命感，他常問您的家鄉是哪裡？這個「故鄉認同」，使他特別注意到寺廟的裝飾細節與表現方式。要把寺廟的彩繪堵頭、石雕……看懂，並不容易，這也是許多建築系、文資系老師無法做到的。

　　但是，也由於郭喜斌老師對土地的熱愛，使他關注看似微不足道，卻又很重要的細節，並加以用「說書」方式表現，也因為如此，他才能成為這樣文化的繼承者。

　　郭喜斌老師走廟在現場講三國故事，有圖、有文，有聲調，有表情，讓文化得以延續。讀這本書如站在戲棚下（Hì-pênn-kha）觀賞實體的戲劇，若想了解《三國演義》，想「且聽下回分解」，我推薦各位買下這本「有聲音」的好書。

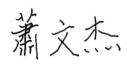

蕭文杰

國立台北教育大學、國立台灣師範大學兼任助理教授

　　台灣的寺廟建築中，不管是石雕、木雕、彩繪、剪粘、泥塑等，經常以傳統小說（戲文）為題材進行創作，如《封神演義》、《三國演義》、《隨唐演義》等等。

　　但相關作品都只能呈現小說中的一幕，若作品中未留下藝題，觀賞者僅能憑藉自己對小說的記憶，利用畫面中的人物身形、裝扮、坐騎、兵器等辨識出場人物，從而得知創作題材。

　　這個辨識過程的確具備樂趣，但現代社會大家忙於士農工商，腦中暨缺乏戲文資料庫，即使有意要看懂寺廟中的創作藝題，常常也僅能徒呼負負。

　　郭喜斌老師是我目前認識的學者中，最能辨識寺廟裝飾作品題材的人。

　　本書利用其收集的作品進行圖解與故事講古，在古典的基礎下，郭老師適度加入一些當代嘻謔笑話，並用較接近時下的語言，讓讀者有機會接觸並認識這些裝飾題材。

　　過去在做古蹟、歷史建築調查研究時，曾看過郭老師的幾本書，對於裝飾創作題材的辨識有很大的幫助，這本書應該也會是一本暢銷佳作，希望大家就盡量把它「買起來」吧！

蔡侑樺

國立成功大學博物館副研究員

目 錄

三國演義進化史

以圖說戲 · 話三國

本書以圖說戲，用民間宮廟裡的建築裝飾作品，將流傳於民間的故事，介紹給讀者朋友們。

從劉備、關羽、張飛三個異姓兄弟結拜開啟序幕，接著講他們投入軍旅殺敗黃巾賊卻被冷落對待，劉備被授一個小小的官吏。在督郵索賄不成被張飛毆打（正史記載其實是劉備打的），三人棄官離職而去，到中途遇到公孫瓚，跟著天下諸侯去攻打「挾天子以令諸侯」的董卓。

董卓的掘起，主要來自宮中兩股勢力的爭權開始，後宮和內侍。十常侍（十個太監）干政，內戚何進矯詔，召外邊的勢力入京想要推倒公公們的勢力。結果引狼入室，讓董卓趁機作大，廢長立幼。少帝被廢，董卓改立九歲的獻帝劉協登基，如此更引發各地諸侯的不滿。

天下群雄兵進虎牢關，卻對董卓的義子呂布無可奈何。劉、關、張合力打退呂布，卻因背景不好，被盟主袁紹看不起。在此難堪之際，曹操慧眼識英雄，安撫桃園三結義。

董卓加上呂布，一個有權又霸道，他靠呂布的英勇，作威作福。這讓一班文武大臣們繼曹操刺董卓失敗之後，再由司徒王允謀就連環計，讓呂布親手除掉自己的義父董太師（反正也不是第一次了，之前呂布就把自己義父丁原字建陽殺了，去向董卓遞上投名狀，認他當乾爹）。

董卓死後，他的部下紛紛與董卓切割，要求朝廷赦免。但司徒王允卻不肯，命人全力追捕一干逆賊。

李傕、郭汜等人本想解散軍隊逃回西涼安渡餘生，卻被人勸阻，說你們一旦解散，隨便一個小小的雜牌軍就可以把你們消滅，不如集結殘餘兵力，打回朝廷向皇上討回公道。就這樣李傕、郭汜帶兵回到京城，逼迫皇上赦免其罪，並要求交出司徒王允給他們處置。皇上無力保護有

功的大臣，司徒王允跳城殉國。然而李、郭兩人仍然不肯善罷干休。兩人先合後分，一個挾持獻帝劉協，一個控制一班朝臣互相威脅。

這期間，曹操趁機再起，等到一切都歸於掌中之後，曹操變成第二個董太師，同樣挾天子以令諸侯，把帝都遷到許昌。曹操一家老小路過徐州，被徐州牧陶謙的手下殺死了。曹操起兵要找他報仇，之前與他生死與共的中牟縣縣令陳宮，因為看到曹操太過自私，說寧可負天下人也不讓天下人負他，半途離他而去。今天看他竟然起兵要血洗徐州，不忍心無辜的百姓遭受苦難，在勸不動曹操之後，找上呂布，讓呂布去打曹操的老本營——兗州。呂布、劉備、曹操，三股力量相互消長。到後來白門樓事件，讓呂布歸天前恨死劉備，大罵他大耳兒最是無仁無義。

曹操拿下徐州之後，不顧徐州軍民跪地請求把劉備還給全城百姓，將劉備帶往許昌，說是要讓劉皇叔一展長才，為朝廷、為天下蒼生做事，實則想要削去劉備對自己的威脅。

天下還是繼續不安。黃巾賊餘孽依然不時擾亂民間，各地勢力互相猜忌又互相利用。

河北的袁紹，一直跟曹操不對盤。他們在白馬坡對峙時，當時忍辱負重的關二爺關公，為了劉備的家眷——兩位夫人，暫時屈身在曹操的身邊。一戰力斬顏良、文醜兩位大將，卻害他哥哥劉備沒立場，只能逃走。

曹操對關羽，可是真有情義。上馬金、下馬銀，三日一小宴、五日一大宴，但黃金美女依然無法動搖他的心志。一聞劉備行蹤，即掛印封金辭別曹操。關公保嫂過五關，奔走千里，來到古城，卻有一個蠻張飛不能原諒他投降曹操。在他斬殺蔡陽、張飛誠心認錯之後，兄弟三人才灑淚相認。

這時的東吳，也有孫策繼承父志打出一片天地，可惜天不假年，不久就由孫權承父兄遺志，重用周瑜、魯肅、太史慈、黃蓋等文武，開創基業，與天下爭雄。

劉備，雖然有陶謙和劉表讓位的機會，卻顧慮天下人的嘴巴不敢接受。三顧茅廬之初，諸葛亮就已看出劉備，最終還是要以荊州為根據

地，才能與北方的曹操和江東的孫權鼎足而立、三分天下。這個大膽的擘畫，一直要等到赤壁大戰以後才出現曙光。

借荊州占荊州，這件事情一直纏繞在孫、劉兩家之間。「甘露寺」、「單刀赴會」、「回荊州」、「黃鶴樓」都是戲劇常演的橋段，受歡迎的程度不遜於關公保嫂過五關。

劉備在張松獻地圖之後，帶著龐統領兵進入西川，沒想到才到中途，鳳雛龐統就在落鳳坡被冷箭射死。孔明臨危受命，與張飛兵分兩路隨後出兵前往。張飛粗中帶細，中途收了嚴顏這個老將，有他帶路，竟然比孔明還早一步見到劉備。從此三國演義進入另一個局面。

後面的司馬懿變成孔明最強的勁敵。但要掃蕩北方的勢力，就要先跟東吳取得和諧的關係。沒想到這時守護荊州的關公，不肯與孫權和睦相處，搞到後來呂蒙白衣渡江，逼迫關公走麥城身殉東吳。劉備起兵復仇卻被陸遜營燒八百里，等到白帝城託孤，經過好長一段時間，孔明才有餘力報效劉備三顧茅廬的知遇之恩。

先是征南蠻，孔明七擒七縱南蠻王孟獲——「假獅破真獅」屢見於民間裝飾藝術裡面，替民間增添不少文化藝術氣息。征服南蠻之後，經過一番休養生息，夜進〈出師表〉，向幼主劉禪爭取北伐的旨令。這時桃園三結義已經全部離開人世。為了三顧茅廬之恩，孔明可說是鞠躬盡瘁、死而後已。

無奈誤用馬謖造成街亭失守。孔明揮淚將之問斬以正軍威，然後退兵回蜀，自降三級但仍領丞相之職。在天水關收姜維做為傳人，孔明在五丈原歸天之後，由姜維繼續征伐曹魏。可惜天時不與，最後三國歸晉。

關鍵事件及人物出場順序

劉備、張飛、關羽：先後登場在酒店中相識，接著一同前往張飛家續攤。席間興起結拜同心拯救蒼生的念頭。於是，在張飛家的後院桃花園中，祭拜天地結成異姓金蘭。劉、關、張隨著打退黃巾賊揚名。此時

宦官十常侍作亂，天下群雄同時雀起。董卓打黃巾賊敗仗被桃園三兄所救，卻因出身低微受董卓輕視。

董卓、呂布：董卓挾天子以令諸侯，廢少帝立獻帝劉協過程當中，呂布登場。

曹操、王允、陳宮：曹操向司徒王允借到七星寶刀，暗殺董卓失敗，被董卓發佈追捕令。在中牟縣被縣令陳宮的手下捉到。陳宮受曹操大義感召，不旦沒將他送往京師給董卓治罪，還棄宮追隨曹操，奔走天涯。想不到曹操誤殺世交的呂伯奢家人，在半路上又把熱情招待他們呂伯奢一起殺害。陳宮看不下去，離他而去。

劉、關、張大戰呂布：曹操回家與父親說出大志，經曹父指點找到金主衛茲（小說中，被誤植為衛弘），揭竿起義。矯詔聚集天下英雄討伐董卓，推袁紹為盟主。關公溫酒斬華雄，後又在虎牢關與張飛、劉備聯手大戰呂布。

美人連環計：為討伐董卓，司徒王允獻美人連環計，把貂蟬先許呂布後獻董卓，製造他義父子之間的矛盾。連環計成功，董卓被呂布殺死。漢獻帝劉協，未因董卓的死收回皇帝的權力與威信，先後受董卓的部下李傕、郭汜兩人挾持。王允被逼跳下城樓殉國。

劉備：曹操接替董卓的位置，繼續挾天子以令諸侯。等到基礎打穩之後，派人去接一家老小到許昌同享清福。半路上被陶謙的手下見財起意，將他一家老小全都殺害。這筆帳，曹操記在陶謙的身上，掛白舉喪為父報仇。劉備先受北海太守孔融託太史慈拿來的求救信趕往北海，等危機解除之後，又去徐州幫忙陶謙抵抗曹操。

關羽

劉備

陶謙：陶謙三讓徐州牧，是真心讓位？還是提燙手的山芋丟給他人？劉備直到陶謙死了，都還沒接下官印。不過曹操此時卻把面子做給了劉備，帶兵回防兗州。因為呂布聽從陳宮的建議，去攻打曹操的老本營。

劉、關、張兄弟情：劉備最讓後世女人討厭的一句話「妻子如衣服，兄弟如手足，衣破尚可補，手足斷焉可續？」劉備，奉命帶著兵馬要去攻打袁紹，守徐州的重責大任委以張飛，張三爺卻因酒誤事，把呂布給惹毛了。一夜之間豬羊變色。劉備有家卻變成寄人籬下，暫居小沛。

江東孫堅與孫策：孫堅隱匿玉璽，孫策以玉璽為質押品，向袁紹借兵回江東開創基業。

曹操、呂布：兩人從兗州打到徐州。在白門樓呂布死在曹操的手中。呂布臨死之前把劉備恨到極點，只因劉備告訴曹操說：不要忘了丁原和董卓之死（他們都是死在呂布手中）。

劉備潛龍勿用：劉備從徐州跟著曹操回許昌。那段期間，劉備把身段壓到最底，連曹操都對他失去防備的心。一杯青梅酒，一聲轟天雷。劉備寧當「豎仔」被梟雄看不在眼裡，尋找機會逃離他的手掌心。

張遼：呂布白門樓被斬。陳宮不肯降，赴義。張遼（字文遠）也不降，曹操命人拖出去斬了。關公出面跪地替他求情。曹操給了，張遼投降。在土山上，有他重要的關鍵任務。

關公為義忍辱負重：曹操聽到劉備在新野城建軍，派兵攻打。關羽奉命保護大哥家眷，中了調虎離山計，被困土山上。張遼上山勸降。約三事，保嫂過五關。古城兄弟釋疑重圓。

荊州劉表：荊州牧劉表為立「世子」做為繼承人傷腦筋，長子劉琦是與前妻所生，次子劉琮是繼室蔡夫人的。蔡夫人對劉備過度關心自己的家務事起了戒心。為免宗親劉表為難，劉備一再要求離開。但劉表怕他離開自己，會讓荊州無力抵抗曹操。請劉備去屯兵新野城。

徐庶：劉備馬越檀溪見到水鏡先生。之後再引出徐庶（化名單福，出現在劉備面前，被授以軍師之職，大破曹仁大軍）。曹操驚訝劉備身旁的單福竟然指揮軍隊破他大軍，問過謀士程昱才知道是徐庶化名的。程

昱騙到徐母的筆跡，寫了一封家書把徐庶騙到許昌。徐庶臨走前表明身分，走馬薦諸葛孔明。

諸葛孔明：劉備三請孔明。孔明未出茅廬天下定三分。他的登場，不止劉備好像吃了一顆定心丸，就連戲台下的觀眾，只要看到孔明上台，心就安了一半一樣。

趙子龍：長坂坡趙雲救主，展現他渾身是膽的忠勇氣魄。在民間戲曲之中，借趙雲一劇（小說沒有），還給他有血有肉的趙子龍。

張飛嚇死夏侯傑：曹操帶著號稱百萬大軍追殺劉備，一行追到長坂橋前，部隊卻不走了。眾人被張飛一喝，當場嚇死大將夏侯傑。曹操也問旁人說：「我的頭還在嗎？」那是因為關公在白馬坡斬顏良、除文醜後，說的一句話：「我還不厲害。要厲害得我三弟張飛，他千軍萬馬之中取主將的首級，易如反掌。」所以這時曹操才問旁邊的人——他的頭是否還在？

孫權：碧眼兒孫權，是江東小霸王孫策的弟弟。孫策死後把東吳基業交給孫權。孫權在文臣武將扶佐之下，穩住江東的局面。內事不決問張昭，外事不決問周瑜，是孫策給孫權的遺訓。當曹操一路追殺劉備駐軍長江北岸，對東吳造成威脅。他與群臣研究對策，或戰或和難以決定。魯肅提起劉備剛與曹操交手，應該對曹操的實力比較清楚，主動表示要過江去向他們打探消息。

魯肅：從戲裡和小說都會讓人感覺是劉備在求東吳。但認真思考之後才發現，魯肅過江是要打聽曹操到底帶了多少兵馬下江南？孔明與劉備只是順勢而為。劇中把他描寫成一個好好先生，但從溫和的個性中，卻有沉穩的原則隱藏其中。孔明就是被魯肅邀請過江，要穩住孫權抗曹的意志。

張昭：東吳老臣，文官代表人物。當孫權面對文臣要降、武將要打的情況之下，孔明隻身一人隨著魯肅過江。張昭先發制人，打算要給孔明下馬威，讓他知難而退，卻被諸葛亮輕鬆化解。

周瑜：奉命在柴桑訓練水軍的水軍大都督周瑜，與孫策自幼交好。兩人分別娶江東二大美女大喬、小喬。他對東吳忠心耿耿，孫權對他言

聽計從。周瑜與魯肅私交更好，兩人同僚為官，多次替魯肅解危，免去主公孫權對他的責難。小說和戲劇說他才是決定東吳對曹操的關鍵者，只不過小說和戲劇對他有欠公平——說他氣量狹小？但好像也只對孔明而已；後人稱為瑜亮情結。正史中，連蘇軾都對他讚譽（〈念嬌奴·赤壁懷古〉）。

赤壁大戰前夕：曹操與東吳互派奸細潛入敵營之中，或做反間，或直接搜集軍情回報。「蔣幹偷書」、「苦肉計」、「草船借箭」等等都很能吸引觀眾的目光。

黃蓋、龐統：自獻苦肉計想要取信曹操，讓他在赤壁大戰之時，能把裝滿易燃物的船隻駛進敵營，好讓火攻計得以大破曹操的連環船。連環船的計策，在小說中乃由龐統去獻計，讓曹操自鎖戰船給東吳燒的。龐統，鳳雛先生也。

黃忠、魏延：赤壁大戰之後，關羽奉命帶兵攻打長沙。黃忠神箭百步穿楊非常厲害，因為所騎的戰馬馬失前蹄跌落馬下，關公不殺下馬人，讓黃忠回去換馬之後再戰。黃忠為報關公的人情，空弦答恩只射掉他盔上的紅纓。卻引起韓玄的懷疑要將他問斬，幸好被魏延從刑場上救出。魏延殺掉韓玄投靠劉備。黃忠不出，劉備登門請將，黃忠才投降劉備。

吳國太：孫權的母親，但在小說中則寫成是他親生母親的妹妹，單生孫尚香。周瑜與孫權假借尚香郡主之名，要釣劉備過江，卻被孔明將計就計，讓二喬的父親喬國老知道。喬國老興沖沖的跑去向親家母吳國太道喜，才知孫權與周瑜要獻美人計討回荊州。喬國老、吳國太合議甘露寺看新郎。

至於其他的角色，族繁不及備載，就請讀者朋友們進入書中慢慢發掘吧。

曹操

三國演義人物出場關係簡表

中國歷史東漢末年，先有桓帝禁錮善類寵信宦官。等到桓帝死後靈帝即位，改以大將軍竇武、太傅陳蕃，共同輔佐朝政。宦官曹節等人弄權。竇武、陳蕃密謀誅之，無奈事跡洩漏，反受其害。從那時起，朝綱越亂。加上天災地變，民不聊生。內有十常侍與後宮兩股勢力互相糾纏爭鬥，外有黃巾作亂。兩個皇太子，一個九歲一個十一，被人搶過來又搶過去，在飢寒交迫中，回到宮中。

本來皇宮內親戚的何進，想調外面諸侯帶兵回朝清除閹宦，沒想到引狼入室，其中董卓就是首波亂源。他廢長立幼，將十一歲的少帝廢徐，改立九歲的獻帝劉協。

時董卓當著群臣的面，主張廢長立幼，卻被丁原（丁建陽）喝住。正當董卓拔劍要對他不利的時候，看到丁原身後站著一個英姿颯颯的奇男子，不禁為之一攝。原來連驕狂不可一世的董卓，也要折服在他的氣焰之下。這名讓董卓縮手的不是別人，正是那「馬中赤兔、人中呂布」的呂奉先。

天下群雄在曹操的籌謀之下，共推河北的袁紹擔當盟主，號天下英雄志士共討奸臣董太師。虎牢關三英戰呂布，發生在呂布為名利狠心殺掉義父丁原，改拜董卓為義父之後。有人說他為虎作倀，也有人說他助紂為虐。只是，這隻老虎會換人做。呂布後來中了司徒王允的美人連環計。

呂布紅不了多久，在白門樓結束了性命，只因劉備講了一句：「曹公，你沒忘記丁原和董卓是怎麼死的吧？」

袁紹、袁術如此，東吳的孫堅和孫策、孫權父子三人，以及曹操更是野心勃勃。而劉備志在恢復漢室也是龍非池中物。

大漢

十常侍

漢獻帝　漢少帝

董國舅　何進
衣帶詔事件

丁原
敢向董卓大聲
卻被自己
義子呂布刺死

孔融
欣賞劉備的聖人之後

袁紹
盟軍統帥

董卓
廢少帝立獻帝
又挾天子以令諸侯

陶謙　劉表
徐州牧　荊州刺史

兩人都曾表示
讓位給劉備

文醜　顏良　華雄

這三人都命喪關羽的刀下

呂布

陳宮
呂布的謀士

公孫瓚
劉關張與趙雲的舊主

郭汜　李傕
逼死王允的軍閥，原為董卓部下

王允　貂蟬
董太師大鬧鳳儀庭

蜀漢

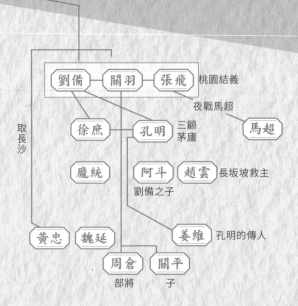

劉備　關羽　張飛　桃園結義

夜戰馬超

取長沙

徐庶　孔明　三顧茅廬

馬超

龐統　阿斗　趙雲　長坂坡救主
劉備之子

黃忠　魏延　姜維　孔明的傳人

周倉　關平
部將　子

徐州的陶謙，就是只想安然守住一方樂土，不想與人爭霸天下，無奈錯用了對曹操的心意，更錯用護送曹操一家的部屬，造成那筆殺父之仇被算在自己頭上。劉備趕來救援，也不知他是要把燙手山芋往他人懷中送，還是真心要把家業讓給劉皇叔？

陶謙如此，荊州的劉表也曾有這樣的打算，可惜他老婆蔡氏不肯，逼得劉備越馬檀溪，才有後面的單福（徐庶化名）走馬推薦諸葛，三請孔明，孔明未出茅廬即預言天下定三分——三國演義，就這麼一路鋪陳開來……

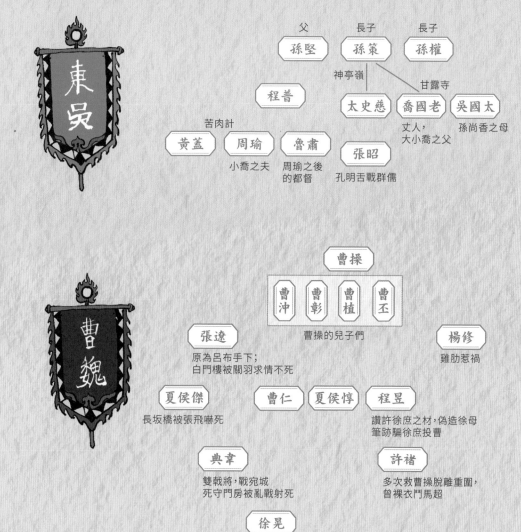

父　　　　長子　　　長子
孫堅　　　孫策　　　孫權

東吳

神亭嶺　　　　　　　甘露寺

程普

太史慈　　喬國老　　吳國太

丈人，　　　孫尚香之母
大小喬之父

苦肉計

黃蓋　　周瑜　　魯肅

張昭

小喬之夫　周瑜之後
的都督

孔明舌戰群儒

曹操

曹沖　曹彰　曹植　曹丕

曹操的兒子們

張遼

原為呂布手下；
白門樓被關羽求情不死

楊修

雞肋惹禍

曹魏

夏侯傑

長坂橋被張飛嚇死

曹仁　夏侯惇　程昱

讚許徐庶之材，偽造徐母
筆跡騙徐庶投曹

典韋

雙戟將，戰宛城
死守門房被亂戰射死

許褚

多次救曹操脫離重圍，
曾裸衣鬥馬超

徐晃

滾滾長江東逝水，浪花淘盡英雄。

是非成敗轉頭空，青山依舊在，幾度夕陽紅？

白髮漁樵江渚上，慣看秋月春風。

一壺濁酒喜相逢，古今多少事，都付笑談中。

——楊慎，〈臨江仙〉，《二十一史彈詞》

第一回
桃園三結義

　　漢朝末年，宦官（太監）**十常侍***干政，造成民不聊生。致使官逼民反，黃巾賊作亂。朝廷無力安撫災民，也無能鎮壓作亂的賊徒。各地有志之士或忠君愛國的官吏，紛紛貼出榜文招集志士，希望他們一起出來從軍，保護良民百姓，不受刀兵及流匪之禍。

　　黃巾賊黨張角，兵近幽州，幽州刺史劉焉與校尉鄒靖研議之後，貼出榜文廣招義軍抗賊以護城池及百姓身家性命。榜文一現，偏野的涿縣鎮上，過往百姓互相通報。不識字的轉身去找識字的人來看。看懂的人遇到熟識的鄉親就告訴他們榜文所寫的意思。一時間街道上，三五成群，議論紛紛。

＊十常侍：以明代小說三國演義的說法，乃指張讓、趙忠、封諝、段珪、曹節、侯覽……等十名宦官（太監）為十常侍。

▶ 劉備、關公、張飛三人互相拱手為禮，旁邊設有祭拜天地的案桌。左邊瓦屋數間，表示身為主人的張飛，雖不算大富人家，至少也是衣食無缺的殷實之流。

作品定位

出處：苗栗西湖金獅洞天福宮
藝司：張緯能
作品地址：苗栗縣西湖鄉 2 鄰 9 號

　　一名帶著一綑草席和一綰草鞋的男子，看完榜文之後，向天吐了一口大氣（嘆氣）。忽然間背後傳出一聲：「男子漢大丈夫，有是挺身而出為國效勞，怎是孤人自己空聲悲嘆？」男子回頭，看到一個豹頭燕領熊腰虎背的鬍鬚壯漢，於是開口自報姓名：

　　「在下姓劉，名備，字玄德。敢問兄台尊姓大名？」

　　「某姓張，名飛，字翼德（一說益德）。涿郡本地人，家境尚可，俺賣酒兼刣豬。喜交天下豪傑。方纔看你看完榜文而歎，所以開口相問。無歹意！無歹意！」

　　「吾本是漢室宗親，無疑家道中落，織草成席編茅為鞋與母相依為命。今聞黃巾作亂，有志想要破賊安民；自恨力薄，空有大志，說來自愧。」

　　「這就簡單囉。我家尚有薄資，可招募鄉勇，與公同舉大事。如何？」

　　兩人說到這裡，相邀進入店中，叫了壺茶又點了幾碟小菜對坐，繼

續聊了起來。不久，一個壯漢推著一輛獨輪車停在門外，進店招呼店家說道：「快來點吃的喝的，某吃完欲趕去投軍。」

劉備抬頭看著旁桌這名壯漢，看他身長九尺，丹鳳眼臥蠶眉，面如重棗，鬚長二尺，相貌堂堂。就招他同座，相問姓名。這名紅面大漢才說出他叫關羽字雲長，又把他仗義卻誤傷人命，被官府追捕一事說了一遍。張飛聽完說道：「像那不分黑白的貪官，不說是哥哥，連我都想把他當豬殺了。兩位哥哥，在這裡講話不方便，若不嫌棄，到我家重擺酒席，我們再慢慢講。」

關公一樣推著車，劉備帶著他的鞋席，一同跟張飛回去他家。

途中三人越談越投契，張飛說：「何不咱結個異姓金蘭？人多也好辦事，也可有人參詳。不然像我這個粗人，只知用力用功夫去做事，也是成不了大事。」

劉關兩人此時身分不濟，一聽張飛開口，忍不住齊聲應允。

第二天，張飛命人殺豬宰羊，以烏牛白馬祝告天地，三人在桃園之中，結為異姓金蘭。劉備為長，關羽次之，張飛為三。然後再召集鄉勇數百名。命人打造兵器做為上戰場使用的武器。劉備雙股劍，關公的青龍偃月刀，又名冷艷鋸，張飛的丈八蛇矛丈。

人，兵器都有了，還欠缺馬匹，正好有馬商趕馬往邊關去賣，遇到戰亂又把馬帶回，路過本地，聽到桃園三結義的事情，主動獻出馬匹給這支義軍。

桃園三結義，帶領鄉勇義軍五百餘人去見鄒靖。鄒靖引見刺史劉焉。三人參見完畢，各通姓名。玄德說起宗派，劉焉大喜認玄德為姪。

第二回
斬黃巾揚名

▲ 劉備、關公、張飛對戰一名身穿戰甲的黃巾賊。

前情提要

　　劉、關、張三人志同道合一見如故。在張飛家的後花園中，結拜為異姓金蘭。在眾家護莊衛土的鄉親支持之下，組成一支五百壯士義勇軍。準備投入抵禦黃巾賊的義軍大隊。

　　桃園三結義帶領五百壯士離開家鄉，加入抵抗黃巾賊的隊伍。一行人先拜見鄒靖，再由鄒靖引見刺史劉焉。三人參見完畢各通姓名。玄德說起宗派，劉焉大喜，認玄德為姪。不久黃巾賊黨程遠志帶賊眾侵犯涿郡，黃巾賊頭不是三結義的對手，沒兩下子就被打敗了。

　　涿郡之危解除之後，鄒靖與三兄弟受劉焉重用。無奈黃巾賊黨四處作亂，青州又傳賊眾圍城。劉焉給了五千兵馬，請鄒靖帶領三結義士前往救援。在劉備巧用奇計之下，再度把黃巾賊打退。

　　青州之危解除之後，鄒靖準備帶兵回去，但劉備卻說：「恩師盧植在廣宗面臨兵危事件，劉備想去與師分憂解勞。」鄒靖答應，劉備帶著本軍五百前去廣宗協助盧植，盧植看到劉備到來，大喜過望。可是面對如

蟻眾般的黃巾賊，烽火遍地，這裡才撲滅那邊又燒起來。

廣宗刺史盧植眼見賊軍勢望，寫了一封求解信函回朝廷，希望能獲得朝廷派兵協助退敵。誰曉得援兵沒到，卻來了一名欽差。欽差大使左豐明示暗示索賄。盧植婉拒，欽差懷恨在心，回朝向皇帝誣陷他治軍不嚴，軍紀散亂。賊軍未退，自己卻先進了囚車去了。

盧植一走，朝廷派了河東太守董卓來守廣宗。

黃巾賊天公將軍張角，把一個董卓殺得丟盔棄甲，幸好被劉備三兄弟救下來。董卓看到三位救命恩人，問他們說：「你們官居何職？」

劉備回答：「白身。」

董卓臉色一冷，轉頭不理他們自回帳中而去。

張飛氣得拿刀要衝進營帳殺董卓，被劉備、關公勸住。

「不殺他，卻要在他手下拚命？你們要留在這裡，我管不著；但我要到別地方去。」

「要走一起走。」

就這樣三人一起離開廣宗，漫無目標的往北而行。

人情勢利古猶今，誰識英雄是白身？
安得快人如翼德，盡誅世上負心人！

作品定位

出處：苗栗大湖萬聖宮
藝司：山城／王戌年（1982）
作品地址：苗栗縣大湖鄉中山路 58 號

第三回
張飛鞭督郵

▲劉備、張飛，面對被綁在木樁上的貪官督郵。

前情提要

　　劉、關、張大破黃巾賊而揚名天下，卻因身分低微被董卓看輕。三人憤而離開廣宗。黃巾賊再次擾亂廣宗城……

　　董卓打不過黃巾賊張角三兄弟的妖術，置滿城百姓生死不顧，棄城帶兵回西涼。幸好黃巾賊在官兵與民軍合力之下被掃蕩，張角、張梁、張寶三人全被除去。官兵民軍合作，搶回廣宗同時保住穎川城。守將皇甫嵩帶著軍功回朝繳旨。在皇甫嵩力保之下，劉備的恩師**盧植**[*]無罪官復原職。

　　一些熟悉門路的人知道送**人情**[*]給十常侍，謀取封侯賜地的機會；沒送人情走後門的劉備，等了好一陣子，想到這層，一則無錢奉承，再則不願隨波逐流。百無聊賴之下，巧遇郎中張鈞，才將自己的戰功與之陳述，有了張鈞上達天聽，獲得中山國安喜縣尉之職。

＊東漢末年經學家，也是一名將領。為人高潔剛毅，有高尚的品德。與鄭玄、管寧、華歆是同門師兄弟。師從太尉陳球。鄭玄、管寧、華歆在《世說新語》中曾多次提及劉備曾跟他學習。
＊送禮、賄賂。以謀取更大的利益。有時也特別指向民與官方，或小官見大官人情禮數而言。

不久，朝廷傳出消息，要把因戰功而受封官的朝官汰除。劉備感覺好像自己也在其中，更是兢兢業業勤於職事。境內呈現一片政通人和百姓安居樂業的景象，百姓們對劉備更是景仰有加。

一日上級督郵騎著馬來到縣境。劉備早早獲得通報，在縣境入口迎接。督郵一派高傲，只以馬鞭略指，並不理會劉備與眾人相迎之禮。關張二人看到這種情況，心裡已經非常不舒服。礙於大哥劉備的顏面，強忍怒氣，跟隨背後回去。

督郵問劉備出身；劉備回答自己是中山靖王之後。他再三問道：「可知附近州縣如何迎迓本官？」劉備卻說：「未曾聽聞。」督郵明白告知：「各地皆有奉敬，難道此處竟無油水？」劉備無法回答。

督郵看到這個局面，感到無奈，斥退劉備等人。劉備回到縣衙，手下的老皂吏才明白對他說：「督郵如此刁難全都為了人情。拿不到人情，他不會善罷甘休。」

一句話讓劉備想起恩師盧植受左豐誣告一事，對此上下交相賊的貪官更是感到厭惡。只是礙於身分，勉強隱忍下來。

這天張飛出門喝了點酒，回到本縣門口，看到一群老百姓哭哭啼啼聚在一塊。問過眾人才知道，原來督郵要他們聯名誣告大哥劉備貪贓枉法的罪名。眾人不肯，被督郵手下濫刑。白白挨打的百姓，不肯散去，要求見劉備陳述督郵惡行。

張飛一聽，再也忍耐不住，衝入後堂抓起督郵就是一頓打。又把他的官帽摘去，拖到栓牛的木樁上綁起來。扯下一旁的柳條紮成鞭子就往督郵身上抽去。一連打斷十幾條柳鞭。劉備聽到差吏通報，來到督郵面前，指著他臉說道：「這種上下沆瀣一氣的官，不做也罷。」說完把官印掛在督郵脖子上，等同於還職朝廷。帶著關張兩人離開。

督郵回去加料誣奏，朝廷繪形圖影，天下通緝劉關張桃園三結義。

作品定位

出處：台南善化慶安宮
藝司：勝雄／民國 79 年（1990）
作品地址：台南市善化區中山路 470 號

第四回

董卓叱丁原

▲ 董卓頭載相貂＊與一旁的李儒坐著，面對本劇的主角丁原字建陽。丁原背後站的是人中呂布字奉先。有他在丁原的身邊，董卓一時也不敢對他亂來。

前 情 提 要

　　桃園三結義劉備、關公、張飛，掛冠去職之後，天下又是一片紛亂。民間亂，皇宮裡面更亂，漢靈帝寵信太監十常侍。官紳大亂，想要做官的人，用買的就有。連皇帝也是這個樣子，見錢眼開。關於天下，關於蒼生，全都被近侍的太監十常侍所蒙蔽。

　　中國東漢末年，皇帝寵信太監十常侍。因十常侍貪贓枉法，陷害忠良，造成朝政不彰。凡有文武奏事都得先經他們這關。雖有忠臣苦心諫言，漢靈帝卻專聽他們的意見。靈帝死後，十一歲的少帝繼承大統。但十常侍依然猖狂，有大臣矯詔，宣召各地諸侯欲清君側，重整朝綱。這

＊戲劇中身居大官常載的官帽。

個舉動造成各路諸侯入宮盡殺太監。少帝劉辯和九歲的陳留王劉協，被太監們挾持逃出宮外。董卓雖然打不過黃巾賊，但在這次卻在進京的半路上看到少帝的無能，反觀陳留王的機智與膽識，有意廢長立幼，但群臣卻另有異議。

董卓入宮不參，一人專政，等同於把持朝政。只要不聽他話的人，立即被他殺害。眾文武大臣攝於董卓淫威，敢怒而不敢言。

一日董卓召集滿朝文武大臣，說要議事。席中，董卓提出廢少帝立陳留王的意見，被丁原當眾一口回絕。董卓被激怒了，仗劍就要對他不利。而丁原一樣怒目相視。雙方睚目相向互不相讓。忽然間，董卓發現丁原背後出現前日在亂軍之中橫掃群雄的英雄少年。他止住滿腔的怒氣。身旁的謀士李儒出面替兩人打圓場：「此事他日再議，今天大家情緒激動肯定談不出好事來。改日再議，改日再議。」

就這樣雙方各自回去。

董卓經李儒說明，知道丁原身邊的勇將**呂布***是個重利輕義之輩。

「只要相爺捨得那匹千里駒赤兔馬，再費些許黃金，包呂布歸在大人帳下。那時別說眾文武大臣要聽命大人，就連皇帝給誰做，也全由大人的主意了。」

「如此？」

「確實如此。」

「哈哈哈哈～」

---

*呂布出場常是這身帥氣的裝扮。頭載束髮太子冠插雉尾，五官清秀俊俏。人中呂布馬中赤兔，不是浪得虛名。

作品定位

出處：苗栗大湖萬聖宮
藝司：山城
作品地址：苗栗縣大湖鄉中山路 58 號

第五回
伍孚刺董卓

漢朝忠臣說伍孚　冲天豪氣世間稀　朝堂殺賊名猶在　萬古傳揚大丈夫

▲ 伍孚身藏利刃，借著靠近董卓的機會刺殺董卓。董卓閃過沒被刺中，
反而以手扣住伍孚，呂布發現異狀立刻上前捉住伍孚。
這件畫本係參考坊間連環圖畫書中墨線畫作，再由畫師按想像填色完
成的作品。

前 情 提 要 ─────

　　董卓一心廢帝立王，要將少帝廢掉改立九歲的陳留王劉協為帝。雖
有丁原（有呂布貼身保護，董卓怕他對自己不利，略呈膽怯）、袁紹、盧
植、司徒王允、曹操等人不服。但在呂布殺義父丁原改投董卓以後，董
卓已經不再害怕其他人的勢力。因此更加蠻橫狂妄。

　　袁紹在董卓第二次公開討論廢帝立王的會議中，正面與董卓撕破
臉，帶著怒氣回去。董卓聽從李儒的計策，以安撫人心的方式給袁紹加
官晉爵；袁紹暫時臣服。

　　董卓逼少帝退位，扶陳留王劉協登基，坐上龍椅，是為獻帝。一人
之下（實際上九歲的皇帝他是看不在眼裡的）、萬人之上的董卓夜宿龍
床，姦淫宮女，文武眾臣敢怒不敢言。

董卓這般橫逆狂妄，更殘暴不仁以殺百姓為樂。一次，帶兵出巡民間，看到百姓結社歡慶佳節，那是民間百姓們在新年之後二月裡，所舉行的春祈。董卓看到，竟然下令兵士圍住並殺害。又將婦女與財物搶奪，並砍殺抵抗的百姓，將首級放在車上載回京城，於城門下焚燒人頭。最後，再把婦女和財物分給兵士們，並對群臣說，是出去打勝仗帶回的戰利品。

越騎校尉伍孚＊（字德瑜），看到董卓的殘暴，憤恨不平。

他在朝服裡面穿著護身甲，預藏短刀，想找機會刺殺董卓。

這日，董卓退朝看到伍孚走過去把手搭在他的肩上，伍孚陪他走到閣門，見機會到來，忽然間拔刀直刺董卓。

董卓發現立刻抵抗，雙手扣住伍孚拿刀的手不放。呂布發現，箭步向前揪住伍孚頭髮，把他壓制在地，董卓問伍孚。

「為何造反？」

伍孚怒目大罵：「你非吾君，吾非汝臣，何反之有。你罪惡彌天，人人得以誅之，我恨不得把你五馬分屍，以謝天下。」

董卓大怒，命人將伍孚凌遲處死。伍孚到死時還罵不絕口。

漢末忠臣說伍孚，沖天豪氣世間無。

朝堂殺賊名猶在，萬古堪稱大丈夫！

＊八校衛之一；屬於禁衛軍的兵種之一，有機會接近重臣與禁宮的衛士將領。伍孚因為有這樣的身分，才有機會接近董卓。也是這樣，才知道董卓的為人。
史上確有其人，也的確是刺殺董卓的一名留名史冊的忠義之士。

作品定位

出處：台南善化慶安宮
藝司：文凱彩繪社李勝雄
作品地址：台南市善化區中山路 470 號

第六回
曹操獻刀

▲曹操身穿朝服戴官帽，跪地雙手奉上寶刀；董卓頭扎布巾坐在臥榻之上，背後有一面巨大的銅鏡，符合小說情節。

前情提要

　　當董卓廢掉少帝改推九歲的劉協登基大寶，將少帝與何太后等人一同打入冷宮，欺凌孤兒寡母，群臣無力反抗的消息傳入袁紹耳朵，立即寫了一封密信給司徒王允。

　　司徒王允接到袁紹的密信之後，心中千頭萬緒卻也不知如何是好。一日在朝廷待班的房子裡面，看到幾個老臣在座，假稱今天是自己的賤辰（生日），邀請各位大臣晚上到府一敘。請諸位務必駕臨寒舍為禱。

　　大家都為董卓專政欺負朝廷，痛恨何進何大將軍不慎引狼入室，造成君不君臣不臣而哭了起來。就在這時忽然間迸出一聲：「你們就這樣從黑夜哭到天明，又從日出哭到日落，也哭不死一個董卓！想除奸懲惡，就要想個辦法去做啊？」

　　曹操：「諸位大人，不才近日獲得董卓的信任，有機會接近他。只要

借王大人家傳那口七星寶刀，吾就有信心殺死董卓替天行道為君為民除去大患。」

王允聽完大喜過望，把曹操帶到花園中的小閣樓。拿出一口七星寶刀給曹操。

第二天，曹操來到董卓府中，來到門外請門房通報。門房卻說：「太師早已等候多時，不必通報，曹大人快快進去吧。」

董卓：「怎麼這麼晚才來？」

曹操：「馬瘦，跑得慢，因此來晚。」

董卓：「原來如此，剛好，昨天西涼進了一批駿馬。吾兒奉先，你去挑一匹好馬過來給孟德。」

站在旁邊的呂布回了聲：「是。」轉身離開。

曹操在旁伺待董卓。不久，董卓可能是累了，把奏章（想像董卓獨攬朝政，所以帶奏章回家批閱）放下，半躺在臥榻之上閉眼歇息。因為董卓身材很胖，才躺下不久，便翻身側臥（面向內側）。曹操低頭望向門外傾聽四下聲息。董卓打呼聲傳入耳中。良機難再，輕抽寶刀，刀才出鞘，董卓透過臥榻上銅鏡，看到鏡中光影晃動，出聲：「孟德，你幹什麼？」

曹操：「太師，我得到一口七星寶刀，想獻給太師。」

董卓轉身坐起接過寶刀，拿在手上欣賞。抬頭看到呂布回來，說：「吾兒奉先，這是孟德晉呈的寶刀，你也看看。」

曹操看到董卓把刀拿給呂布，也從腰間取下刀鞘遞給他。

董卓：「孟德，這匹馬，你喜不喜歡？」

董卓：「怎說？」

曹操：「喜歡，但想先和牠培養感情。孟德想去試馬。」

董卓：「好，好，好。快去。」

作品定位

出處：台南善化慶安宮
藝司：李勝雄／民國 79 年（1990）
作品地址：台南市善化區中山路 470 號

第七回
陳宮捉放曹

▲ 穿著官服戴官帽的是中牟縣令陳宮，雙手抱拳施禮的是曹操。地上的
枷鎖則是陳宮替曹操解下的。圖意顯示曹操先被差吏捉到，再由陳宮
釋放的情景。

前情提要

　　董卓與呂布在曹操離開之後，兩人討論剛才曹操的舉動，好像不
是真心獻出七星寶刀，反倒比較像是要謀刺義父？董卓想了想也覺得
有理，連忙召來謀士李儒，李儒說：「派人去看曹操有無返家，如果沒
有，那肯定是作賊心虛畏罪潛逃！」

　　董卓派人到曹家查問，知道曹並未回家。**李儒***獻計，發出海捕公文
張貼各地城門出入口處，全力緝拿；捉到曹操的人，千封賞萬封侯。
　　曹操騎著剛剛董卓賞賜的快馬從東門逃出，一路來到中牟縣。

------

*董卓身邊的謀士，頭腦很好也能洞悉局勢，只是為人狠毒，多次替董卓獻計。被董卓罷黜帝位
　的弘農王—漢少帝劉辯，就是他進宮毒死的；因為董卓是老闆，李儒只是奉命行事，這條罪還
　是要掛在董卓身上。

中牟縣令陳宮，早已接到太師董卓諭令，派差役帶著曹操的通緝圖影懸於城門，並守在城門盤查往來客商，要捉拿曹操。

　　曹操一路潛行，肚子餓了就摘道旁野果充飢，或偷採農田裡的蔬果活命。可是來到中牟縣城，一來回鄉的路只這一條，不能不從城門經過，再說也想進城找家客棧買點東西止飢。就在曹操抬頭一刻，卻被早已注意到他的捕快發現。

「曹操？」

「是曹操。」

「有何為證？」

「隨身寶劍一口。」

縣令陳宮坐堂，曹操見而不跪。

「老夫雙膝上跪皇帝下跪父母，你區區一名縣令，跪你何來？」

「曹操，汝可知罪？」

「老夫何罪之有？」

「謀刺太師，以下犯上。還說沒有！」

「你哪隻眼看到的？」

「雖然不是我親眼所觀，但太師鈞諭在此，難道還會有假？」

「陳宮啊陳宮。你人在簾外（指不在核心之中），怎知宮中發生什麼事？」

「曹操，我人在簾外，哪管得了簾內之事？某只知食君俸祿當報君恩，今太師辛苦扶佐新君，卑職當然得奉命行事。」

「陳宮，聽說你也是個明理之人，心懷家國蒼生。豈可做那愚忠之人，學那些只知奉令行事卻不知思辨是非的庸吏之流。」

「曹操，光你片面之辭就想倒轉黑白。董太師討伐黃巾賊雖然無功，但入京勦除十常侍，卻是人人皆知的功勞。」

「陳宮，說你是個明白事理的人，看來老夫真看錯眼了！……也罷，老夫就讓你押回京師，讓你去建功立業加官進爵。至於鴆殺聖上、

殺害忠臣和黎民百姓無端受害的罪過，你也得分些助紂為虐的惡業了。」

「曹……」

陳宮話沒說出口就停下來，改向師爺和差役們說：「你們等先行退下，本官還有些案情，需要進一步與疑犯，深入盤問。」

左右兩班和師爺離開。陳宮走出公案，替曹操打開枷鎖，帶他往後面的花廳走去。

「明公，原來宮內發生這多的事情。公台（陳宮的字）打算棄官跟隨明公，不知明公可願接納。」

「公台，既能明白事理，吾等就一同走吧。」

陳宮把衙諸事交待給師爺等人，說要下鄉查案，少著七天多則半月。切莫被人知悉惹軍民不安。第二天兩匹馬一同離開中牟縣。

差役甲：「我的賞銀呢？」

差役乙：「你自己跟老爺說的，說我們不要領賞，只願老爺高升，大家就心滿意足了。」

差役甲：「是啊，你的一句狗腿話，連我的賞銀也沒了。唉！」

作品定位

出處：高雄左營龍虎塔九曲橋石雕

藝司：不明

作品地址：高雄左營蓮池潭九曲橋

第 八 回

曹操不教天下人負我

▲ 曹操在馬上指著世伯呂伯奢後面，呂轉向遠望沒看到人來。才想問世伯曹操，曹操卻把劍刺向他的身上。一旁的陳宮看到這種情況想要阻止卻已經來不及。

前 情 提 要 ────────────────────

　　中牟縣縣令陳宮，被曹操一番言語說動，自覺不該只做一個聽話的愚忠官吏，男子漢大丈夫應該明辨是非，懷抱天下大志，為國為民做一些事情才對。於是棄官跟隨曹操離開中牟縣。

　　曹操與陳宮離開中牟縣，來到成皋，眼見天色已晚。曹操以馬鞭指著前方樹林說：「前面庄院，是我父結拜弟兄呂伯奢的家，我們前往借宿一晚，順便探問我家近況。」陳宮說好。

　　兩人來到莊園，下馬，經下人通報。不一會兒庄主呂伯奢走出門來迎接。

　　呂伯奢主動提起：「我聽汝父說起，朝廷發布海捕文書緝拿賢侄。不知此事？真相如何？」

　　「我父？」

「汝父已到陳留避禍去了。暫無危險。啊，對了，還沒跟我介紹貴友呢。」

「伯父，這是中牟縣令陳宮，若不是他，侄已入京就刑了。今，他也要跟我一同回鄉，召集天下志士共討董賊；匡扶漢室拯救蒼生苦難。」

「多虧大人恩義，請受小人一拜。」

「老伯，少禮。」

「啊，對了，你們坐一下，我進去吩咐下人張羅些事，晚上就放心住下。」

過了不久，呂伯奢從後面走進客廳，手裡拿著兩支酒壺，向曹陳兩位招了招說：

「家裡都是些農家菜蔬，欠些好酒，我到鄰庄打些酒，晚上與二位好好敘敘。好久沒客來庄，酒蟲發癮了，哈哈哈哈～」說完上驢出庄去了。

兩人在花廳坐了一陣，曹操說要小解（放尿），陳宮也說剛好人有三急。兩人一同走出花廳問了一名下人茅房所在，接著依所指方向走去。忽然間聽到有人在說：「要不要先綁起來？」

曹操問陳宮：「你聽見沒？」

「我走在後面，離你那麼遠。……你聽見什麼？」

「這呂伯奢不是好人。……」

「明公，這恐怕是誤會。你主動造訪，人家熱情相留。怎會有惡心呢？」

「人心隔肚皮，先下手為強慢下手遭殃。」

曹操拔劍在手，衝到剛才聽到聲音的那間房裡，見人就殺。陳宮跟隨在後。曹操還在尋找生人。陳宮卻看到灶前綁著一頭黑豬，而灶上的鼎中水正滾，冒出熱氣。

兩人找到馬，離開呂家莊。半路遇到呂伯奢騎著驢，朝自行來。

「兩位？怎麼急著趕路？」

陳宮兩眼似有淚痕。曹操神色緊張。

「莫非是下人言語冒犯二位，惹賢侄與大人不快？不然怎麼說好留宿一夜，卻臨時不告而別？」

曹操隨便應付兩句拍馬先行。陳宮欲言又止勒馬徐行，放呂伯奢在原地前後猶疑。

才不過一杯茶的時間，陳宮看到曹操去而復返。趕緊勒馬相隨。

「明公，千萬不可。」

「沒事，沒事。只想跟呂伯父誠心道別罷了，切莫多心。」

兩人回到呂伯奢面前，呂的臉色頓時清朗。

「太好了，吩咐下人宰一頭豬，如果沒兩人幫忙，老漢一家要吃幾天才吃得完啊。哈哈哈！」

曹操在前，陳宮在後，面向呂伯奢。陳宮揮手示意呂快走，呂卻只看著曹操說話。

「伯父，你看後面來人是誰？」

呂伯奢一邊轉頭一問說：「就跟他們說我去打酒就回……啊～」

…………

「曹操，前面是誤殺，這又是如何？」

「這老頭回家發現一屋死人，又知我倆遠離，還能讓我們活命嗎？」

「你，你，你。」

「寧教我負天下人，不教天下人負我。走吧！」

作品定位

出處：台南善化慶安宮

藝司：李勝雄

作品地址：台南市善化區中山路 470 號

第九回

溫酒斬華雄

▲本作主要在強調，關公以極快的速度，把敵將華雄的首級，取回帳中繳令的情景；圖左的官員可視為盟主袁紹及曹操和公孫瓚等人。

前情提要

　　曹操在陳宮離開之後，回到陳留郡向父親曹嵩表明，要發矯詔號集十八路諸侯，兵進京師討伐董卓，為國為民除奸掘惡。曹嵩聽完大表讚同，可是自己的家業卻不足以應付偌大的軍需，想到本地有孝廉衛茲，家業頗豐且為人疏財仗義。若有他的幫忙，大事可成！

　　曹操果然能力超人，十八路諸侯為伊一紙偽詔而來聚集，眾人共推袁紹為盟主號令三軍。

　　袁紹命長沙太守孫堅帶領本部兵馬進軍汜水關。先取汜水然後大軍進洛陽擒殺奸賊董卓。消息傳回洛陽，董卓與李儒商議應對之策。

　　呂布主動表示帶兵退敵，但華雄卻跳出來講話，殺雞焉用牛刀，願意前往汜水關攔阻。董卓給了五萬兵馬讓華雄帶去退敵。

眾諸侯裡面，有濟北相鮑信，想說孫堅是前部先鋒，怕他奪了頭功，暗中派伊小弟鮑忠，領馬步軍三千抄小路，直到關下討戰。

華雄引鐵騎兵五百，直下關來，大喝：「賊將休走！」鮑忠膽怯來不及退兵，被華雄手起刀落，斬於馬下，生擒將校極多。

華雄遣人帶著鮑忠的首級到相府報捷，董卓加封華雄為都督。

華雄再來討戰，眾諸侯無人答話。袁紹抬頭環顧四週，看到公孫瓚背後站著三人，容貌異常，卻在那裏冷笑。

袁紹問：「公孫瓚背後三人是……？」

公孫瓚說出劉關張三人姓名，袁紹接口，「莫不是殺黃巾賊的桃園三結義？」

公孫瓚回：「是。」又說出劉備是中山靖王之後，也是皇家血脈。

袁紹賜劉備座位，劉備謙遜婉謝，袁紹卻說：「我不是敬你名爵，而是敬你為皇室宗親。」劉備位於末座，關、張兩人叉手站在他的背後。

就在這時，忽然間探子來報，華雄用長竿挑著孫堅的紅色頭巾出關叫戰。

袁紹：「誰敢出戰？」

袁術背後走出驍將俞涉：「小將願往。」

「報！俞涉不到三回合被華雄斬了。」

太守韓馥說：「我的上將潘鳳可斬華雄。」

袁紹：「快，快，快請潘鳳去死？」

「報！潘鳳死了。」

「可惜，上將顏良文醜沒到，只要兩人得一，豈容華雄猖獗。」

「末將願往斬華雄之首獻於帳下。」

眾人循聲找人，只見一個身長九尺，鬚長二尺，丹鳳眼，臥蠶眉；面如重棗，聲如巨鐘；立於帳前。

「你是誰？」

公孫瓚急回：「將軍，這是劉玄德的二弟關羽。」

「現居何職。」

「跟隨劉玄德為一名馬弓手。」

袁術聽完怒聲大喝：「你欺吾眾諸侯無大將耶？一名馬弓手，敢在此誇口亂言！給我打出去。」

曹操急忙站出來阻止：「公路息怒。此人既出大言，必有勇略；讓他一試，如果不勝，責罪未遲。」

袁紹：「派一個弓手出戰，就算不被華雄殺死，光笑就被他笑死。」

曹操：「此人儀表不俗，華雄怎會知他是名弓手？」

關公：「如不勝，請斬某頭。」

曹操命人釀了熱酒一盃，要關公喝了再上。

關公：「酒先斟下，某去便來。」

出帳提刀，飛身上馬。眾諸侯聽得帳外鼓聲大振，喊聲大舉，如天摧地塌，嶽撼山搖。正要打聽，鸞鈴響處，馬到中軍，雲長提著華雄的頭，丟在地上，那杯酒還是溫的。

作品定位

出處：嘉義市鎮天宮
藝司：不明
作品地址：嘉義市東區芳安路 195 號

第十回

虎牢關三英戰呂布

▲ 圖左邊城樓上站著董卓，立了一支旗幟上書董字，頭插雉尾的武生是
呂布。持丈八蛇矛的大鬍子是猛張飛，後面是關公，再過去是拿雙股
劍的劉備。三人合戰人中呂布。

前情提要 ────────

　　董卓接到華雄被斬的消息，帶著義子呂布急馳虎牢關。十八路諸侯
此時也打到這裡。

　　呂布出陣*，頭戴三叉束髮紫金冠，身穿西川紅錦百花袍，體掛獸面
吞頭連環鎧，腰繫勒甲玲瓏獅蠻帶；弓箭隨身，手持畫戟；坐下嘶風赤
兔馬：果然是「人中呂布，馬中赤兔！」

　　先到的八路諸侯點兵出戰。面對人中呂布，河內名將方悅被他砍
殺，上黨太守張楊部將穆順也血賤沙場死於呂布畫戟之下。北海太守孔
融部將武安國，使鐵錘飛馬而出，也被呂布揮戟砍斷手腕，武安國棄錘
而走。

　　眾諸侯看不是呂布的對手，想要等十八路諸侯到齊，再圖良策。

　　正在商議之間，呂布又來討戰。公孫瓚領兵先行應敵。

─────────────────────

*這段故事不見記在史冊之中，與關公溫酒斬華雄一樣，都是文學創作下的情節。

呂布追著公孫瓚，把他追得驚惶失措。正在緊要關頭千鈞一髮的時候，一旁斜刺一支丈八蛇矛，一聲如雷巨響：「**三姓家奴**[*]，看恁爸燕人張飛的厲害。」

呂布聽到有人戳他痛處，手中戟一頓，公孫瓚才有機會脫身。

此時張飛丈八蛇矛也適時架開方天畫戟。兩人大戰五十回合難分勝負。

「三弟，為兄助你一臂之力。」聲音到時，一柄青龍偃月刀也到。呂布盪開張飛丈八蛇矛，回戟掃開偃月刀。大叫：「來者何人？」

關公青龍刀依舊在手，回答：「解良人氏，關某。看刀！」

呂布的方天畫戟或挑或掃或刺，關、張兩人抖擻精神前後夾攻，卻只能和呂布打個平手而已。

眾諸侯個個看得瞪大眼睛，嘴巴都合不上來。

「那個紅臉的關雲長，汜水關才斬了華雄；但張飛上回大家只聽到他的名號，卻還不很熟悉。沒想到他也如此猛勇，一點也不輸那個紅面大漢。」

眾人你一言我一語低聲談論著。忽然間一個手持雙股劍的，也衝進戰場上。

「劉玄德來也。二位小弟，為兄也來助力！」

雙股劍雖然是短兵器，但此時卻也是它發揮的機會。

劉、關、張大戰呂奉先。

呂布胯下的胭脂赤兔馬爆發力和抓地力都十分出色。往來奔馳，勒馬轉頭無不靈巧。呂布騎著牠，宛若人馬一體；桃園三結義圍著他打，就像龍捲風一樣，掃過來又掃過去，連人都看不清楚。

---

[*] 呂布本姓呂，先拜丁原做乾爹，後殺丁原改叫董卓契爸。生平最恨人家說他有奶便是老母（有奶便是娘），聽到張飛公開罵他三姓家奴，腦袋突然斷片。

那是眾諸侯的兵士將領看不清楚戰場上四人的身影。

可是呂布看得一清二楚。「再這樣跟他們耗下去？哪是辦法。不如三十六計－走為上策，回關再說。」想到這裡，看準劉備兩把劍欺近馬前而來。借勢用方天畫戟帶力，將劉備左手那柄雄劍一扭。劉備右手劍向上想要抵擋呂布的畫戟，誰知力弱，差一點就把劍甩出去，呂布順勢方天戟又往劉備面門刺去。呂布倒拖方天畫戟，往虎牢關飛奔而去。

劉備、關公、張飛定神，看到呂布早已衝出陣勢。張飛隨後追到城下，抬頭看到黃羅傘下的董字帥旗，連忙喊：「要殺就殺大尾的董卓，追三姓家奴無用。」

聲音一出，十八路諸侯齊追黃羅傘。呂布閃進城去，城上箭石齊下，眾將無法前進，只好打得勝鼓回營。

八路諸侯看到三人英雄無敵，紛紛相請與他們道賀慶功。只有袁紹不爽。

作品定位

出處：嘉義中埔濁水順天宮
藝司：朴子陳長庚
作品地址：嘉義縣中埔鄉濁水村竹頭崎 19 號

第十一回
袁紹磐河戰公孫
（子龍出場）

▲ 左邊騎白馬的是趙子龍，右邊是袁紹手下大將顏良，中間落馬者是公孫瓚。

前 情 提 要

　　虎牢關一戰呂布敗逃，董卓聽李儒之言，遷都長安。文武大臣不從的人都被殺害。曹操眼見猛虎歸林要諸侯們趁勝追擊，自己則帶兵追擊董卓而去。

　　孫堅帶兵進洛陽，無意間得到傳國玉璽，打算回江東。誰曉得有人向袁紹密報玉璽的事，在孫堅立下毒誓之後，袁紹放人離開。

　　曹操追擊董卓失敗。袁紹寫信給荊州的劉表，要他在荊州攔劫孫堅討回傳國玉璽。孫堅路過荊州，果然遭遇劉表的阻攔，一言不合兩軍起衝突。孫堅在程普等員大將保護之下，逃回江東，自此與劉表結下冤仇。

　　袁紹缺糧向冀州牧韓馥借糧，韓馥拒絕。袁紹一面寫信要公孫瓚合攻冀州，功成之後平分土地；一面又寫信給韓馥，說公孫瓚要來打你，

你得小心應付。韓馥接到袁紹的信後，內部卻自己亂了。公孫瓚兵馬未到，袁紹大軍已兵臨城下。冀州城破，韓馥逃亡投靠陳留太守張邈。

公孫瓚眼見冀州易主，叫弟弟公孫越去向袁紹討地。公孫越被袁紹手下殺死。公孫瓚在盤河與袁紹軍相遇，兩軍隔著橋對罵。一邊指責無功卻想分利，一邊罵對方見利忘義，枉費合眾共推而成盟主，誰知你袁紹竟無盟主氣度。兩軍越罵越兇，袁紹軍殺出一員大將，仔細看原來是文醜。

公孫瓚不敵，被追的盔落髮散跌落馬下，正當危急之時，從河岸邊衝出一名少年將軍，以槍攔住文醜的大刀。公孫瓚才有機會活命。公孫瓚回望少年將軍大戰文醜五六十回合。公孫瓚的救兵前來接應，文醜敗走，那少將也不追趕。公孫瓚重整盔甲和少將見面。那人自陳：「某乃常山真定人也，**姓趙，名雲**＊，字子龍，本袁紹轄下之人。因見紹無忠君救民之心，故特棄彼而投麾下，不期於此處相見。」公孫瓚大喜，一同歸寨，整頓兵馬。

趙子龍雖然跟隨公孫瓚，可惜公孫瓚並未重用他，只把他當成一個隨軍的小班長而已。

公孫瓚與袁紹繼續打，幾次都差點被袁紹的兵馬殺死，幸好趙子龍保護才得以不死。不久劉、關、張聽說袁紹攻打老長官公孫瓚，帶兵前來幫忙；公孫瓚把趙子龍介紹給劉備三兄弟。劉備看到趙雲就被他的英姿與猛勇吸引，留下深刻的印象。

＊別人換老闆常惹人閒話，但趙雲在三國演義裡卻有「良禽擇木而棲」的美譽（先事袁紹，後投公孫瓚，最後才歸劉備）。與劉備的緣分還有一段《借趙雲》的戲留傳下來。

作品定位

出處：苗栗大湖萬聖宮
藝司：山城
作品地址：苗栗縣大湖鄉中山路 58 號

第十二回
王允造連環計

▲ 俊俏小生呂布，字奉先，受司徒王允熱情款待。王允命貂蟬侍宴，並且獻藝娛賓。

前情提要 ————————————————————

　　董卓作威作福，漢獻帝雖然不缺衣食，卻每日生活在惶恐不安的環境底下。董卓獨攬朝政，順他則昌，逆他則亡。更放任軍士燒殺擄掠，欺凌良民姦淫民女，惹得天怒人怨。有仁義愛民忠臣仗義直言的，當場就被殺死。司徒王允雖有濟民之心，無奈惡虎董卓有呂布助虐，一時也讓他無可奈何。

　　在洛陽之時，王允假借自己生日，請幾個舊臣到家裡給自己祝壽，宴中跟大家傾吐心事。當時曹操借走一口七星寶刀，後來卻變成獻給董卓的禮物。經過十八路諸侯討伐，董卓卻幫朝廷搬家，遷都長安。又在長安二百五十里之地建了一座宮殿，名為郿塢。董卓往來京城與郿塢之

間，有時住上十天半個月，裡面廣納天下少女數百名供自己享樂。董卓對自己親族家眷都封官賜爵，對異己卻十分殘忍。

一日宴中，呂布在董卓耳邊講了幾句話，董卓附即點頭示意。呂布走到其中一名官員面前，拎起他來就往外走，不久，一顆「柴頭」遍傳宴席之間。

董卓神色自若說：「張溫與袁紹私謀，欲對大臣不詭。今鐵證如山，予以斬首示眾。諸位大臣，莫驚，莫驚。繼續喝酒，繼續痛飲。哈哈哈哈～」

文武大臣個個嚇得手足無措，噤若寒蟬。司徒滿懷不安回家。

王允散宴之後回到家中，想到白天張溫的慘狀，恨董卓可惡，竟然睡不著，起身走到花園閒步。

月色如華夜似水，**貂蟬**＊月下不思睡。燃起香蠋爐煙祈祝天，「國泰民安老爺康健。」

司徒王允聽到花園之中，傳出祈願的聲音，暗中觀察一陣之後，從花蔭之下走出。把貂蟬嚇了一跳。

「誰？」

「老爺，貂蟬問安。」

兩人皆嘆自己無能為國盡忠，為民除害。忽然間，王允心中一喜，忽而一疑。

「貂蟬，你有心為國為民犧牲自己否？」

「可惜身為女流，有心卻無用武之地。」

「只要貂蟬願意，老爺就有救國救民的方法。」

＊歷史上對於貂蟬一直有著討論，但民間相信戲劇的傳播。她同時也是中國歷史上的四大美女之一。沉魚（西施）、落雁（王昭君）、閉月、羞花（楊貴妃）之一的「閉月」，即是貂蟬拜月時，月亮躲起來不敢出來與她爭光。

王允說出「美人連環計」，欲將貂蟬先獻呂布再獻董卓。然後從中製造他們父子矛盾，不管父殺子或子弒父，都可剪除董卓的猛虎之翅、惡鳥之牙。董卓沒了呂布的保護當靠山，他的蠻橫兇暴自然起不了什麼作用。董卓一除，呂布有勇無謀，見利忘義，也就發揮不了威脅了。

　　這天，呂布為了答謝王允致贈金冠大禮，特地過府向司徒王允回禮致謝。

　　宴席中，貂蟬初會呂奉先，竟然一見傾心……貂蟬沒想到呂布，竟然是一位英俊威武而且多情又體貼的英雄少年。

　　貂蟬心想：「為什麼？為什麼呂布你要認奸賊董卓為義父？唉～」

　　王允將貂蟬許配給呂布，約定良辰吉日要將貂蟬送過府去，嫁給呂布；呂布歡喜，兩人依依不捨而別。

作品定位

出處：雲林北港朝天宮
藝司：台南府城陳玉峰／歲次乙未（約 1955 年）
作品地址：雲林縣北港鎮中山路 178 號

第十三回
董太師大鬧鳳儀亭

▲ 邊框題著:「司徒妙計托紅裙,不用干戈不用兵,三戰虎牢徒費力,凱歌卻奏鳳儀亭。」三國演義裡的定場詩,說明連環計的前因後果。

前情提要

　　司徒王允將貂蟬先獻呂布再獻董卓,呂布敢怒而不敢言。只能偷偷找機會向心愛的美人傾吐愛意。

　　呂布日思夜想,卻找不到機會接近美人貂蟬。想要直闖董卓府中,卻畏於義父淫威。

作品定位

出處:桃園龍潭三坑佳安聯村永福宮
藝司:黃運河/泥塑剪黏
作品地址:桃園市龍潭區三坑老街 66 號

第十四回
李儒進言勸董卓讓嬋與布

▲ 李儒聽董卓說起呂布對貂蟬無禮的話後,對董卓說起春秋時代的楚莊王絕纓之宴的典故,要董卓把貂蟬賜給呂布,讓呂布死心塌地為他效命。畫的空白處更有畫師留下畫面的典故,有助賞畫解題樂趣。

前 情 提 要 ————————————————————————

　　呂布在鳳儀亭私會貂蟬,董卓在朝中不見呂布,急急回府。卻發現兩人在鳳儀亭中拉扯。董卓護蟬,用戟射呂布,呂布驚逃而去。

　　呂布逃命到門外,把李儒撞倒在地。呂布管不了李儒有無受傷,只顧自己逃開。李儒進到裡面問過丈人董卓,董卓說起呂布似乎對他的愛妾貂蟬不禮貌,有違倫常義理。

　　李儒卻說貂蟬只是一名歌伎,不值得太師為她跟呂布父子失和,勸董卓不如學古代明君**絕纓***1之宴,不要追究此事;或乾脆把貂蟬賜給呂布,讓呂布從此更加用心服侍太師。

董卓用這話去問貂蟬，沒想到貂蟬卻激動的想以死明志，表示自己是真心服侍太師。

李儒用話試探呂布，發現呂布對貂蟬動了真情。就跟呂布說：「太師也是我的丈人泰山，我再找機會替你們兩個說說看。」

李儒找到機會又跟董卓提起此事，沒想到董卓卻罵女婿李儒，怎麼不把你老婆送他？

李儒反嘴回董卓：「我某是你女兒，敢好？」

董卓怕貂蟬留在相府之中，被呂布糾纏，帶著貂蟬離開相府去住**郿塢***2。

---

*1 楚莊王賜宴文武大臣，有人趁機調戲王的美人，被美人扯掉帽子上的布巾向楚莊王告狀。楚莊王不但不生氣，還下令在場的人都扯去一條帽巾助興。不久與敵軍打仗，有一人死命保護楚莊王的性命。楚莊王問他：「是什麼原因肯為自己捨身相救？」那人說：「要感謝當年絕纓之宴不殺之恩。」

*2 董卓把皇宮從洛陽遷到長安之後所蓋之仿皇宮的建築。據《後漢書》記載，確有郿塢的存在。但董卓死後，郿塢也毀了。

作品定位

出處：台南善化慶安宮
藝司：李勝雄
作品地址：台南市善化區中山路 470 號

呂布殺董卓

▲ 呂布一手持盾一手拿戟，在宮前刺殺坐在車上的董卓。董卓的隨從大將在前保護，和呂布對戰。

前情提要

董卓不聽李儒勸諫，把貂蟬賜給呂布，造成呂布心生二意。司徒王允眼見時機成熟，把刺卓的計劃告訴呂布。

董卓沒聽李儒的話把貂蟬賜給呂布，還帶貂蟬去住郿塢，前來送行的文武大臣夾道相送。董卓一行遠去，呂布看到王允，想起貂蟬一事的起源，直接跑到王允面前質問：「為何把貂蟬先許呂布，後獻太師？」

「溫侯，這裡不是談話的地方，請隨我回府，再做道理。」

王允帶呂布回府。呂布把鳳儀亭的事情說了一遍。王允聽完之後嘆口氣說：「太師淫吾女，奪將軍之妻，將被天下人取笑！但卻不是笑太師為老不尊，卻是笑老夫王允和將軍。老夫老邁無能之輩，不足為道。可惜將軍蓋世英雄，無端受此汙辱，卻是令人惋惜！」

呂布聽完怒氣沖天拍案大叫：「不殺董卓，誓不為人！」

「將軍若扶漢室，是忠臣也，青史留名，流芳百世；如果將軍繼續助卓，乃反臣，載之史筆，遺臭萬年。」

呂布從腰間抽出寶劍，刺臂出血為誓。

王允跪謝：「漢祀不絕，皆將軍所賜，切勿洩漏！讓老夫深謀良計然後請將軍全力以赴。」

呂布回府而去。

王允以皇上龍體欠安今已康復為由，安排當年說降呂布的李肅，前去郿塢跟董卓說：「天子生病今已康復，想跟文武大臣們在未央殿，商量要將帝位禪讓給太師，因有此詔。」

董卓：「王允的意思怎樣？」

「王司徒已命人築『受禪台』，只等主公到來。」

董卓大喜：「吾夜夢一龍罩身，今日果得喜訊。」歡喜無疑相信李肅的甜言蜜語。

當下命令心腹大將李傕、郭汜、張濟、樊稠四人領飛熊軍三千守郿塢，排駕進宮；董卓回頭對李肅說：「吾為帝，汝當為執金吾。」

李肅拜謝稱臣。

隊伍到達城外，文武百官都出城迎接。董卓回到相府，呂布向前祝賀。

董卓：「吾登九五，汝當總督天下兵馬。」呂布拜謝。

當夜，有十數小兒於郊外作歌，風吹歌聲入帳。

「千里草，何青青！十日卜，不得生！」歌聲悲切。

董卓又問李肅：「童謠主何吉凶？」

李肅：「亦是說劉氏當滅，董氏當興之意。」

王允一見董卓車駕入宮，即時大喊：「反賊至此，武士何在？」

兩旁轉出百餘人，持戟挺槊往董卓直刺。董卓受傷跌出車來。大喊：「吾兒奉先何在？」

呂布從車後厲聲大喊：「有詔討賊！」一戟直刺咽喉，李肅補刀割頭在手。

呂布左手持戟，右手懷中取詔，大呼：「奉詔討賊臣董卓，其餘不問！」

「萬歲，萬歲，萬萬歲！」之聲衝入雲霄。

霸業成時為帝王，不成且作富家郎。誰知天意無私曲？郿塢方成已滅亡！

卻說當下呂布大呼曰：「助卓為虐者，皆李儒也！誰可擒之？」

李肅應聲願往。忽聽朝門外發喊，人報李儒家奴已將李儒綁縛來獻。王允命縛赴市曹斬之；又將董卓屍首，號令通衢。卓屍肥胖，看屍軍士以火置其臍中為燈，膏油滿地。百姓過者，莫不手擲其頭，足踐其屍。

王允又命呂布同皇甫嵩、李肅領兵五萬，至郿塢抄籍董卓家產、人口。呂布等人將塢中所蓄黃金數十萬、白金數百萬，綺羅、珠寶、器皿、糧食不計其數，回報王允。王允大犒軍士，設宴都堂，召集眾官，酌酒稱慶。

作品定位

出處：雲林台西普令厝顯靈宮
藝司：不明
作品地址：雲林縣台西鄉富琦村三和 28 之 6 號

宣平門王允會郭李

▲一名官員從城樓跳下，地上有騎馬的將軍等候。城樓上的
大官，角色原應由少年皇帝坐鎮。左上角題名「宣平門王允
會」？應該還有其他文字才算成句。此廟原由**林天助**＊所繪，
後經人重繪，有多處誤差。相片是2013年拍的，據說後來有
請人修正，但沒再前往，未知有無將不足處予以修改？

王允連環計圓滿達成目標，董卓被除。原董卓的部將四員李傕、郭汜、張濟、樊稠四人聞風逃回西涼。

李傕、郭汜、張濟、樊稠四人逃回西涼，不時派人注意朝廷動靜。且說李傕、郭汜、張濟、樊稠逃到居陝縣，派人送書長安上表求赦。

王允卻說：「董卓的跋扈，都因為有這四人助紂為虐；今雖大赦天下，唯不可赦過四人。」

使者回報李傕。李傕說：「既然求赦不得，不如各自逃生去吧。」

謀士賈詡說：「諸位若是棄軍獨行，只要一個亭長就能把你捉住，不如招集陝人，加上部隊軍馬，直接殺入長安，替董卓報讎。如果事成，大家奉朝廷之命，以正天下；萬一不勝，再走不遲。」

李傕等人接受賈詡的意見，派人在西涼散發流言；大眾驚惶，聽信謠言追隨四將。

李郭張樊四人聚眾十餘萬，分作四路，殺往長安而來。

半路遇到董卓女婿中郎將牛輔引軍五千人，要去替丈人報仇，李傕與他合兵，讓他作先鋒，四人隨後陸續進發。

王允聽到西涼軍到來，找呂布商議，呂布誇口區區老鼠不足為懼，大人放心。

呂布面對李傕等人，只知蠻幹，輕視兵法，經過幾次硬仗之後，被四將略施戰略，就把呂布打得潰不成軍。自己逃命去投靠袁術。

李傕、郭汜縱兵大掠，太常卿種拂、太僕魯馗、大鴻臚周奐、城門校尉崔烈、越騎校尉王頎皆死於國難。賊兵圍遶內庭至急，侍臣請天子

＊畫師，小金門西方村人。

上宣平門止亂。

李傕等望見黃蓋，約住軍士，口呼萬歲。

獻帝倚樓問曰：「卿不候奏請，輒入長安，意欲何為？」

李傕、郭汜仰面奏曰：「董太師乃陛下社稷之臣，無端被王允謀殺，臣等特來報讎，非造反。但見王允，臣便退去。」

王允此時在皇帝身邊側，聽到這話奏曰：「臣本為社稷著想。事已至此，陛下不可惜臣以誤國家。臣請旨下城會見二賊。」

帝徘徊不忍。允自宣平門樓上跳下樓去，大呼：「王允在此！」

李傕、郭汜，拔劍大喊：「董太師何罪而見殺？」

允曰：「董賊之罪，彌天亙地，不可勝言。受誅之日，長安士民，皆相慶賀，汝獨不聞乎？」

傕、汜曰：「太師有罪；我等何罪，不肯相赦？」

「逆賊何必多言！王允今日有死而已！」

二賊手起，將王允殺於樓下。

王允運機謀，奸臣董卓休。心懷國家恨，眉鎖廟堂憂。
英氣連霄漢、忠心貫斗牛。至今魂與魄，猶遶鳳凰樓。

眾賊殺了王允，一面又差人將王允宗族老幼，盡皆殺害。

作品定位

出處：金門官澳龍鳳宮
藝司：不明
作品地址：金門縣金沙鎮官澳 16 號

第十七回

李蒙偷刺馬超

▲ 馬超在前李蒙在後，馬超故意放慢駿馬，等候李追到用槍刺向自己的時候，閃過槍再伸出手將李蒙活捉。石雕除了臉部之外，以陰刻線雕完成。臉部五官再細修成型，但不再刻意表達白線。因此若未稍加處理，臉部不易辨識。

前 情 提 要

　　司徒王允被殺之後，四將還不肯罷休。李、郭賊想弒君殺掉獻帝。但張濟、樊稠反對。反對的理由卻是害怕天下諸侯不服，反而讓自己變成公敵。因此，經過四人內部討論，要騙眾諸侯入關之後，先卸除他們的兵權，再將他們一舉成擒。

　　皇帝問他們：「王允既死，兵馬為何不退？」
　　四將討封。皇帝依他們所願，封李傕為車騎將軍池陽侯，領司隸校

尉，假節鉞；郭汜為後將軍，假節鉞，同秉朝政；樊稠為右將軍萬年侯；張濟為驃騎將軍平陽侯，領兵屯弘農。其餘李蒙、王方等，各為校尉。然後謝恩，領兵出城。

四將命人尋找董卓遺骸，但只找到一些皮骨，以香木雕成形體，用王者衣棺槨入殮，選擇吉日，遷葬郿塢。下葬那天，天降大雷雨，平地水深數尺。忽然間雷電交加將已經封土的墳塚霹開，棺槨破碎，其屍（木雕）被轟出棺外。李傕等天晴之日再葬，當夜又是如此。連著三次改葬，都無法圓漢。（小說言，天之怒卓，可謂甚矣！）

李傕、郭汜掌握朝政大權，殘虐百姓。祕密安排心腹在獻帝左右，觀察言行動靜，皇帝舉動荊棘。朝廷官員隨二賊喜惡陞降。

西涼太守馬騰、并州刺史韓遂二將，侍中馬宇、諫議大夫種邵、左中郎將劉範三人，為除郭李賊黨，密謀內攻外應。引兵十餘萬，殺奔長安來，聲言討賊。

李傕、郭汜、張濟、樊稠獲報二軍將至，一同商議禦敵之策。謀士賈詡曰：「二軍遠來，只宜深溝高壘，堅守以拒之。不過百日，彼兵糧盡，必將自退，然後引兵追之，二將可擒矣。」

李蒙、王方出曰：「此非好計。願借精兵萬人，立斬馬騰、韓遂之頭，獻於麾下。」

賈詡曰：「若是今天開戰，你們一定會被打敗。」

「若我們兩人戰敗，情願斬首示眾；要是我們打贏，你的頭也要輸給我們。」

賈詡告訴李傕、郭汜：「長安西邊二百里的盩厔山，地形險峻，可以命張、樊二位軍屯兵。但只守不出。等待李蒙、王方帶兵迎敵。」

李傕、郭汜聽從賈詡的意見，點一萬五千人馬與李蒙、王方。二人歡喜而去，離長安二百八十里下寨。

西涼兵到，兩人帶兵迎戰。西涼軍馬攔路，擺開陣勢。

馬騰、韓遂聯轡而出，指著李蒙、王方大罵：「反國之賊，誰去擒他？」聲音未絕，只看到一名少年將軍面如冠玉，眼若流星；虎體猿臂，彪腹狼腰；手執長槍，坐騎駿馬，從陣中飛出。原來是馬騰之子馬超，字孟起，才十七歲，英勇無敵。

王方欺他年幼，躍馬迎戰。不到幾個回合，被馬超一槍刺於馬下。馬超勒馬便回。李蒙見王方被刺死，騎馬從馬超背後趕來。馬超只當做不知。馬騰在陣門下大叫：「背後有人追趕！」嘴還沒閉，馬超已將李蒙擒拿過馬，往營中回去。

作品定位

出處：苗栗頭份義民廟
藝司：不明
作品地址：苗栗縣頭份市中山路 135 號

第十八回
曹操下兗州

◀題字「曹操下兗州」。畫面左邊比較接近曹操的形象,其他看來,不易與題名產生聯想。這段故事,主要在述說曹操開始壯大,即從下兗州破黃巾賊,收青州兵開始的。

前情提要

　　長安城李、郭二人在賈詡謀略之下,朝廷漸安。但漢獻帝還是受到二賊監視。李郭兩人為收攬人心,特別延請名士朱儁前來幫助,封官太僕。董卓之時,也曾為此軟硬兼施,把名士**蔡邕**＊(字伯喈)找去擔任朝官。

　　青州黃巾賊聚眾數十萬,攻破兗州,刺史劉岱被殺,百姓苦不堪言。燒殺擄掠劫掠良民,為害地方。消息傳到京師,郭、李二人無法處理這種大事。向文武眾臣詢問良策。太僕朱儁保舉一人,說他可破群賊。
　　「何人可破?」
　　朱儁:「要破山東群賊,非曹孟德不可。」

＊蔡邕(字伯喈)的官位更曾一月三升。董卓死後,無人敢去認屍弔唁,只有蔡邕一人前去問喪,卻在司徒王允堅持之下,被逮捕入獄,最後死在獄中享年61歲。其女蔡文姬,是「胡茄十八拍」的作者,戰亂流落匈奴多年。曹操為感念舊友蔡邕的友誼,知他無人祭拜,將蔡文姬接回中原,以女代子祭祀之。

李傕：「曹操？不知道他在哪裡？怎麼叫他前去平亂？」

朱儁：「曹操現任東郡太守，手下有兵馬。如果能讓他帶兵前去討賊，則破賊指日可待。」

李傕大喜，連夜擬好詔書蓋上皇帝的大印，派人趕往東郡下詔，命令曹操和濟北相鮑信，一同前去破賊。

曹操領了聖旨，會合鮑信一同起兵，在壽陽攻打亂賊。

鮑信殺入重地，卻為賊所害。

曹操追趕賊兵直到濟北，投降者數萬人。曹操再用投降賊兵，當前鋒。兵馬所到之處，賊眾皆降。不過百餘日，招安的降兵達三十多萬，男女一百多萬人。

曹操挑選精壯的男子，編成「青州兵」，其餘讓他們回去種田。從這時開始，曹操威名四播，捷報長安，朝廷加封曹操為鎮東將軍。

曹操身為鎮東將軍之後，吸引更多文武投效。像典韋，于禁，程昱，郭嘉……等人都在此時歸於他的帳下。也在此時，曹操想起在琅琊郡的父親**曹嵩***及家屬。派人前去把他們接到自己身邊，以便就近孝順與照顧。

誰知道曹嵩一行卻在徐州，遇到見財起義的黃巾賊遺孽——張闓，給殺死了。

---

*曹操的父親一家是誰殺的？小說和正史講的不同。小說的筆法是「眾軍做事累及主帥」。不管是誰下的殺手，身為指揮的統帥都必須負起全部的責任。當然這筆帳還是歸於徐州牧陶謙身上。

作品定位

出處：苗栗頭份義民廟
藝司：不明
作品地址：苗栗縣頭份市中山路 135 號

第十九回
劉皇叔北海救孔融

▲ 太史慈帶著北海太守孔融的求救信，突破重圍來到平原縣找劉備求
救。右二者可飾演太史慈，中間坐著劉備，關公在旁，張飛在最前面
看著兩名將軍。

　　曹操帶兵前往徐州，找陶謙報父仇。陶謙派糜竺去向北海太守孔融求
救。偏偏此時黃巾餘黨管亥找上孔融借糧，孔融不借，卻又打不過黃巾賊
眾。正當賊兵圍困城池之際，一名少年將軍太史慈突危而入，少將自稱奉
母命，前來面見太守，以報答大恩。

　　劉備帶領三千兵馬，與二弟關雲長和三弟張飛，跟隨太史慈前往北
海救援。兵馬來到北海城外，見黃巾賊徒團團圍住城池。關公一馬當先
直衝賊人陣營，才不過幾個回合，就把賊頭管亥斬於馬下。賊兵無頭沒
人領導，一下子四散逃命去了。關、張二人與太史慈進城。孔融接進官
署分賓主坐定，自有一番謝辭相應。孔融報謝太史慈金銀布帛，太史慈
全部婉拒，回去向他母親回報佳音。母親看到兒子回報，高興的說：
「我終於報答孔北海的大恩大德了。感謝上蒼！」

來北海討救兵的麋竺，看到孔融對徐州一事隻字未提，趕忙向孔融相問。孔融這才想起麋竺身上背負的重責大任，向劉備三兄弟介紹麋竺給他們雙方認識。又把徐州之危告訴劉備，希望他能仗義襄助，解除徐州之危。

劉備說：「我才帶著三千兵馬，就算想去幫忙？面對曹操大軍也是杯水車薪無濟於事……不如，我再去向公孫瓚借個幾千兵馬，再借一員大將，然後再去協守徐州如何？」

孔融欣慰在心，麋竺百般要求劉皇叔能信守諾言。

劉備說，不管有無借到兵馬，一定前往徐州共退曹兵。

第二天，孔融帶領軍馬和麋竺先去徐州。劉備帶著三千兵馬和關、張二人，往公孫瓚處借兵。

公孫瓚聽到劉備借兵與曹操為敵就說：「你和曹操並無仇隙，為何要與他敵對呢？」

劉備說：「已經答應人家的事，豈可失信於人。」

「也罷，我借你二千兵馬。」

「某還要跟你借趙雲同往。」

公孫瓚答應。就這樣劉備帶著五千兵馬連同關張趙三員大將，直奔徐州而行。（這段情節即是戲劇《借趙雲》）

劉備一到，瞭解整個狀況之後，先寫了一封信，替陶謙向曹操說明錯在誤用黃巾賊餘孽，這罪不該由陶謙和徐州百姓承擔，希望他能為百姓設想，退兵回去。

接著，陶謙請人拿出官印令牌和徐州城的地籍人丁帳冊，要把徐州讓給劉備。劉備堅持婉拒。最後在麋竺等人建議之下，請劉備暫時把兵馬駐紮小沛。防患曹軍的威脅。

作品定位

出處：苗栗大湖萬聖宮
藝司：山城
作品地址：苗栗縣大湖鄉中山路 58 號

第二十回

呂布濮陽破曹操

▲ 呂布持方天畫戟在圖左，中間有山石相隔，可視為空間距離的分鏡線。中間手拿雙戟的是**典韋**[*]，再來或可當作曹操或他手下的大將，如于禁或夏侯惇等角色。除了劇名的提示之外，旗號上的「呂」和「曹」可以當作大軍旗號（曹軍、呂布的軍隊）。

前 情 提 要

　　劉備還沒到達徐州。之前「捉放曹」的中牟縣縣令陳宮勸曹操退兵不成，改勸呂布出兵攻打曹操的根據地。

掃圖聽講古

[*] 多次在危急之間將曹操搶救出來的勇將。最後一次是在戰宛城中，還為他犧牲性命，阻擋敵軍讓曹操順利逃走。

作品定位

出處：台南正統鹿耳門聖母廟
藝司：不明
作品地址：台南市安南區城安路 160 號

陶謙三讓徐州

▲ 白鬚翁陶謙雙手捧印，劉備雙手做出拒絕的手勢；關、張二將在旁。空白處寫著「陶恭祖三讓徐州」（公為白字，應是恭）。

前 情 提 要

　　曹操、呂布為了糧草暫時休兵。曹操移兵到鄄城暫住，聽說徐州的陶謙過世了，劉備接受陶謙臨死遺言，接了徐州刺史之職統領徐州。曹操一聽怒火衝天，大罵劉備假仁假意，竟然不勞而獲，遂立下毒誓：「劉備不死，難消我心頭之恨。」謀士荀彧卻說：「傳言未必是真，應派心腹前去詳細查探，瞭解真相之後再做道理。」

　　徐州這邊，陶謙自從曹操退兵回防兗州之後，每每為徐州百姓安危掛心。想讓位給劉備，卻總被他婉拒。

　　陶謙六十三歲，前幾天忽然染病，連著幾天都不見好轉。自覺可能好不了了，請人找來糜竺、陳登議事。

　　糜竺聽完陶謙似在交代遺言一樣，立刻跟陶謙說：「曹操退兵，只為呂布襲擊兗州。今天是因為天災缺糧雙方罷兵，等過年春天一到，勢必再來。府君兩番欲讓位給劉玄德，那時府君身體還算強壯，所以玄德不肯接受。現在您病體如此，玄德應該不會再拒絕您了。」

陶謙大喜，派人到小沛請劉備入城商議軍務。劉備帶著關、張與幾名隨從到達徐州。陶謙命人請到床前就坐。

　　劉備問安完畢，陶謙就說：「請玄德公來，無為別事，只因老夫病重，看來再吃也無久啊！萬望明公可憐漢家城池，以百姓為重，請你接受徐州牌印，你若會得接受，老夫死也瞑目。」

　　劉備：「你有二個後生，怎不傳于伊？」

　　陶謙：「長子商，二子應，才能都無法勝任。曹操若再犯境，靠伊兄弟絕對無能抵擋。老夫死後，還望明公教誨，但是千萬不通讓他等掌理州事。」

　　劉備：「備一身，怎堪當此大任？」

　　陶謙：「我請一人來輔助你。這個係北海人，姓孫，名乾，字公祐。他可為從事。」

　　陶謙又跟麋竺說：「劉公當世人傑，汝要好好輔助幫忙伊。」

　　但是劉備還是推辭，陶謙用手指劉，再回指自心而死。

　　眾軍舉哀完畢，即捧牌印交送玄德，劉備還是婉辭。

　　第二天，徐州百姓擁擠府前哭拜說：「劉使君若不領此郡，我等皆不能安生矣！」

　　關、張亦再三相勸，劉備才同意暫領徐州事；請孫乾、麋竺輔助，陳登為幕官；一面將取小沛軍馬取到城來城裡安紮，出榜安民，另外一面安排喪事。

　　玄德與大小軍士，盡皆掛孝，大設奠祭。事畢，將陶謙葬於黃河之源。再將陶謙遺表，申奏朝廷。

　　曹操在鄄城接到消息，陶謙死劉玄德領徐州牧，大發雷霆。

　　「我仇未報，大耳兒不費吹灰之力坐享徐州！吾先殺劉備，後戮謙屍，以雪先君之怨！」即時傳令攻打徐州。荀彧聽到命令，向曹操勸諫：「當年高祖保有關中方能與霸王項羽爭天下，光武帝擁有河內，才敢興王師討王莽。進可勝，退可守。明公的根基在兗州，河、濟乃是天下

要地，猶如當年高祖之關中、光武帝之河內也。今若進取徐州，多留兵則難以取勝；兵留少，呂布乘虛而入。兗州一失，徐州又不能得之，明公將歸何去？今日陶謙雖死，有劉備守之。徐州之民，既然已服劉備，見明公進逼徐州，一定助劉備而死戰。明公棄兗州而取徐州，是棄大就小，去本求末，以安而易危也。願明公三思三思。」

曹操想了又想，改去攻打汝南、潁州。此行，讓曹操最高興的是得到一員大將許褚。

作品定位

出處：台南永華宮
藝司：王妙舜
作品地址：台南市中西區府前路一段 196 巷 20 號

第二十二回
李傕郭汜大交兵

▲ 這件作品是磁磚畫，畫中兩員大將做奔殺狀，兩邊各有一人一軍朝兩人追來，加上底下一行字「李傕郭汜大交兵」，把這段故事做了交代。至於畫面中誰是郭汜？誰是李傕？真的就不容易說明了。

前 情 提 要 ────────────

　　曹操兵取兗州、濮陽，呂布敗逃。轉向投靠劉備。劉備讓呂布去小沛駐紮。

　　卻說曹操平了山東，表奏朝廷，加操為建德將軍費亭侯。其時李傕自為大司馬。獻帝劉協被李傕、郭汜兩人挾持，郭汜自為大將軍，橫行無忌，朝廷無人敢言。

　　太尉楊彪、大司農朱儁暗奏獻帝曰：「今曹操擁兵二十餘萬，謀臣武將數十員，若得此人扶持社稷，剿除奸黨，天下幸甚。」

　　獻帝泣曰：「朕被二賊欺凌久矣，若得誅之，誠為大幸！」

　　彪奏曰：「臣有一計，先令二賊自相殘害，然後詔曹操引兵殺之，掃清賊黨，以安朝廷。」

　　獻帝曰：「計將安出？」

　　彪曰：「聞郭汜之妻最妒，可令人用反間計，則二賊自相害矣。」

　　帝乃書密詔付楊彪。楊彪即暗使夫人找機會到郭汜府中，跟郭汜的

妻子說：「夫人，聽說郭將軍跟李司馬的夫人有染，感情很親密。假使讓李司馬知道，恐怕會替你們一家帶來殺機。夫人，你應該想辦法讓你家老爺與他們家斷其往來為妙。」

郭汜妻驚訝回說：「難怪他經常夜宿不歸！沒想到卻做出如此無恥之事！若非夫人說起，我還沒想到有這層機關。好，我會提防。」

楊彪妻告別，郭汜妻再三稱謝。

過了數日，郭汜又將往李傕府中飲宴。郭妻跟丈夫說：「李傕的個性難測，何況一山不容二虎，如果你有什麼不測，叫妾身怎麼辦呢？」

「婦道人家說三道四，成何體統？」

夫妻二人各不相讓，兩人負氣各居一室。到了晚上，李傕派人把酒筵送到郭家。郭汜的妻子事先下毒菜中，才讓下人端上。

郭汜拿起筷子就要吃，郭妻說：「酒菜從外而來，怎好拿了就吃？」

牽來一條狗，把盤中肉先給狗吃，沒想到那狗立刻死去，自此郭汜開始對李傕抱著防備的心。

有一天散朝後，李傕力邀郭汜到家飲宴，到晚上宴席才散，郭汜醉酒而歸，到半夜，忽然間肚子痛。他老婆說：「可能是中毒。」趕快叫郭傕強喝屎汁催吐，吐完之後人才沒事。

郭汜大怒說：「吾與李傕共圖大事，今天無端欲想要謀害於我，我若不先發治人，必遭毒手。」於是密整本部甲兵，準備攻打李傕。

李傕這邊早有人報知。

李傕大怒：「郭亞多安敢如此！」點了本部甲兵，來與郭汜相殺。

郭汜、李傕兩人交戰多時，期間還把皇帝皇后和文武大臣帶到洛陽，但洛陽早已燒得滿目瘡痍，連一間完整的房舍都沒有，怎麼當個朝廷呢？

作品定位

出處：基隆市濟安宮
藝司：不明
作品地址：基隆市信義區義七路 42 號

第二十三回
滿寵說徐晃

前情提要

　　獻帝被李傕和郭汜兩人劫往洛陽。大臣楊彪第二次請皇帝下召請曹操前來勤王護駕。獻帝劉協跟他回了一句：「之前已經降旨了，還下什麼詔。」楊彪聽完汗如雨下，沒想到這個少年皇帝記性還真不錯，趕緊派人去請曹操出兵前來救駕。

　　李傕、郭汜帶兵與曹操大幹一場，被曹操底下的大將殺得幾無還手之力，跑去落草為寇，當土匪去了。曹操提議，洛陽殘破難以重建，許昌有糧有城，若能遷都，相信對漢室萬代江山會比較好。（誰敢說不？）曹操帶著滿朝文武和皇帝皇后與內侍宮女往許昌出發。

　　來到半路，忽然喊聲大起，楊奉韓暹領兵攔路。曹操向前一看，只見一員大將

◀ 坐著的是徐晃，抱拳作揖的是滿寵。角落的文字「良禽擇木而棲，賢臣擇主而事；遇可事之主而交臂失之，非丈夫也。」把主題和故事裡滿寵對徐晃說的話都寫出來了。案上有燭，表示夜晚時分。兵器架上的大斧，應該徐晃習慣用的兵器。

作品定位

出處：台南善化慶安宮
藝司：不明
作品地址：台南市善化區中山路 470 號

　　威風凜凜，就命許褚出馬與他交鋒。刀斧相交，戰五十餘合，不分勝敗。曹操看著那員將軍問左右：「誰知道那人是誰？」

　　手下回答，那人名叫徐晃。

　　曹操有意收徐晃做為帳下大將，剛好行軍從事滿寵站出來說：「主公，我和徐晃有一面之交，今晚我扮作小卒偷進其營，一定叫他傾心來降。」曹操欣然派滿寵而去。

　　當夜，滿寵混入徐晃營中，看見徐晃秉燭披甲而坐。滿寵突然現身，向徐晃施禮：「故人別來無恙乎？」

　　徐晃驚起，一看：「你不是山陽滿伯寧嗎？ 為什麼會在這裡？」

　　「我現今在曹將軍那裡擔任從事。今日於陣前得看到老朋友，想跟你敍敍舊，所以冒險而來。」

　　徐晃請滿寵坐，問其來意。

滿寵：「老友有勇有謀世間少有，曹將軍當世英雄，禮賢下士天下皆知；今日陣前看見老友英勇，十分敬愛，不忍心以健將和你拼死決戰，特別讓我前來相邀同效明公，共成大業？」

徐晃想了好久才嘆氣說：「跟隨楊奉、韓暹那麼久了，實在不忍心就這樣離開他們。」

滿寵：「豈不聞『良禽擇木而棲，賢臣擇主而事』？遇可事之主，而交臂失之，非丈夫也。」

徐晃起身拜謝：「願從公言。」

滿寵：「何不就殺奉、暹而去，以為進見之禮？」

徐晃：「以臣弒主，大不義也。吾決不為。」

滿寵：「公真義士也。」

不久徐晃帶著帳下數十騎，連夜跟著滿寵來投曹操。

曹操收軍回營，滿寵引徐晃入見。曹操大喜。迎鑾駕到許都，建造宮室殿宇，立宗廟社稷省台司院衙門，修城郭府庫，封董承等十三人為列侯。賞功罰罪，一切由曹操處置。

曹操自封大將軍武平侯，以荀彧為侍中尚書令；荀攸為軍師；郭嘉為司馬祭酒；劉曄為司空掾曹；毛玠、任峻為典農中郎將，催督錢糧；程昱為東平相；范成、董昭為洛陽令；滿寵為許都令；夏侯惇、夏侯淵、曹仁、曹洪皆為將軍；呂虔、李典、樂進、于禁、徐晃皆為校尉；許褚、典韋，皆為都尉；其餘將士，各各封官。自此大權皆歸於曹操。

第二十四回

張飛失徐州

▲ 從動作來看，陳登（左二）拱手答應劉備（右四）要幫忙張飛（左一）守徐州；張飛的表情看來有點不服氣。關公在右三，另兩位可演陳登之父陳圭和糜竺。

前 情 提 要

　　曹操將獻帝及一班文武遷往許昌（後稱許都）。凡大小事情都要經過曹操才能頒行，等同挾天子以令諸侯。

　　曹操暗中派人向袁術通報，說劉備上密表要攻打你，讓袁術恨劉備出兵攻打徐州。

　　袁術大軍未到，劉備已經接到朝廷詔書，要他帶兵去打袁術。糜竺一聽，就跟劉備說：「這又是曹操的奸計。」劉備表示，雖知是計，但王命卻不可違逆，否則犯抗旨之罪，變成任何諸侯都可以來打我們徐州。劉備不得已只好和大家商量出兵的事情。

　　孫乾跟劉備說，應該先把守城的大將找出來，再出兵。

　　劉備公開問：「二弟之中，誰可守徐州？」

　　關公：「弟願守此城。」

　　劉備：「我早晚得與你議事，豈可相離？」

張飛：「小弟願守此城。」

劉備：「怕你守不著，一來個性剛強，二來歹性地。小可代誌就打大打小，又不聽人勸，我實在不放心。」

一旁的糜竺、陳登心中已知劉備意思，卻不動聲色。

張飛：「弟從今以後不喝酒，也不打軍士，有人勸我，我一定會聽就是了。」

劉備：「你話雖然如此保證，可是我還是不放心啊。」

劉備講著，轉向一旁的陳登（字元龍）說：「還請陳元龍輔佐，早晚讓你少喝一點，以免誤事。」陳登應諾。

劉備吩咐妥當，統馬步軍三萬離徐州望南陽進發。

徐州的張飛，不喝酒時還很正常的執行其代理的職務；他管武事，凡軍隊治安等等都歸他的事，文官的庶務有陳登（字元龍）料理。

有一天，張飛想說大哥交代的任務──代管徐州諸事，一切都很平安，應該感謝州郡裡的文武官員。就大開宴席，邀請文武官員一同入席，名為慰勞犒賞之宴。

宴席中，張飛命人進酒，陳登看到連忙婉言相勸。

「張將軍，大家感謝將軍心意就好，酒，就不必上了。」

「陳大人，這是哪裡的話，沒酒，怎表示俺對大家的感謝之意呢！大家小小淺酌，無妨，無妨。大家說對不對？」陳登還沒回答，酒杯已經被倒滿酒。

「來，陳大人，某先敬您一杯，先乾為敬！說完仰頭就是乾杯。」

陳登無奈也只好端起酒杯喝下這杯敬酒。

張飛一桌一桌的敬。來到一員將軍前面，那人說：「張將軍，某曹豹自小天戒，不沾酒，還請將軍讓某以茶代之。」

「來，來，哪有什麼以茶代酒的禮數。請！」

曹豹苦求不得，搬出女婿是呂布想讓張飛顧及呂布的面子，放過自

己，沒想到這下更惹得張三爺大怒。打曹豹出氣。曹豹被打，當夜就寫信派人送去給小沛的呂布，說劉備和關雲長不在徐州，叫呂布趕快帶兵攻打徐州，占地為王。

呂布接到書信，當夜就帶兵來到徐州城下。有了曹豹的接應，徐州城一夜變色。張飛醉夢之中，被人喊起，著盔穿甲抵抗呂布的攻打。不敵，帶著幾名兵士逃去尋找他兩位哥哥。

張飛向劉備告罪失徐州的經過之後，關公問張飛：「兩位嫂嫂的下落如何？」張飛一時講不出話來，羞愧自責拔劍就往自己的脖子抹去。劉備抱住他說：「兄弟如手足，妻子如衣服，衣破尚可補，手足斷焉可續？想必呂布不致於那般無情無義無人性。攻打袁術的事，也算了，趕快回去徐州找呂布，看看還有沒有轉圜的機會。」關公默然點頭。

劉備回到徐州城外，呂布接進城去，告訴劉備張飛打曹豹的經過。呂布把徐州印信端出來請劉備，劉備沒接。帶著家小與關、張，自去小沛安頓。

作品定位

出處：台南善化慶安宮
藝司：李勝雄
作品地址：台南市善化區中山路 470 號

孫策向袁術借兵往江東

▲朱治說：「君何不告袁公路借兵往江東，假名救吳璟實圖大業，而乃
久困於人之下乎？」兩人說完隨入帳研議大事，不久呂範進帳向兩人
表示，願助孫策一臂之力。

前 情 提 要

　　之前曹操矯詔召集眾諸侯討伐奸臣董卓，孫堅為前部先鋒，初陣即
勝，卻向袁術討糧受阻，大軍因缺糧兵敗，事後向盟主袁紹爭取欲討公
道，袁術無言可答。後董卓遷帝都洛陽，孫堅入宮得到玉璽，被部下反
叛，立下毒誓博得袁紹信任，得以回轉江東另圖大業。

　　不久，袁紹、袁術因借糧之事兄弟不睦，袁術再向劉表借糧又沒借
到，於是寫信叫孫堅打劉表。

　　孫堅也在那次征劉表一戰陣亡。孫堅的長子孫策陣前，以捉到的大將
黃祖，和劉表交換父親孫堅的遺骸，回去江東埋葬。

　　孫策把父親孫堅的喪事料理完畢之後，又回去找袁術（字公路），袁
讓他擔任義校衛（官名）。

　　袁術在壽春大宴將士，宴席還在進行當中，有人通報，孫策前去征剿

廬江太守陸康，得勝而回。袁術聽到之後，立即傳進，讓孫策侍坐飲宴。

袁術站起來舉杯向孫策敬酒慶功，孫策也站起來手捧酒杯。袁術對眾人說：「我袁公路如果生的兒子有孫郎這樣的才情，就算死了，也沒有遺憾了。哈哈哈哈～」

在場的賓客都往孫策這邊看，紛紛表示孫將軍蒙主公如此垂愛，真是福氣也。

當日筵散，孫策歸營；脫下盔甲戰袍將身洗潔之後，命隨從退下，自己在中庭望月沉思；想起父親孫堅一生英雄豪氣，而自己竟然淪落至此～不覺放聲大哭。

忽然間看到一人由外走進庭中嘆氣說：「伯符為了什麼如此傷心？令尊在時，曾對我多有關照，你有什麼難以解決的事，告訴我。或許能替你解疑。」

孫策仔細一看，原來是丹陽故鄣人，姓朱，名治，字君理（孫堅舊從事官也）。

孫策收淚，請朱治入內就坐。

「策之所以傷心，只恨不能繼承父志啊！」

朱治：「怎麼不跟袁術說，想跟他借兵去救吳璟。利用借兵之名，到江東興圖大業。如此一來，總比在這裡當人家的下屬有前途吧！」

兩人正在商議之間，忽然間有人走進帳中就說：「你們說的我都聽到了。我手下有百名門客，願助伯符一馬之力。」

兩人同時抬頭，看到說話的人，正是袁術的謀士，汝南細陽人，姓呂，名範，字子衡。

孫策大喜，請他入座共議大事。三人進一步研究。

呂範：「只怕袁公路不肯借兵。」

孫策：「我有亡父留下的傳國玉璽，可為質當。」

呂範：「袁家兄弟想要得到這顆玉璽已經很久了，袁公路如果看到你獻出這個東西，一定會答應你的請求。」

三人計議已定。第二天，孫策晉見袁術，袁術在花廳接見。孫策向袁術說：「先父之仇未報。母舅吳景，又被揚州刺史劉繇所逼；我母親和家小都在曲阿，恐怕被他所害，策想跟明公借兵數千，過江救難省親。怕明公不信，現有亡父留下的傳國玉璽，權為質當。以表策心。」

　　袁術一聽玉璽，立即接過，仔細觀察研究。金鑲玉就，五龍授紐印文曰：「受天之命，即壽永昌」八字。

　　「吾非要你玉璽，今權且留存。我借你兵三千名，馬五百匹，平定之後要趕快回來。你職位卑微難掌大權。我表你為折衝校尉殄寇將軍，即日領兵啟程。」

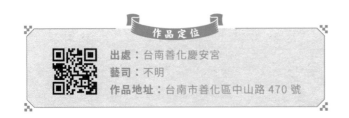

作品定位

出處：台南善化慶安宮
藝司：不明
作品地址：台南市善化區中山路 470 號

第二十六回
孫策大戰太史慈

▲ 孫策挺槍拍馬追趕背負雙戟的太史慈。

前情提要

　　孫策向袁術借兵，袁術怕他官階太小，難以調兵遣將，特別幫他升官。孫策渡江，初戰攻打劉繇的牛渚營就大獲全勝，逼得鄰近的城池共推劉繇為抗敵盟主，合力對抗孫策。

　　孫策帶了幾名大將去神亭嶺向漢光武帝燒香，被太史慈知道。太史慈請令要去活捉孫策回來。但主帥劉繇不同意，又被同袍譏笑說他不自量力。太史慈不服氣，覺得對方才十三個人，只要我方略施小計就能把他們一網打盡。眾人仍然不敢去拔虎鬚。太史慈看大家都沒鬥志，又只想看笑話，忍不住血氣之怒，招了張勇就衝出營去。來到神亭嶺下，看到孫策一行人，就大喊：「孫策莫走！」

孫策回頭看到兩匹馬飛奔而來，孫策將十三騎擺開陣勢在嶺腳等他。

太史慈：「哪個是孫策？」

孫策：「你是誰？」

太史慈「我就是東萊太史慈也，特別來捉孫策！」

孫策笑笑的回他：「我就是你欲找的孫策。」

孫策說自己人多，你們只有兩人；別讓人家笑我們以多欺少，咱兩個**孤對釘***；釘孤枝。太史慈也說：「好，釘孤枝就釘孤枝，偷打的，狗子。」

兩人說完縱馬提鎗大戰五十合仍不分勝負。一旁程普等人看到太史慈如此身手又有膽勢，不禁暗暗稱奇。

太史慈看孫策槍法綿密，單憑武力肯定無法打敗對方。於是假裝劣勢跑給孫策追。孫策不知太史慈的詭計，跟著追去並且大喊：「逃走的不算好漢！」

兩人你追我跑，來到一處空曠的地方，太史慈看那十二將沒再追來，勒轉馬頭等他孫策到來。

孫策一到，太史慈立刻刺出槍。孫策動長槍架開太史慈的攻擊。兩人又打了幾十回合。

孫策一槍搠去，被閃過，順勢用手臂挾住來槍，然後用另一手持槍回刺太史慈；兩個你挾住我的我握住你的，竟然一起扯下馬來。兩匹馬分別逃開現場。兩人揪住亂打，連戰袍也被扯得粉碎；孫策扯下太史慈背上的短戟，太史慈亦抓了孫策頭上的頭盔。孫策用短戟去刺它主人，太史慈拿孫策的頭盔遮架短戟。

忽然間人馬喊聲從後方傳來。原來是太史慈的主帥劉繇帶兵前來接應，大約有千餘員兵將。孫策一看敵人偌大的陣仗心裡慌急之際，程普等十二騎也到了。孫策才與太史慈放手，看尋自家兵馬重整裝備。太史

---

* 單挑，其他人不應暗算對手，也不可以幫忙的意思。

慈有劉繇千軍助力，孫策也有周瑜帶兵前來幫忙。時近黃昏，暴風雨忽然急下，兩下各自收軍回去。

第二天，孫策帶兵來到劉繇營前，劉繇引軍出迎。兩陣對圓，孫策用槍挑著太史慈的小戟來到陣前，命令軍士大叫：「太史慈若不是走得快，已被刺死了！」

太史慈也把孫策頭盔挑於陣前，讓軍士大喊：「孫策的頭在這啦！」

兩軍吶喊，這邊誇勝，那邊稱強。這回再次對陣，孫策有周瑜幫忙，大獲全勝。孫策看太史慈勇猛又單純，有意招降。與眾將設陷阱活捉，再以誠招降。太史慈從此投在孫策帳下。

孫策握著太史慈的手笑問：「神亭相戰之時，若你捉了我，會傷害我否？」

太史慈笑答：「我哪知！」

孫策大笑請太史慈進帳，請他上坐，並且設宴款待。

太史慈向孫策表示，本部還有一些逃散的兵馬，他想回去招降，把他們帶來為主公效命；另一方面，也是讓他們不再流離失所，有個安定的地方（無業遊民真的很可憐）。孫策答應了，就讓太史慈離開。一些老將知道了卻對他說，太史慈新投主公，心恐未穩，主公放他走，他還會回來嗎？

孫策說：「你們看吧！」

作品定位

出處：花蓮北埔福聖宮
藝司：不明
作品地址：花蓮縣新城鄉北埔路 183 號

轅門射戟

第二十七回

▲ 右邊有一枝插在地上的方天畫戟，呂布帥氣張弓搭箭。呂布身後拉雉
尾的大將紀靈，接著是劉備。畫師以八角洞門和粉牆表現場景，這跟
小說描寫的營寨空間略有不同。

前 情 提 要

　　小霸王孫策用玉璽為質押，向袁術借兵回江東建基立業。袁術當時說
得好聽，說並非在乎那只玉璽，只盼望他能早日回來（你連人都是我的）。

　　孫策把太史慈收歸駕前之後，在黃蓋、程普、周瑜等人一同協助之
下，終於有了自己江東一片天。

　　劉備（字玄德）一聽袁術大軍即將要來，寫信去請呂布協防。但袁術
卻也同時讓紀靈帶著厚禮前去送給呂布，並寫了一封書信要求呂布保持
中立，讓紀靈放心攻打小沛的劉備。

　　在徐州城內，呂布看了書，與陳宮商議說：「袁術送糧致書，是要叫
我不要去幫忙玄德。現在他卻來求救。我想玄德屯軍小沛，不會危害到
我；如果袁術併吞小沛，再北連泰山諸將來打我，我們就完了。不如前

去救他劉備，以保無虞。」

有了結論，呂布帶著兵馬來到沛郡西南安營紮寨，與城下東南十里之處的紀靈大營遙遙相對。劉備城中只有五千兵馬，在城外結起防禦營寨。

呂布一切準備妥當，立即寫了兩封請束，一封送到紀靈營中，一封來到劉備手裡。

呂布熱情又大方，先迎接劉備進帳，隨後紀靈也到。

「他怎麼會在這裡？」劉備、紀靈兩人心中同時湧現這個疑問。

一邊說我還有事，先回。一邊講：「失禮了，我回營忙去。」

呂布威儀鎮住場面。

「坐，請坐，請上座。」

酒菜上來，呂布知道劉備的不安，也看出紀靈的憤怒與恐慌。開口：「請兩位到來，不為他事。特別要替雙方化解干戈，所辦的和解酒。希望您們能替百姓與無辜的將士們著想，『化干戈為玉帛』。」

劉備一聽大喜在胸；紀靈一聽，心想：「難道他敢用強勢的手段逼我退兵？不是才送過禮給他，要他不要管這件事嗎？難道他會不講信義？」

張飛看到紀靈在那裡怒眉瞪眼，他可不爽了。衝到紀靈案前挑釁，紀靈也不服輸，兩人就在宴中吵起來了。呂布衝到兩人中間，張開雙手就把兩人隔開。劉備也衝出來將張飛攔下。

呂布說：「兩位，若以拳頭相爭，您們看那西楚霸王項羽『力能扛鼎』，結果被高祖逼得烏江自刎。所以某說：還是不要事事單憑武力，就想解決事情才好。」

說完也不讓兩人講話，就命人把方天畫戟抬著，去插在一百五十步

之遙的轅門下，再對雙方說：「你們或戰或和，咱問天卦。如果呂布的箭出，能射中畫戟小枝，雙方看在天公的面上，各自收兵回去。如果射不中，你們兩家自己去拼輸贏，呂布決不插手干涉。」

紀靈表示自己是奉命行事，不像你們只要對自己交代就好。這叫我回去怎麼跟袁大將軍回覆呢？

呂布表示：「如果真的老天幫助劉備，我再寫封書信替你說明一切。自然沒你的責任。你主公若見怪於汝，我再替您講話。」

「等你去講時，我頭跟身體可能早已分家！」

「紀大將軍，汝多慮了。來人，弓箭侍候。」

兵士們取過呂布的雕弓畫翎箭。只看呂布搭箭張弓，箭離弦咻一聲～劃破天際，鐺！

紀靈目中含怨看著呂布。張飛冷笑望著紀靈。劉備樂得眉開眼笑，直謝溫侯神箭百步穿楊。

呂布看了一回之後，邀紀、劉一同進帳（張飛沒被邀到？）。三人就座之後呂布就命部下筆墨伺候，劉備趕忙磨墨。呂布提筆把信寫好交給紀靈，好像不是特別跟他說的一樣講：「這件事情憑天而斷，如果再有人不服，我將全力對付他。」

作品定位

出處：台中潭子摘星山莊

藝司：不明

作品地址：台中市潭子區潭富路二段88號

第二十八回

韓胤替袁術向呂布女下聘

韓胤下聘

勝雄作

▲ 呂布坐在案後背對觀眾，後面站著官員或可當陳宮。前面是媒人公，
也是袁術的使者韓胤。這回是第二次見面，也就是替男方到女方家下
聘的。

前 情 提 要

　　呂布轅門射戟化解劉備與袁術之間的衝突之後。劉備帶著關公、張飛
回小沛。

　　紀靈拿著呂布的信，帶兵回去向袁術繳令。袁術看紀靈兩手空空回
來，氣得要把他殺掉。幸好紀靈替自己的性命獻上一條計策，想讓呂布
自己動手除去劉備。袁術問他是什麼計策？

　　紀靈分析大局給袁術聽：「主公若直接攻打劉備，呂布勢必替劉備出
頭。若兩人合力對抗我軍，我軍將難以應付。聽說呂布有個女兒，恰好
二八年華。主公也有一子。如果兩家姻親關係，他一定會為了女兒的幸
福殺了劉備，這叫『疏不間親』之計。」

　　韓胤帶著豐富的大禮來和呂布見面，說出袁術想跟溫侯結為兒女親

家。呂布說女兒的親事還要跟夫人研究一下，命人以上賓之禮接待韓胤。

呂有二妻一妾。正妻嚴氏，次妻是之前被張飛強迫喝酒，造成張飛失徐州的曹豹之女。但此時也已經不在，而且沒有留下子女。妾則是貂蟬。呂布到後堂找妻子嚴氏，問她意見。嚴氏聽完呂布的話後想了一下說：「聽君候的話，感覺袁術（字公路）久鎮淮南兵多糧廣，自立為王登基九五至尊是早晚的事，若成大事，我們的女兒就有后妃之望。只不知袁公路有幾個兒子？」

「只有一子。」

「既是如此，就可以答應他。就算我們的女兒做不了皇后，徐州也可無憂。」

呂布回覆韓胤，韓胤立刻回去稟報袁術。袁術大喜又派韓胤帶著聘禮，來到徐州下聘。呂布收下聘禮，設宴款待，宴後留韓胤在館驛休息。

第二天陳宮去館驛拜望韓胤，一番客套寒暄之後，陳宮叫隨從退下。然後問韓胤：

「這條計策是誰獻的？目的是想要劉備的人頭否？」

韓胤一下子就洩氣求饒了。

「希望公台替我保密。」

「我是不會說的，只不過日久生變。」

「那該怎麼辦？還請公台教我。」

「我去見奉先，讓你即日把新娘帶回去等候成親。如何？」

韓胤大喜，連忙稱謝：「若如此，袁公感恩不盡！」

陳宮去見呂布，兩人談了好多關於婚俗禮節的話。從受聘到成婚需要多久的定例。天子一年，諸侯半年，大夫一季，庶民一月。

呂布說：「袁術天賜國寶早晚稱帝。這樣的話，從天子例可以嗎？」

「不妥。」

「依他目前的官位，可從諸侯例。」

「也不妥。」

「那就從卿大夫例。」

「還是不適當。」

呂布笑著說：「難道公要我從庶民之禮？」（呂布稱呼陳宮為公，可說平時對陳宮是從心裡對他尊敬）

「也不是這樣。」

「那按照您的意思，我該怎麼做比較合禮？」

「眼前天下紛亂，互相爭雄，今天您跟袁術結親，難保其他諸侯看了不會眼紅，若還要選日擇期，消息一出，或半途搶親，那時就不好辦了。這可不像溫侯隻身上戰場，單憑胯下赤兔馬，雙手方天戟就能殺敵制勝？」

「公台，您就給個辦法吧！」

「如今之計，不答應婚事就算了，既然已經收下對方的聘禮，應該趁諸侯都還不知道的時候，趕快把新娘送到壽春，找個別館住下，然後擇吉成親，便可萬無一失。」

「多謝公台指點迷津。」

呂布回家跟妻子嚴氏商量，嚴氏同意。連夜備辦嫁妝，香車寶馬。第二天派宋憲、魏續跟著韓胤護送新娘出發。

作品定位

出處：台南善化慶安宮
藝司：李勝雄
作品地址：台南市善化區中山路 470 號

第二十九回 戰宛城

▲ 中間以牆分成內外。屋裡是曹操和張繡的嬸嬸鄒氏；屋外是典韋和張
繡，最左邊雙手拿著雙戟的小兵是盜盔甲和雙戟的胡車。人物造型扮
相除了色彩之外，盔、冠、布、巾、袍、甲、靴、褲都和京劇很像。

前情提要

　　袁術聽紀靈的話使用疏不間親之計，被徐州元老陳珪（陳登的父親）
識破化解了。劉備在小沛招兵買馬，張飛截走呂布百五十四駿馬，迫使劉
備奔逃投靠曹操，尋求收留。

　　曹操接到劉備的回報，說已經準備好了。才要出兵，流星探子馬報
說，張濟自關中引兵攻打南陽，被箭射死，張濟的姪子張繡接領兵馬，
用賈詡為謀士，結連劉表，屯兵宛城，準備興兵犯闕奪駕。曹操聽完大
怒，改轉方向攻打張繡。

　　曹操帶著典韋、許褚等大將攻打宛城。張繡在賈詡的建議之下，開
門投降，打算從中尋找機會反攻。

曹操看張繡誠意倍足，欣然接受，讓張繡繼續自管宛城。

曹操等一切安頓妥善之後，只帶典韋和長子曹昂和侄子曹安民進城察訪民情。典韋帶兵安頓兵馬。曹操換了便服帶著後生曹昂和曹安民上街閒看。

張繡叔叔之妻鄒氏，丈夫死後守寡在家，獨守空閨。這日閨中好友前來相邀出門解悶，三人連同丫環春梅帶著古琴登樓撫琴散心，不巧被曹操遇到。一人在大街走著四處張望，一人在高處往下逡巡看過往的行人。四目交接竟然像乾柴遇到烈火般，一發不可收拾。兩人內心刹時好感頓生，款曲暗傳。只是光天化日之下，礙於情面未多攀談各自回門。

曹操等人回到館驛，向張繡表示今晚要夜宿城中，明天繼續察看風土景觀。然後才班師回朝。張繡一聽，心中暗暗稱喜卻不動聲色於他。

夜裡，曹操與侄曹安民似有同感，巧妙引出你問我答的小遊戲。

曹安民替兩人牽針引線，曹操美人懷抱。

第二天張繡的晏公（奴僕）向他稟報，夜裡有數十名兵士到大老爺府中把大夫人和丫環春梅帶走，一夜未歸。張繡命人去查，發現那些兵士不是自己軍隊的人。

聯想：「會不會是曹操的人幹的好事？」張繡去館驛向曹操請安，沒想到竟然遇到丫頭春梅。內心忿忿：「壞我門風的賤人！定要查個水落石出，若真果如此，一定要替叔叔雪恥。」

曹操被張繡撞壞好事，卻也不怕。

只礙在世人耳目，館驛不住，兩人搬到城外大帳，又命典韋在外紮下一座營帳日夜保護，自己與鄒氏兩人在營中日夜作樂。連許昌也不想回去了。

張繡找賈詡研究對策。

賈詡：「曹操在典韋營寨內居住，讓典韋於寨門旁守護，若能把他灌醉，再想辦法把他雙戟盜走，他就好像一隻斷螯的大閘蟹，治他就不難了。可是誰有辦法去偷他的雙戟呢？」

　　「末將胡車兒願往，大人只要以送寶馬為名連我當馬夫也一起送去，不怕沒機會下手。」

　　典韋在寶馬入廐之下，防心盡卸。與張繡喝到大醉才被小兵送回營寨。當夜，胡車兒盜戟成功，吹起螺音。張繡頭載白巾身被白袍，帶兵襲營。典韋手無寸鐵捉了兩名兵士做為武器，阻擋敵兵。曹操逃了。典韋、曹昂和曹安民都被殺死。典韋死的時候，還站在門外不曾倒下。

　　張繡：「典大將軍，你在生英雄漢，死後英雄鬼。汝主已去逃生，你任務已完，可以瞑目了。」在眾人參拜之後典韋才倒下。張繡破門追殺曹操。

出處：台南白河大排竹六順宮
藝司：不明
作品地址：台南市白河區大竹里大排竹 173 號

第三十回
夏侯惇啖睛

▲ 畫面中間是夏侯惇，馬前蹄高抬頭仰嘴張，狀若急嘶。大將左眼緊閉，右手拔箭張口做啖的表情。

前 情 提 要

　　曹操宛城之戰以後回到許昌，迎進來自徐州的陳登送來袁術的人韓胤，陳登說明原因，曹操就把韓胤給殺了。

　　曹操安頓好徐州和劉備事後，又出兵去攻打張繡。這時的張繡已經和荊州的劉表有了合作關係。

　　曹操與眾謀士議談軍事，郭嘉向曹操說，袁紹與呂布兩人，必須先除呂布，此人雖無謀，但是有陳宮在，難保他不會亂動。要動他，卻要先把袁紹安撫下來，讓他不會趁虛而入來攻打許都。

　　荀彧（字文若）也說：「先讓人跟劉備約好時間，等他回報才可動兵。」

　　「正合我意。」

　　一面寫信給劉備，一邊讓人帶著厚禮和詔書去給袁紹。封紹為大將

軍太尉，兼都督冀、青、幽、并四州，另密信告訴他打公孫瓚我會相助你的。袁紹接信大喜，就進兵去攻打公孫瓚了。

呂布對陳登父子的奉承，百依百順；卻對陳宮的建議不置可否。陳宮心悶，帶著從人到城外遊獵散心。無意之間發現一匹驛馬（古代的官方快遞），感覺奇怪，這是怎麼回事，沒聽說徐州城有什麼事情啊！難不成是給劉備的！獵也不打了，趕緊追上攔問：那人看陳宮知道他是呂布的人，嚇得說不出話來。

「搜！」

一聲令下，找到一封劉備給曹操的密信。

「帶走，去見溫侯。」

呂布一看一問，知道曹操聯合劉備要對自己不利，氣得把使者斬首。然後派陳宮、臧霸結連泰山寇孫觀、吳敦、尹禮、昌豨，東取山東兗州諸郡。令高順、張遼取沛城，攻打劉備。呂布親自為三路救應。

高順軍到，劉備在敵樓上問曰：「我與奉先已經和好，為什麼帶兵到此？」高順：「你結連曹操，欲害吾主，今事已露，何不就縛！」說完就發炮攻城。但劉備城門緊閉，不跟他戰。

第二天，張遼（字文遠）引兵攻打西門。關公在城上看到開口就說：「公儀表非俗，何故失身於賊？」張遼低頭不語，帶著兵馬離開。

曹操接到簡雍，立刻點了夏侯惇、夏侯淵、呂虔、李典領兵五萬先行，自統大軍陸續進發，簡雍隨行。

高順接到探子馬報告，說曹操大軍已經出發且快到了，趕快回報給呂布知道。呂布命高順移離沛城三十里準備迎戰，自己帶兵隨後接應。

劉備看到高順退走，知道曹操將至，只留孫乾守城，糜竺糜芳守家，自己和關、張帶兵出城分頭下寨，接應曹操大軍。

夏侯惇帶兵來到半路，遇到高順軍。兩軍相遇立即展開廝殺。高順不是夏侯惇的對手，被他追著跑。眼看就快追上，再一個馬身就可刺死高順。忽然間一聲箭羽入耳，連忙將手中槍由下往上一掃，一支箭就往左眼扎去。夏侯惇眼皮一眨用手把那支箭抽出，整顆眼珠隨之而出。

大呼曰：「父精母血，不可棄也！」就著箭就往嘴裡送進，雙方兵士看得目瞪口呆，那個射箭的人手上一把弓還握著。

「大膽曹性敢暗箭傷人，納命來！」催動快馬急奔那人面前，一槍刺去，敵人斃命。

夏侯惇殺了曹性，痛感襲上無心再戰，縱馬便回。高順從背後殺來，麾軍齊上，曹兵大敗。夏侯淵救兄離開，曹軍邊戰邊退。

作品定位

出處：東港東福殿城隍廟
藝司：陳秋山（陳秋山作品已重新仿作）
作品地址：屏東縣東港鎮延平路 319 號

第三十一回

下邳城曹操鏖兵戰呂布

▲ 城額下邳，城上站了兩人，頭插雉尾的是呂布；旁邊的將軍是陳宮，
右手握弓。城下戴相貂官帽的是曹操，黃羅傘在他身後由士兵拿著，
大將與步兵數名。這時的城門應該是要關上的，畫中卻略開一縫，不
知畫師的用意。畫境與小說描述相似。

前 情 提 要 ─────────

夏侯惇眼睛受傷被救走。呂布隨後進殺一陣之後，回頭攻打小沛。

　　曹操遇到夏侯淵才知夏侯惇眼睛受傷，命人把他帶回許昌療傷。
然後派人打探呂布軍情。探子馬回報：「呂布與陳宮、臧霸結連泰山賊
寇，齊攻兗州諸郡。」

　　曹操一想：「呂布不在徐州，天賜良機。」立即命令曹仁引三千兵打
沛城，再由自己指揮大軍會合劉備來戰呂布。前進到山東路近蕭關，正
好遇到泰山寇孫觀、吳敦、尹禮、昌豨領兵三萬多兵攔住去路。曹操下

令許褚迎戰，四將一齊出馬。許褚奮力死戰，四將抵敵不住各自敗走。

這時呂布已回徐州，想和陳登一起去救小沛，讓陳珪守徐州。

陳登臨行之前，他爸爸陳珪跟他說：「昔日曹公曾說『東方之事盡付與汝。』今天呂布將敗，可以出手了。」

陳登：「外面的事，兒自有辦法。如果呂布敗回，父親和糜竺一同守城，莫放呂布進城。兒自有脫身之計。」

陳珪：「呂布妻小在這裡，而且心腹頗多，該怎麼辦？」

陳登：「兒，有計了。」

呂布不聽陳宮忠言，偏對陳登父子的糖衣毒藥言聽計從。在陳登幾次調虎離山之計，徐州、小沛等城全被曹操拿走。自己只能帶著家小和陳宮到下邳做困獸之鬥。

曹操拿下徐州，劉備三兄弟也團圓了。曹操和眾謀士商議續打下邳。

程昱：「若把呂布逼得太急，跑去和袁術聯軍，就不好辦了。倒不如守住通往淮南（袁術地）要道，內防呂布，外擋袁術，讓他們無法串聯。再說山東還有臧霸、孫觀之徒未曾歸順，也不可不防。」

曹操命劉備在通往淮南要道設立營寨，嚴禁人員出入，若放一人出入，按軍令處置。自己則帶兵攻打下邳的呂布。

曹操帶兵來到下邳城外安營紮寨之後，帶隊來到城下。呂布、陳宮在城樓上觀看敵情。

曹操看到呂布與陳宮出現，放開聲對呂布說：「聽說奉先要與袁紹結為兒女親家，我才帶兵到此。想那袁術有篡逆謀反之罪，而溫侯有破董之功。汝如何自棄前功而從亂臣賊子呢？一旦城破，溫侯後悔莫及。」

「丞相暫且退兵。容某思之。」

陳宮知道呂布的個性，看他這樣回答，一邊大罵曹賊！奸雄！安

弓搭箭，一箭往城下曹操射去，射穿曹操的黃羅傘蓋。

「陳宮，吾不殺汝誓不為人！殺！」

曹操大令一揮指示士兵攻城。

呂布軍以逸待勞，滿城軍士全力守城。曹兵攻城無效，曹操收兵回寨。

陳宮對呂布說：「曹操遠來，不能久持。將軍可屯兵在城外，我陳宮守在城內。曹操來攻，你隨後攻擊。等曹操反攻溫侯，吾再出城追殺，叫他首尾不能兼顧，此役必勝。」

呂布一聽深感認同。兩人約定日暮分兵調度，利用夜間帶兵潛出到城外紮寨。呂布回府準備，陳宮去調遣兵將，要與曹操一決死戰。

作品定位

出處：苗栗大湖萬聖宮
藝司：不明
作品地址：苗栗縣大湖鄉中山路 58 號

白門樓

▲ 堂中站著曹操，呂布雙手被銬，一腳被貂蟬捧著，頭望劉備。外面有提大刀的關公和張飛。人物肢體動作都與戲劇的表現相似。亭台樓閣造型吸收曾經流行於本地的西洋建築裝飾語彙，如三角尖型立面和圓洞狀的女兒牆。

前情提要

　　曹操攻打在下邳城的呂布，呂布無主見；曹操一句：「汝有為國除董卓的大功勞。卻想欲與謀逆的袁術聯姻？一旦城破，溫侯一世英名盡付江流。」呂布心被打動，回答曹操：「讓我想想。」卻被陳宮一箭射破曹呂兩人想要編織的美夢。

　　陳宮叫呂布趁曹操遠道而來，一切還沒安置妥當，溫侯帶兵駐紮城外。曹操攻打城外的溫侯：「我由城內打他後軍。他若攻城，你自城外擊他後背，叫他首尾不能兼顧。我們有糧，欺他無糧，時間一久，他必然退兵，此危可解。」

呂布一聽有道理，回府準備衣物。

這時是冬天。他的妻子嚴氏問他，你要去哪裡？呂布把陳宮的話照實講了。正妻嚴氏想到往事說：「溫侯出城，萬一城破，不知道我們還能不能做夫妻？」話還沒說完，眼淚就掉下來了。呂布最不能看女人哭，女人一哭他心都亂了。

呂布未聽謀士陳宮的話，下邳城破，呂布被擒。陳宮、張遼都成了曹操的階下囚。

曹操：「公台，別來無恙否？」

陳宮：「呸！奸賊。客店之中無一劍取你性命，是吾一生之憾。」

曹操：「你罵我奸雄，那呂布又好到哪裡？讓你如此相扶？」

陳宮看著呂布對曹操說：「恨他不聽吾言，要是他能聽我的意見，今天未必能捉得他。」

曹操：「這些都不用講了，來我這裡，我讓你一展長才，如何？」

陳宮：「無啥可言，求死而已。」

曹操：「你敢無顧慮老母與妻兒生死？」

陳宮：「我聽說以孝治天下者，不害人之親，施仁政於天下者，不絕人之祀。老母妻子存亡，端在明公。吾身被擒，只求一死並無掛念。」

陳宮說完頭也不回走向刑場而去。曹操心有不捨想要挽留陳宮，但陳宮步伐不停繼續向前。曹操含淚高聲發令，但又好像故意講給他聽：「送公台老母、妻子回許都養老。若有怠慢者，斬！」

陳宮聽到未再開口，伸頸就刑。

就在剛才曹操送宮下樓時，呂布跟劉備說：「公為坐上客，布為階下囚，何不發一言而相寬乎？」劉備點頭示意。等到曹操上樓來，呂布對曹操說：「明公所患，不過於布，布今已服矣。公為大將，布副之，天下不難定也。」

曹操轉向劉備問：「玄德公，如何？」

劉備：「公不見丁建陽、董卓之事乎？」

呂布怒目劉備：「滿口仁義道德，卻無信義之人就是你。」曹操命人牽下樓去行刑。呂布回頭罵劉備：「大耳兒，還記得轅門射戟，你說的話否？」

忽然一人大叫：「呂布匹夫！死就死，怕啥！」眾人一看，正是被刀斧手擁著的張遼。

曹操指著張遼說：「這人好面熟哦。」

張遼：「濮陽城中見過，難道你忘了？」

「你原來也記得！」

「只是可惜！」

「可惜啥？」

「可惜當日火不大，未燒死你這國賊！」

「敗將還敢罵吾！」拔劍在手，親自來殺張遼。張遼全無懼色，引頸待殺。

曹操背後一人攀住臂膊，一人跪在面前，說道：「丞相且莫動手！」

關公跪在地上替張遼求情。曹操一見關公出面，把劍丟在地上說：「我亦知文遠忠義，故戲之耳。」乃親釋其縛，解衣衣之，延之上坐，遼感其意，遂降。操拜遼為中郎將，賜爵關內侯，叫他招安臧霸，臧霸也降。

曹操班師回朝，徐州百姓跪在半路請求曹操讓劉備留在徐州。曹操內心矛盾暗生，但又不便表現出來，說：「劉使君有功於朝廷，老夫帶他入朝面奏聖上封官進爵，再風光請他回來。」

作品定位

出處：嘉義溪北六興宮
藝司：不明
作品地址：嘉義縣新港鄉溪北村溪北 65 號

董國舅受詔

前情提要

　　曹操婉辭徐州百姓的要求，將徐州給車騎將軍車胄管領。回到許昌之後，讓劉備等弟兄在自己相府附近的宅院居住。第二天曹操帶著劉備入宮面見漢獻帝劉協。獻帝特宣劉備上殿，問明劉備的家世源流之後，叫人取出宗族世譜檢看。經對家譜得知劉備還長他一個輩分，就命人在偏殿與劉備敘起家禮，尊稱劉備為皇叔，從此世人稱劉備為劉皇叔。

　　漢獻帝一聽內臣對譜，知道劉備是自己的皇叔，心中浮起一絲希望。有了這個英雄皇叔，面對挾天子以令諸侯的曹操，總算有個靠山，不再孤立無援。在曹操這邊，劉備深受皇帝關愛，一時之間也不敢對他不利。但群臣們是不是真心臣服自己？仍然有些疑慮。

　　在謀士程昱的建議之下，曹操請皇帝到郊外圍獵。他想知道滿朝文武誰敢和自己作對。

▶右上題字「董國舅受詔」。但畫面中頭戴相貂的大官，感覺像是拱手作揖，又像是曹操正拿著皇帝送給董國舅衣帶（腰帶）對日照看。

作品定位

出處：苗栗大湖萬聖宮
藝司：山城
作品地址：苗栗縣大湖鄉中山路58號

　　許田圍獵，皇帝上逍遙馬，帶寶雕弓、金鈚箭，排鑾駕出城。劉備與關、張三人，各彎弓插箭，內穿掩心甲，手持兵器，引數十騎隨駕出許昌。

　　曹操與天子並馬而行，只差一個馬頭。背後都是曹操之心腹將校。文武百官遠遠侍從，沒人敢靠近聖駕。

　　皇帝劉協命人傳話：「朕想看皇叔射獵。」劉備領命上馬。忽然間草中奔出一隻野兔，劉備挽弓搭箭射中，皇帝喝采。轉過土坡，忽見荊棘中趕出一隻大鹿。獻帝連射三箭都沒射到。回頭跟曹操說：「卿射之。」

　　曹操也不拿自己的弓箭，伸手就向天子要寶雕弓、金鈚箭。皇帝看曹操手伸過來作勢等他的寶雕弓、金鈚箭（還能不給嗎），不得已把弓箭遞給曹操。曹操搭箭扣弦一射，正中鹿背，倒在草中。

　　圍場將校拔出金鈚箭，以為是皇帝射中的，高呼：「萬歲神射！」

　　曹操縱馬直出，擋在天子之前接受眾人的歡呼。靠近聖駕周圍的文

武大臣人等，知道緣由者，無不驚慌憤怒。站在劉備身邊的關公，挑起臥蠶眉，睜開丹鳳眼，提刀拍馬便要上前斬殺曹操。劉備一見連忙搖手示意：千萬不可輕舉妄動。關公才強按怒氣沒再發作。

劉備高聲向曹操稱道賀：「丞相神射，世所罕及！」

曹操笑説：「此乃天子洪福。」

曹操回馬向天子稱賀，可是卻沒把寶雕弓還給聖上，好像自己的一樣懸掛在馬上。

圍場完畢，在許田會宴。宴罷，眾人返許都各自回去歇息。

關公問大哥劉備，為何阻止？劉備説：「皇帝在他身邊，有『投鼠忌器』的顧慮。」

關公：「可是今天不殺此賊，後必為禍。」

劉備：「皇上的安危要緊，不能太過躁急。」

獻帝回宮之後和伏皇后談起委屈，兩人相看淚眼。忽然間讓他們想到國丈伏完，在伏完的推薦之下，找到國舅董承。皇帝與皇后夜深人靜之下，提心吊膽連夜把一封血詔寫好，又縫在玉帶裡面。

第二天皇上宣國舅董承在功臣閣中，獻帝解袍帶賜給董承，低聲對他説：「卿家回去之後仔細查看，勿負朕心。」

董承穿袍繫帶辭帝下閣。來到閣門，曹操出現眼前。在曹操拿著袍帶對著日頭照看沒發覺異物，又把董承戲弄一番才讓董承離開。

第三十四回
青梅煮酒論英雄

▲ 劉備彎腰，筷子像是剛自手中落下。紫袍的曹操右手向上揮動，有指著天空雷電對劉備的驚慌講話的意思。滿桌佳餚，還有一壺梅酒，帶出劇情發生在春夏之交的梅雨季節。有涼亭、假山，而關公和張飛在亭外遠觀大哥劉備和曹奸的動靜。劇名「煮酒論英雄」題在右上。

前情提要

　　董承回到府中，可是他解下袍帶仔細觀察卻沒發現異樣。到了晚上，又取出玉帶觀看，仍然沒看出破綻。半夜裡油燈爆蕊，掉在玉帶上面，把玉帶燒出一個洞來，董承也被那燈蕊燙醒。抬眼看到玉帶上的星點，連忙拍熄，才發現裡面隱藏著皇帝的血詔。

　　劉備經由董承的試探之後，才看到皇上的血書。終有機會找劉備過府，將血詔拿給劉備觀看。劉備表達心志，也簽下姓名。為了重大的鋤奸大計，劉備反而把自己隱得更為低調，從此不問朝中大小事情，更不問諸侯互相攻伐的是非。一心只關注後院裡的蔬菜會不會被蟲吃了。

　　忽然間，張遼、許褚直闖後院，說是曹丞相請他立刻到相府。劉備心裡忐忑讓張許先回，自己更換衣服隨後來到丞相府。曹操親自相迎，

開口就是一句：「使君在家做得好大事！」嚇得劉備面如土色。曹操挽著劉備的手，走到後園又說：「跟著人家學作農事，不簡單啊！」

劉備順口回答：「無聊找點事作罷了。」說完兩人呵呵一笑。

曹操提起往事，說起：「去年征討張繡路上缺水，兵將無水軍心渙散，老夫看到路旁青梅枝頭高掛，用馬鞭指著前方說：『前面有梅林。』軍士聽到立即口生津液，口渴頓解。今天又見梅結青果，於是煮酒邀使君共賞美景。」

劉備聽完這句才放下心來：「還以為衣帶詔一事被曹賊察知，萬幸，他還不知道。」

曹操、劉備兩人對坐飲酒閑聊，酒至半酣，忽見烏雲四合，眼看豪雨將至，下人轉進亭內向曹操稟報，天邊「龍掛」現形。

「使君，我們憑欄觀之。」

兩人離座走到亭邊靠著欄杆往下人所指的方向望去。

「使君，你知道龍的變化否？」

「也不知。」

「龍，可大可小，能升能隱；大則興雲吐霧，小則隱介藏形；升則飛騰於宇宙之間，隱則潛伏於波濤之內。方今春深，龍乘時變化，猶人得志而縱橫四海。龍之為物，可比世之英雄。玄德久歷四方，必知當世英雄，請試指言之。」

「備凡夫肉眼怎識英雄？」

「休得過謙。」

「備叨恩庇，得仕於朝。天下英雄，實有未知。」

「就算不識其面，想必也聽過他們的名姓。」

「那備就試著說說，淮南袁術，兵多糧足，可謂英雄。」

「袁術猶如墓中枯骨，早晚必被吾所擒！」

「河北袁紹，四世三公，門多故吏。今虎踞冀州之地，部下能事者極多，可謂英雄。」

「袁紹色厲膽薄，好謀無斷，做大事而惜身，見小利而忘命，不是英雄。」

劉備又舉了幾個人的名字全被曹操打槍，最後又說：「那麼像張繡、張魯、韓遂等輩，何如？」

曹操鼓掌大笑說：「這些都是碌碌小人，何足掛齒！英雄者，胸懷大志，腹有良謀，有包藏宇宙之機，吞吐天地之志者，才稱得上英雄。」

玄德：「哦，那這樣，誰還能稱得上呢？」

曹操用手指著劉備，然後又指著自己說：「當今天下英雄，只有使君與操耳。」

劉備一聽內心大吃一驚，剛好拿起筷子的手一鬆，雙箸不覺落於地下。恰在此時雷聲大作暴雨直下。劉備彎腰低頭撿起筷子同時驚喊：「天雷儡人，好驚人啊！」

曹操看到劉備的舉動大笑說：「丈夫也怕打雷？」

劉備：「聖人說：『迅雷風烈必變』怎能不怕？」把曹操識破內心的驚慌，巧妙的掩飾過去。曹操聽完劉備自解其窘的話後，內心自覺劉備連雷也怕的人，不如我曹孟德，就不再處處防著劉備。

後人有詩讚曰：

勉從虎穴暫棲身，說破英雄驚殺人。
巧借聞雷來掩飾，隨機應變信如神。

作品定位

出處：嘉義東石先天宮新廟
藝司：不明
作品地址：嘉義縣東石鄉猿樹村 243 號

第三十五回

關公戰車冑

▲ 本作是台灣建廟工法，從傳統建築進入板模灌漿之後，所出現的「石雕飾片」。左上角有落款明示主題，關公特徵也還算明顯。

前 情 提 要

　　劉備帶著關、飛與兵馬前往徐州，準備攔截袁術。半路上許褚奉曹操命令要劉備回去，但劉備婉拒許褚的要求。許褚想丞相只說請劉備回去，並沒叫他廝殺或帶劉備的人頭回去，也就空手而回，轉頭去向曹操繳令。曹操因有派朱靈與路昭兩員大將與劉備同行，倒也自信滿滿，對劉備的戒心大為放鬆。

　　劉備又再回徐州，而此時的徐州由曹將車冑奉曹丞相之令鎮守。劉備跟車冑見過面不久，袁術兵馬就已經到達。劉備帶領關、張二將和朱靈、路昭五萬軍馬迎戰袁術。袁術手下大將紀靈死在張飛丈八蛇矛之下。袁術軍大敗打算逃回壽春，不料糧草被劫，改駐江亭。袁術軍缺糧，連自己也在這場戰役病死。死前還向庖丁（伙頭軍）要糖水喝，被庖丁嗆：「要糖水無，有血水，要否？」袁術大叫一聲嘔紅而亡。袁術死後傳國玉璽被徐璆拿去給曹操。

袁術一事結束之後，劉備上表申奏朝廷。令朱靈和路昭帶回許都給曹操。但兵馬留下保護徐州。劉備親自出城招諭流散的人民復業。曹操見到朱路二將只帶回書信表章，兵馬全被劉備扣住，氣得要殺二人，荀彧求情：「罪不在二將身上，雖然他們是丞相派去的，但同為漢室朝臣，他們的職位又比劉備低，能活命回來，已屬萬幸。望丞相寬宥。要除劉備，只好再下密函，叫車冑祕密行事。」

　　車冑接到書信，找陳登商議。陳登（字元龍）又再發揮奇智，與車冑研擬戰略之後，回去跟他父親陳珪報告。陳珪叫兒子陳登趕去通知劉備早做提防。

　　陳登疾馬出城，沒想到半路先遇到關、張二人。原來兩人先回徐州，劉備還在後面。關公說：「他想在甕城邊等我們，我們若進城必有所失，我有一計可立殺車冑。」

　　夜裡，徐州城下出現張遼帶兵馬向城裡的守軍喊丞相有令，請將軍開門。車冑獲報來到城樓上察看。夜色昏暗，看不清楚，請張遼明日再來。

　　假張遼卻說：「等到明天，被劉備發現，誤了丞相軍機，你我都難以擔當。」

　　車冑帶兵，放下吊橋，出城。火把照看之後才發現來者根本不是張遼和許褚。

　　關公：「關雲長和張翼德等你多時，車冑，納命來。」

　　車冑發現不對勒馬回城，吊橋已被拉起，不得已回頭與關公廝殺。此時車冑心已亂力難施，命喪青龍偃月刀下。吊橋再下，張飛進城殺了車冑全家。等劉備回到徐州，車冑全家已一齊去向閻君報到了。

　　「如此一來，曹操更加不會善罷干休。」

　　陳登卻說：「我有一計可解危機。」

作品定位

出處：雲林四湖參天宮
藝司：山城／癸亥年（1983）孟秋
作品地址：雲林縣四湖鄉關聖路 87 號

擊鼓罵曹

▲ 曹操坐指面前裸著上衣擊鼓的彌衡（字正平），彌衡手握鼓箸，怒目向曹操講話。鼓旁文官，可視為推薦者孔融；扭頭看著彌衡的將軍，可演許褚；站在曹操身邊的人可當作張遼。落款「擊鼓罵曹」。這件作品在2008年於朝天宮拍攝時，好像剛清拭完成。雖然墨線已淡，卻還清晰可見。

前 情 提 要

　　劉備在陳登父子幫助之下，重新拿回徐州。賈詡表示，劉表對天下名士頗能尊重，如果找個讓他尊敬的人前去招降，應該就能讓他心向曹公，而不生異心。曹操問荀攸：「誰可去？」荀攸推舉孔融，孔融卻推薦他的忘年之交彌衡（字正平）。孔融表示這人的才華高我十倍，應該讓他出來替朝廷效力，讓他送信勸降劉表來歸。

　　曹操經由孔融推舉，召見彌衡。彌衡見禮，曹操只舉手示意，狀頗傲慢且未賜座。

　　彌衡自覺受辱仰天歎息說：「天地雖闊，竟然連一員將才都沒有。」

表現的更為狂妄。

曹操故意要挫他銳氣回答：「我手下數十人，皆是當世英雄，怎說沒有。」

彌衡：「說說看。」

曹操：「荀彧、荀攸、郭嘉、程昱機深智遠，雖蕭何、陳平不及也。張遼、許褚、李典、樂進勇不可當，強過岑彭、馬武。呂虔、滿寵為從事；于禁、徐晃為先鋒。夏侯惇，天下奇才；曹子孝（曹仁）世間福將，怎說無人？」

彌衡冷笑說：「公言差矣。此等人物，在吾看來～」

「如何？」

「荀彧可去弔喪問疾，荀攸恰可看墳守墓，程昱讓他關門閉戶當個門房，郭嘉可使白詞念賦，張遼用來擊鼓鳴金，許褚叫他牧牛放馬，樂進可以取狀讀詔，李典傳書送檄，呂虔磨刀鑄劍，滿寵飲酒食糟，于禁負板築牆當個板築工人，徐晃可充殺豬屠狗。夏侯惇稱為『完體將軍』，曹子孝呼是『要錢太守』。其餘者都是些衣架、飯囊、酒桶、肉袋耳！」

曹操大怒：「汝有何能？」

彌衡：「天文地理，無一不通；三教九流，無所不曉；上可以致君為堯舜，下可以配德於孔顏。豈與豎子共論乎！」

張遼在旁一聽氣得拔出寶劍要殺彌衡。

曹操：「將軍，不必弄髒寶劍。」張遼聽到曹操出聲，已抽出的寶劍又入鞘退到一旁。

曹操：「某剛好缺一名鼓吏，早晚朝賀宴享定音節度，彌衡恰可擔當。」彌衡也不推辭，應聲而去。

張遼：「此人出言不遜，何不殺之？」

曹操：「此人素有虛名，遠近所聞。今若殺之，天下人必說我不能容物。他自詡高才，我讓他做名鼓吏，好羞辱於他。」

第二天，曹操大宴賓客，傳令鼓吏擂鼓。

舊吏走上跟他說：「擂鼓要換新衣。」

彌衡故意穿著破舊的衣服，擊鼓「漁陽三撾」，音節殊妙，淵淵有金石聲。坐客聽之，莫不慷慨流涕。

左右斥喝：「你這名新鼓吏，怎麼沒換新衣！」

彌衡當面脫下舊破衣服，赤身裸體而立，全身赤條條站在那裡，賓客都掩面不觀。彌衡環顧四周才緩緩把衣服穿起，神色不變。

曹操怒叱：「廟堂之上，為何如此失禮！」

彌衡：「汝欺君罔上才叫無禮，吾露父母所生之形，以顯清白之體，哪裡失禮？」

曹操：「汝清白？那誰汙濁？」

彌衡：「汝不識賢愚，是眼濁；不讀詩書，是口濁；不納忠言為耳濁；不通古今，身濁；不容諸侯，腹濁；常懷篡逆是心濁也！吾乃天下名士，汝卻任吾為鼓吏，猶如陽貨輕仲尼，臧倉毀孟子！爾欲成王霸之業，卻如此輕人薄賢？」

孔融看到好友與曹操針鋒相對，怕曹操克制不了怒氣殺掉彌衡，對曹操說：「丞相為漢操勞，禰衡能用則用，不能用則罷，不用為他生那麼大的氣。」

曹操一聽無名火頓時冷去，對彌衡說：「汝去荊州為使。如劉表來降，便用汝作公卿。」彌衡不肯。曹操叫人備馬三匹，讓彌衡騎在中間，硬把他送去荊州。

作品定位

出處：北港朝天宮
藝司：陳壽彝
作品地址：雲林縣北港鎮中山路 178 號

第三十七回

屯土山約三事

▲ 原圖中間還有一人狀似周倉。礙於篇幅和劇情發展，此時的周倉還沒跟隨關公，因此稍做剪裁。關公坐在石上，張遼拱手作揖，準備向關羽陳述利害關係，讓他答應投歸曹操。

前情提要

　　董國舅董承自從劉備離開許都之後，日夜憂慮臥病在床。獻帝聽到消息，命太醫吉平前往診治。太醫吉平忠心朝廷，怨恨曹操弄權。偶然間發現衣帶詔一事，聯名其中，想利用替曹操醫治頭風之症時，毒殺曹奸為國除害。殊不知被董承家中下人出賣，造成五家七百餘口被殺。曹操知劉備也在衣帶詔名單之內，更對劉備展開趕盡殺絕的攻勢。

掃圖聽講古

作品定位

出處：西螺廣興宮
藝司：王錫河
作品地址：雲林縣西螺鎮源成東路 15 號

秉燭達旦

題名「秉燭達旦」。關公站在圓洞門外，一手掌燭一手春秋。裡面兩位夫人坐著看書。

前 情 提 要

關公與曹操約定三事，稟告兩位嫂嫂甘、糜二夫人後，再去拜見曹操。曹操大禮相迎，表達歡喜良將歸帳為己所用。隨後曹操拔營回許都。

曹操帶著關公與他兩位嫂嫂回許都途中，特別安排他們入宿驛館之中，讓三人同居一室。理由是——軍隊移防，空間有限，只好讓「你們一家人住同個房間」。（戲一定要這麼演，不然就無法表現曹操的奸雄，還有關公的正氣）

曹操命人暗中觀察關公一行動靜，並詳實記下，來日回報。

關公一行來到驛館，就安排兩位夫人住宿諸事。等一切都安置妥善，自己在室外命人擺上書案。夜裡，只留崗哨輪班守夜，其餘人等都讓他們休息。自己在書案擺上燈燭，拿起《春秋》在燈下觀覽。

房中的燈也亮著。甘、糜兩位夫人也睡不著覺。兩人夜嘆命乖。

兩人雖然未受曹兵干擾，但想到使君敗戰不知生死存亡，未來的日

子又將如何面對？萬一，萬一使君從此失去音訊，二叔雲長能護我倆到何時呢？又曹操對二叔如此厚待，他真的能堅守他們桃園結拜之義否？

「姐姐，夜深了，來去休息吧。在此擔心煩惱也是無濟於事。相信二叔雲長自有主張。他對我們百般尊重，有什麼事情都會事先向我們稟報，尊請裁奪才敢去執行。今在門外徹夜不眠夜觀《春秋》，更是讓人敬重。」

一夜過去，下人侍候梳洗之後，關公入內向兩位夫人請安。

另一邊，曹操派去監看關公的下人回報：「**關公夜觀書冊***（監視的人應該看不到關公在看啥冊才對），人倫禮節處處謹慎。」

曹操：「你守了整夜，才一句話，就講完了？」

狗仔：「真的啊，關公坐著像尊泥塑木雕的神像。他兩位夫人在內室，我從正面窗子看不到，轉到後面去偷看，只見兩人站在門邊講細聲話，太遠也聽不到在講什麼，真的就這樣啦。」

曹操：「雲長熊腰虎背，勇冠三軍，且身為好漢，難道都不會想嗎？」

狗仔：「爺，關公要想什麼？」

曹操：「這，這……。算了，下去領錢回去洗洗睡吧。」

曹操聽到關公如此嚴守五倫，對關公越加尊重禮遇。

---

* 在民間信仰裡面，對關聖帝君十分敬重。對於人之情慾與私德的節制，將帝君推至聖人位階（不貪不取，來清去明）。民間稱祂為山西夫子，媲美山東孔子般的完美偉大。孔子被後世稱為至聖夫子，關公即為武聖。

之前的武聖還有姜尚（姜子牙）、孫武（孫武子，即孫臏的祖先）、孫臏、吳起、韓信、岳飛等等多名史上的武將，但從明代開始，關公也被推崇到武聖的位置，卻又在滿人入關建立大清帝國之後，把與金為敵的岳飛（岳武穆），拉下武聖的位置，換上桃園三結義的關聖帝君。

作品定位

出處：屏東東港福安宮

藝司：陳慶龍

作品地址：屏東縣東港鎮延平路 209 號

第三十九回
曹操贈馬關公的故事

前情提要

　　關公秉燭達旦堅守五倫，這個舉動讓曹操對他更加欽敬。曹操班師回許都之後，對關公更是百般禮遇，還帶他面見皇帝，賜封漢壽亭侯。但關公對桃園三結義的諾言卻如金石之銘，絲毫不曾動搖。

　　曹操禮遇關公，不但答應他三事之約，還三日一小宴、五日一大宴款待於他。上馬賜金下馬贈銀。關公卻把曹操所賜金銀叫人依序造冊存放。曹操送來十名美女，關公將她們送到兩位夫人那裡服侍。

　　曹操知道關公無一為私，更是體貼到察言觀色。看到關公穿的戰袍舊了，就命人縫製一襲新的紅色袍子相贈。一日與關羽喝酒之後，酒已半酣，見關公手撫長髯，狀頗為自賞，問他：「將軍數過自己的鬍鬚有幾根嗎？」

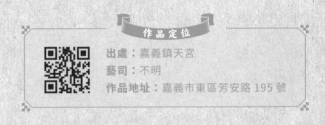

▶曹操舉手對關公講，這匹赤兔胭脂馬無人能馴，不知關將軍可有辦法把牠馴服？

作品定位

出處：嘉義鎮天宮
藝司：不明
作品地址：嘉義市東區芳安路 195 號

「有，大約百來根。每到冬季，會掉三五根不等，來年又會再長。」

曹操看他珍惜美麗的長髯，就送給他保護鬍鬚的紗罩。帶他去見獻帝。皇帝看他胸前的紗曩好奇，金口垂詢：「裡面裝什麼東西？」

關公把鬍鬚晾出來，皇帝誇讚他美髯公。至此以後，美髯公之名流傳於好友之間。

曹操對關公的好還不止如此，看他騎的馬太瘦了，就把呂布死後，那匹無人能降的胭脂赤兔馬，送給關雲長。

關公一聽曹公要把這匹胭脂赤兔馬相贈，立刻跪地感謝。曹操看到這樣心裡反而吃起醋來：「之前送的黃金、美女、戰袍，關將軍雖有道謝，但跪地答謝，還是第一次。莫非重畜而輕人銀？」

「不，有了牠，我要找大哥劉備就可省下許多時間了。」（關公心電感應似的）

曹操問張遼說：「吾待雲長不薄，怎麼他不時想著要離開我？」

張遼：「屬下找機會再去瞭解一下。」

第二天，張遼來找關公閒聊，說起曹丞相對雲長百般禮遇，怎麼雲長兄對丞相似乎始終未肯真心相應？

「關某深感丞相厚意，只是吾身雖在此，實不時心掛皇叔。」

「兄言差矣。處世不分輕重，非丈夫也。玄德待兄，未必過於丞相，兄何故只懷去志？」

「吾深知曹公待吾甚厚，奈吾受劉皇叔厚恩，誓以共死，說什麼也不改志節。關某終究無法久留於此。然而，必有其報曹公大恩，來清去明，不會有始無終。」「倘若玄德已然棄世，公何所歸乎？」

「願從於地下。」

張遼確知關公終不可留，便自告退回見曹操，具實以告。

曹操歎口氣說：「事主不忘其本，真乃天下之義士也！」

荀彧：「他說會立功報答丞相之後才會離開，如果不讓他有機會立功，他就沒辦法回報丞相大恩，也就能永遠把他留在身邊了呀！」

「切！這樣我還不如養頭豬牛！祭天還可用得上。」

第四十回
白馬坡關公斬顏良

▲綠袍大將手持大刀追殺前方的戰將，題名「關公斬顏良」。在**白馬坡**[*]
一役，關公斬的是顏良，不久袁紹再派文醜續攻曹操，在延津遇到關
公也被斬。

前 情 提 要

　　曹操把胭脂赤兔馬送給關公，關公跪謝大恩，並且表達有了寶馬，若
得到皇叔大哥劉備的去處，就更容易相見了。曹操雖然不悅，但也想以信
義取信天下（之前與關公屯土山約三事的承諾，逼得他不得不信守諾言）。

　　袁紹不顧謀士勸阻，反聽劉備建議出兵攻打曹操。袁紹派顏良領兵
來到白馬坡，兩軍對陣。顏良先斬呂布遺將宋憲和魏續。張遼、徐晃也
不敵他。

　　在程昱的獻策之下，請關公來到戰場邊的土山上觀戰。許褚、徐
晃、張遼、夏侯惇等，皆非顏良對手。

　　「那河北顏良果然是袁紹手下一員勇將。」

＊民間故事有描述關公與赤兔馬的前世關係，說關公的前世是項羽，項羽烏江自刎，他那匹烏騅
　馬也跟著追隨主人死去。司馬重湘一夜閻羅，判項羽投胎三國時代的關羽，那匹烏騅馬也追隨
　他投胎赤兔馬。只不過牠這世的主人有兩個，第一個是人中呂布，然後才是關二爺關公。

曹操誇讚顏良勇猛，激起關公的鬥志。「在關某的眼中，顏良就像街上**插標賣首**[*]一樣。」關公自請出戰；也不過兩三個回合，顏良就被關公斬於馬下。

袁紹接到消息說關公斬了大將顏良，要把劉備斬首。

「袁公請聽玄德一言。」

「講！」

「怎知那個紅臉大漢就是二弟關羽，再說如果是雲長，他也不知我在袁公之處，不是有意要與袁公為敵，請袁司隸明察。」

「玄德公說的有理。」

「謀士們亂奏，差一點讓我蒙上害賢之名。還不給我退下！」

袁紹再派文醜帶著十萬大軍前去**延津**[*]攻打曹操。劉備主動隨同：「一來協助文將軍，二來若確定曹營的紅臉將軍確為二弟雲長，一定讓他歸降袁公。這麼一來，袁公無疑是猛虎添翼。」

「玄德公，如此我雖損一員大將顏良，反得一名勇將關羽，可說是失一犬而得一虎也。」

「袁公所言甚是。」

關公斬了顏良之後，曹操對關公更是加倍欽敬。奏請封為漢壽亭侯，鑄金印送給關公。

＊古代若在街上公開叫賣，會在貨品上面插草或其他可供辨識「這要賣」的標誌，看上的就可以過去進行交易。戲劇中偶有的「賣身葬父」即是古例。

＊延津之戰，也是官渡之戰裡的一場戰役；又關於文醜死在誰的手上，史料並無載明。文醜在西河被關公斬殺，只能說是小說作者羅貫中幫關公加分。

文醜看到劉備也來，想起劉備一路敗逃，直覺這人霉運當頭，故意不讓他和自己同行。撥了三萬人馬讓他帶領去做後軍，自己帶著七萬兵馬當前軍出發。

文醜雖然刻意不讓劉備跟在自己身邊，但是還是死在青龍刀下。

亂軍之中，劉備隔河遠望，看到一個紅臉大將，又見一枝帥旗上金線繡出漢壽亭侯關雲長字樣，才想近前相認，無奈曹軍已渡河趕殺，只好收兵。

袁紹這次明確知道斬文醜者，真的是關雲長，又再下令要斬劉備，但是仍被劉備説服，不斬了。

劉備：「我寫信告訴二弟關羽，讓他知道我在袁公這裡，吾弟必然棄曹投靠您的麾下，為您所用。失二犬得一猛虎，實乃一大利事也。」

作品定位

出處：苗栗頭屋明德東善堂
藝司：不明
作品地址：苗栗縣頭屋鄉明德村 13 鄰 189 號

孫乾報信

▲ 關公坐在帳中，孫乾打扮成一名小兵來告訴關二爺，劉皇叔在袁紹那
裡，請他趕快前去找他。關公說：「此事在關某斬了袁紹兩員大將顏
良、文醜，恐怕有變。容某細思再做打算。」
小說情節安排先讓孫乾報告劉備行蹤，後面再有陳震帶著劉備的書信
給關二爺。民間戲曲情節有時把兩件事合在一起演出，題名「孫乾報
信」（送信、帶信）。

前 情 提 要 ────────────────

　　關公斬殺顏良、文醜之後，曹操帶兵班師回許都大宴眾官，賀雲長之
功。正飲宴間，忽報汝南有黃巾劉辟、龔都甚是猖獗。曹洪累戰不利，派
人回來搬請救兵。關公主動請求帶兵前去征勦。

　　關公主動討令欲往汝南平反賊寇。
　　曹操：「雲長建立大功，還未重謝，怎好讓汝再去勞苦征戰？」
　　關公：「關某不堪久閒，一閒就要生病，望公允准。」
　　曹操歡喜相應，點兵五萬，派于禁、樂進為副將，讓他們明日發砲
起兵。

當夜，荀彧祕密提醒曹操：「雲長常有歸劉之心，倘若探知劉備消息，一定會離相爺而去。最好不要常讓他出征。」

曹操：「這次成功，吾就不會讓他再上陣。」

關公兵近汝南，安營紮寨。當夜營外捉到兩名奸細進營交給關公，關公認出其中一個孫乾！叱退左右，單留孫乾問話。

關公：「四下無人，公佑請坐。自從徐州兵敗之後，我和大哥以及眾人就斷了音訊，很高興在這裡見到你。」

孫乾：「城破之後，人人四散逃命，我幸被劉辟收留。不知將軍為何會在曹營之中？還有甘、糜二位夫人在哪裡？將軍您知道嗎？」

關公把屯土山約三事的來龍去脈，對孫乾講了一遍。

孫乾：「聽說玄德公在袁紹那裡，我想去找他，但一直找不到理由，如今，剛好劉辟和龔都兩人都歸順袁紹，幫他打曹操。某得知將軍到此，特令小軍引路來向將軍報知。來日，劉、龔二人與將軍對陣，雙方虛戰一回，公可速把二位夫人帶著，一起到河北投靠袁紹，讓玄德公一家團圓，你們兄弟重聚。」

關公：「知道大哥在袁紹那裡，本該星夜而往，但恨吾斬紹二將，恐袁紹不肯接納，反害吾兄受殃。」

孫乾：「我先去探個虛實，再來回報將軍。」

關公：「為見兄長一面，雖萬死不辭；我回許昌就向曹操辭行，去找大哥兄弟。」

當夜關公密送孫乾離開，第二天關公帶兵討戰攻城。

龔都披掛出陣，兩人互罵一場，龔都敗走，劉辟也走，關公帶兵入城得州縣。安民已定班師回許昌。曹操出城迎接，犒賞三軍。

作品定位

出處：台西崙豐進安府
藝司：不明
作品地址：雲林縣台西鄉崙豐路 65 號

第四十二回

曹操拒見挽留關公

▲ 關公來到丞相府，一名將軍指著那塊迴避牌，關公請他轉告丞相，說關某求見。一連數次都是如此，關公無奈。

前情提要

關公帶兵回許都之後，受到曹操大加誇讚，但關公卻十分憂慮不安。面對兩位大嫂詢問：「有皇叔的消息嗎？」更叫關公左右為難，不知如何回答。

關公接受曹操大宴款待散席回府，去向二位嫂嫂請安。關公侍立門外。

甘夫人問：「二叔兩番出軍，可有皇叔音信？」

「還沒消息。」

關公退，二位夫人在門內。

「想來皇叔休矣！二叔恐我姊妹煩惱，故隱而不言。」

正哭著，有一隨行老軍，聽得兩人談話，在門外對二位夫人說：「夫人切莫悲傷，主人現今在河北袁紹那裡。」

「汝從何得知？」

「小人跟隨關將軍出征，聽到有人說起，因此得知。」

夫人急召雲長責之：「皇叔未嘗負汝，汝今受曹操之恩，頓忘舊日之

義，不以實情告我，何也？」

關公大驚失色，頓首回答：「兄今確實身在河北，之所以隱瞞，是不敢讓嫂嫂擔憂。再說，這事須暗中進行，若被曹操知道，反而造成阻礙。」

甘夫人：「二叔，此事要緊，快想辦法。」

關公告退，為尋思去計坐立不安。

曹操這邊也由于禁探知劉備在河北報與曹操。曹操命張遼前去試探關公的意思。

關公正在廳中悶坐，張遼入內賀喜：「聽說雲長已經探得皇叔消息，特來賀喜。」

關公：「故主雖在，未曾會面，何喜之有？」

張遼：「關兄與玄德之交，與弟相較何如？」

關公：「此事怎可相比？人之情緣互異，豈可相提並論？」

張遼：「請說之無妨。」

關公：「既是如此，某試論之。」

關公：「我與兄，朋友之交也；我與玄德，是朋友而兄弟，兄弟而又君臣也。兄弟之議係私，君臣之義是公私兼備。文遠兄理應知之。」

張遼：「今玄德公在河北，兄往從否？」

關公：「昔日桃園之言安肯背之？文遠須為我向丞相致意。」

張遼將關公之言回告曹操。

曹操：「吾自有良計留之。」

關公在屋中想著如何與曹操相辭，忽然下人通報，說有將軍的故友來訪。關公命人請進一看，卻不相識。關公問：「先生是？」

「某是袁紹部下，南陽陳震。」

關公大驚，急令下人退下才說：「先生此來，必有所為？」

陳震取出一封書信遞與關公。關公打開書信觀看，裡面寫著：

備與足下，自桃園締盟，誓以同死；今何中道相違，割恩斷義？猜想君必欲取功名，圖富貴，願獻備之首級，以成全功！書不盡言，死待來命！玄德拜上。

關公看完書信大哭失聲，喃喃自語：「某非不欲尋兄，奈不知所在也。安肯圖富貴而背舊盟乎？」

陳震：「玄德望公甚切，公既不背舊盟，宜速往見。」

關公：「人生天地間，有始無終，非君子也。吾來時明白，去時不可不明白。吾今作書，煩公先達知兄長，容某辭卻曹操，奉二嫂來相見。」

陳震：「假使曹操不允，君侯又待他何？」

關公：「吾寧死，豈肯永留於此？」

陳震：「公速作回書，免致劉使君懸望。」

關公寫書答云：

竊聞義不負心，忠不顧死。羽自幼讀書，粗知禮義，觀羊角哀、左伯桃之事，未嘗不三歎而流涕也。前守下邳，內無積粟，外無援兵；欲即效死，奈有二嫂之重，未敢斷首捐軀，致負所託；故而暫且羈身，冀圖後會。近至汝南，方知兄信；弟當面辭曹操，奉二嫂歸。羽若懷異心，神人共戮。披肝瀝膽，筆楮難窮。瞻拜有期，伏惟照鑒！

陳震得書自回。關公入內告知二嫂，隨即至相府，拜辭曹操。

曹操心知關公來意，早早懸掛迴避牌於門頭。

作品定位

出處：褒忠田洋合安宮
藝司：不明
作品地址：雲林縣褒忠鄉田洋村下田洋 36 號

封金掛印

▲ 關公七分面，對著懸掛金印的兵士指揮著。有人拿著封條貼箱籠。左上題「掛印封金辭（漢相？）辛未」。

前 情 提 要

　　關公數次去到丞相府，都被迴避牌拒絕。左思右想，不得已只好命人造冊，把曹操所贈的黃金珍寶封存起來，又把漢壽亭侯金印高懸堂中。

　　曹操所贈的美人、奴僕，一概留下，只帶走胭脂赤兔馬與曹操所贈的一襲紅色錦袍。

　　關公回府之後，立即命令舊屬人等，收拾車馬，準備離開。

　　第二天又再度前往相府，又見迴避牌高掛。關公回府又不斷派部下去查看曹操迴避牌是否取下。關公想起張遼，想請他轉告，怎知下人回報張遼稱病謝客。

　　關公沉思良久，「這是曹丞相不讓我離開的意思。吾心已決，豈可在此耗費時日？」想到這層，隨即寫書一封，辭謝曹操。

　　「羽少事皇叔，誓同生死；皇天后土，實聞斯言。前者下邳失守，所

請三事，已蒙恩諾。今探知故主現於袁紹軍中，回想昔日之盟，豈容違背？新恩雖厚，舊義難忘。茲特奉書告辭，伏惟照察。其有餘恩未答，願來日再報。」

寫好封緘完畢，命人帶去相府投遞；另一方向，把曹操累次所贈金銀，一一造冊封存，又把漢壽亭侯印高掛堂上。

一切打點妥當，即請二位夫人上車。關公上赤兔馬，手提青龍刀，率領舊部人等，護送車仗，逕出北門。

守城門吏阻擋，關公怒目橫刀，大喝一聲，門吏皆退。關公車隊一出城門，吩咐從人說：「汝等護送車仗先行，但有追趕者，吾自當之，切勿驚動二位夫人。」

從者推車，望官道出發。

曹操接到消息，眾將無不驚駭。其中許褚站出來請令，要帶三千兵馬前去追趕那無情無義的關雲長，擒他回來向丞相請罪。曹操不許。

程昱：「丞相待關某甚厚，如今他不辭而去，冒瀆鈞威，其罪大矣。若縱之使歸袁紹，是與虎添翼也。不若追而殺之，以絕後患。」

曹操：「吾昔日已然許諾，豈可失信？彼各為其主，勿追也。」

回望張遼又說：「雲長封金掛印，財賄不足以動其心，爵祿不足以移其志，此人吾深敬之。想他去此不遠，我與他做個人情。你快馬先去請他留步，等我與他送行，更有路費征袍相贈，以為後日記念。」

張遼騎著快馬前去追趕關公一行人馬。

作品定位

出處：苗栗西湖天福宮
藝司：王妙舜
作品地址：苗栗縣西湖鄉金獅村 2 鄰 9 號

曹操灞橋贈袍

▲ 曹操下馬，雙手托著一襲錦袍；關公在赤兔馬上轉身，做出以刀挑袍的動作。

前 情 提 要 ────────────────────────

曹操接到消息心感不捨，無奈之前已然應允三事，為信守諾言取信天下，只能派關公舊友張遼前去與關公傳話，說丞相要親自送風餞行。

曹操命令張遼前去追留關羽緩行，再命程昱準備美酒給關公餞行；另外準備黃金白銀要給關公做路費、錦袍要給關公穿，表示我在你左右的意思。曹操說完進入後堂歇息。

曹操不在議事堂中，程昱與一班文武就開嗆抱怨起來。

「先生，你身為謀士，如今相爺縱虎歸山，再怎樣也要想想辦法啊！」

「關羽要當英雄，丞相要做君子。可是丞相嘴上不說，心裡卻是捨不得關公離開，甚至不想讓他另投別方。某有策，君等可願同行。」

「先生請講，吾等同力助之。」

「丞相要賜酒與關餞行，其中有兩個機會可除關之性命。」

「怎說？」

「丞相下馬賜酒，關羽依禮也要下馬接酒。只要他一下馬，列位看我行止，手勢中暗下指令，眾將近前圍殺。」

「他若不下馬，又將如何？」

「若不下馬來，只在馬上接酒；只在酒中置毒，關公一飲，也要收他性命。」

「先生高見，吾等相從。」

「此乃心照不宣之計，哈哈哈～」

張遼追趕關公，來到灞橋之前，只見關已在橋上橫刀等候。

「文遠兄，莫非丞相要你前來廝殺？」

「雲長，切莫誤解丞相美意。丞相特命張遼前來，請將軍留步，他要與君餞行送風。」

才說著，曹操人馬已到眼前。曹操下馬對關公抱怨。

「雲長為何不告而別？」

「關某屢次登門辭行，無奈丞相閉門謝客，某不得已留書辭別，莫非丞相忘卻土山三事？」

「不，不，不。曹某敬重雲長來清去明，土山三事早已應允豈有反悔之理。來人，晉酒來。吾與將軍壯行。」

「丞相，恕關某無禮，權在馬上受丞相這盃美酒。」

關公在馬上，令馬僮以青龍偃月刀刀刃去接曹操的酒杯，然後遞給關公，關公端起酒來，看了看四週情勢。只見曹操背後許褚、徐晃、于禁、李典等人，個個手按腰間寶劍，望著曹操身旁的程昱，而程昱的眼光在自己與曹操身上打量。「這酒，不是華筵上的醇酒。曹公要放，他手下那些，肯嗎？……」關公內心有譜。

「青龍偃月刀啊，你跟我在戰場上斬顏良，除文醜，關某未曾與你敬過一杯水酒感謝。今借丞相美意，特將此酒與贈汝同享丞相濃情厚意，以充某之微意。」

關公把酒倒在刀刃上，只見頓時燐煙四竄。曹操一見，羞愧不已，大罵：「汝等陷我於不義矣！」

　　曹操一班文武，個個面容奇異，都看著程昱。程昱只當無事，繼續看著曹操與關羽的舉動。

　　「袍來！這次我自己奉上錦袍一襲，讓公在途中更替禦寒，也是老夫一片惜情之心。」

　　關公接過馬僮手中青龍刀，把刀刃向前一遞隨即倒轉回來，以刀柄去接那錦袍，然後說：「感謝丞相美意，今日諸有不快之事，淨付東流。餘恩未報，他日再謝。告辭！」

　　說完抱拳一拱，勒馬去追二位夫人車隊。

　　曹操手一揮，回城！

　　「程先生，剛剛丞相生那麼大的氣，幸好沒明白責罪我等。但關雲長卻全身而退。」

　　「是嗎？」

　　「難道先生還有計。」

　　「不是某有計，而是丞相之箭已發，關羽，你逃不出丞相的手掌心的。」

　　「未見丞相發令遣將啊！」

　　「丞相確實未曾發令，卻也未予通關文書給關羽，關羽如何通過五關攔殺啊！哈哈哈哈～」

　　「丞相高明，先生高明。哈哈哈哈～」

　　「噓！諸位將軍，切莫聲張，切莫聲張。」

作品定位

出處：台東順天宮
藝司：屏東李秋喜
作品地址：台東縣台東市寶桑路 333 號

第四十五回
關公東嶺關斬孔秀

前情提要

關公灞橋辭別曹操，二位皇嫂車仗路中遇賊被擒，幸得廖化所救，有驚無險。來到一處莊院，莊主胡華敬仰關公義氣參天，勇冠三軍白馬坡斬顏良、除文醜，名揚四野。受莊主熱情款待的關公一行，臨別之時，胡華託請關公帶上一封家書，要給在滎陽太守王植部下為從事的兒子胡班。

雲長追上車隊，將曹操贈袍一事告知二位嫂嫂之後，繼續催促車仗前行。走了半天眼見暮色西沉，尋得一處莊院借宿。莊主親自到門前迎接。

莊主：「請問將軍尊姓大名？」

關公施禮：「某乃劉玄德之弟關雲長也。」

老人：「莫非是斬顏良、除文醜的關公？」

公曰：「便是。」

老人：「請進，請進。」

▶ 城門額題「頭關」。按小說情節推測，頭關即是東嶺關。左右下角有「關公過五關」劇名和捐獻者「曾萬寶芳名」。紅臉綠袍騎紅馬的是關羽關將軍，其餘只能擔任關主孔秀和他的部下。

　　關公曰：「車上還有二位夫人。」

　　老人命下人進去請夫人出門相迎，接待二位夫人入院。

　　二位夫人進入草堂，老人尊禮請三人同座，關公叉手侍立在夫人後側。

　　老人請關公坐，關公：「尊嫂在上，安敢就坐？」

　　老人讓妻女在內室款待兩位夫人，自己在草堂款待關公。

　　關公問老人姓名。

　　老人：「吾姓胡，名華。桓帝時曾為議郎，致仕歸鄉。今有小兒胡班，在滎陽太守王植部下為從事。將軍若從此處經過，某有一書寄與小兒。」關公允諾。

　　次日用過早膳，關公請二嫂上車，接過胡華家書，相別而行，取路投洛陽而來。

　　車隊來到東嶺關，關主孔秀，向關公要通關文憑。

關公一時語塞尋思：「通關文憑？唉，竟然未曾向曹操要通關文憑，這便如何是好？」

孔秀：「河北袁紹，正是丞相對頭；將軍要去河北，若無丞相文憑或手令，末將難以向丞相交代。請關將軍派人回去向丞相取來，某自當恭迎入關出城。」

關公：「因行期緊迫，不曾討得。還望孔將軍方便一二。」

孔秀：「要不，待我差人稟過丞相，再放行君等過關。」

關公：「等待將軍派人來回稟過丞相，要耗費多少時日，豈不誤我行程。」

孔秀：「丞相軍法甚嚴，關將軍在丞相身邊多時，諒必瞭然。請將軍莫為難末將。」

關公：「確實不讓某等過關？」

孔秀：「定要過關，需留下老小，等某取得丞相手令，即時恭送彼等與將軍會合。」

關公聽完大發雷霆之怒，舉刀殺向孔秀。孔秀退入關去，鳴鼓聚兵，披掛上馬，又回來戰關公。

關公命車仗退後，縱馬提刀，直奔孔秀。孔秀挺槍來迎。兩馬相交，才一個回合，青龍刀起，孔秀屍橫馬下。兵士四散逃命。

關公：「將軍士聽著，吾殺孔秀，實不得已也，與汝等無干。借汝眾軍之口，傳語曹丞相，就是孔秀刻意為難關某，被吾斬殺，望丞相諒解。」眾軍一聽，跪在地上高聲：「關將軍恩怨分明，吾等必將此事向丞相稟告，請將軍入關補充糧草之後，再出關去吧。」

關公不敢久留，護送車駕過關出城。

作品定位

出處：虎尾天后宮舊廟
藝司：吳彬／剪黏
作品地址：雲林縣虎尾鎮北平路 18 號

胡班投誠

▲ 關公的形象不論是民間信仰的神像畫軸或是裝飾藝術，差不多都是：
五絡長鬚，臥蠶眉丹鳳眼，手拿青龍偃月刀。胡班以小兵形狀出場，
向關公透露王植的陰謀。空間環境，由室內往外看。

前情提要

　　曹操獲報立即派送通行文書給關公。關公已過關斬將，來到滎陽。

　　滎陽太守王植，與韓福是親家，知道關公殺了韓福，自知不是關公
的對手，和部下商議陰謀，打算夜燒驛館，不論人馬要讓他們一起歸
陰，同一天作忌。
　　關公一行來到關前，王植出關笑臉相迎入城。關公訴說尋兄之事。
　　王植：「將軍一路奔波，夫人車上勞困，且請入城在館驛中暫歇一

夜，然後啟程去尋令兄未遲。」

關公看王植甚為慇懃，請二位嫂嫂入城。在館驛鋪陳停當。王植前來邀宴，關公婉辭。王植命人把筵席送到館驛。

關公因為眾人路途辛苦，讓從者各自安歇，關公也解甲憩息。

卻說王植密喚從事胡班聽令：「關某反叛丞相而逃，又沿途斬將，其罪不輕！這人勇武難敵。你今晚點齊一千人馬圍住館驛，一人一枝火把，三更時分，放火；不問是誰，把他們燒死！我引兵接應。不可違令！」

胡班領命，派人暗中將乾柴等引火之物，搬到館驛門前，約時舉事。

胡班久聞關雲長之名，卻不知此人長相，暗中前去驛館，想偷看關公模樣。來到驛館問驛吏：「關將軍在何處？」

驛吏：「在廳上觀書那人便是。」胡班潛至廳前，看關公左手拂著長鬚，在燈下憑几看書。胡班一見，失聲讚歎：「真天人也！」

「何人？」

胡班不敢亂來，入內拜見：「滎陽太守部下從事胡班。」

關公：「莫非汝就是許都城外胡華之子？」

胡班：「將軍怎會知道家父名諱？」

關公叫馬僮從行李中取出胡華托轉的家書給胡班。

胡班看完渾身發出冷汗，歎口氣說：「險點誤殺忠良！」

「難道王植居心不良，將要吾等殺害？」

「王植心懷不仁，欲害將軍，暗中命人今夜三更放火。將軍，事不宜遲，快快連夜出城。我去把城門打開等侯，送將軍出城。」

關公大驚，急忙請二位嫂嫂上車，提刀上馬催車離開館驛。一行來到城邊，見城門已開。關公催趕車仗急急出城。胡班才回去命人放火。

一行走沒幾里路程，回望背後火光照耀，見有一隊人馬趕來。當先的王植大叫：「關羽休走！」

關公勒馬大罵：「匹夫！我與你無仇，如何叫人放火燒我？」

王植拍馬挺槍，逕奔關公，被關公攔腰一刀，砍為兩段。

關公催著車仗急行，在馬上感念胡班救命之恩。心忖：「胡華之子胡班亦是仁義之人，胡華公不枉生教此子也。」

出處：嘉義鎮天宮

藝司：不明

作品地址：嘉義市東區芳安路 195 號

黃河渡口殺秦琪

▲ 關公手舉大刀來戰秦琪。秦琪仗著自己年輕，挺身與關公廝殺。右下
　方有一「關」字旗號。左上題「黃河渡殺秦琪」，是為本作劇名。

前情提要

　　關公感念胡班義舉，再三勸他回鄉與父團聚侍奉晚年。胡班銘感關公
教悔，棄職返鄉，向父親回報關爺行蹤之後，留在家中孝養雙親。

　　關公催車前行，來到滑州地界。滑州太守劉延出城迎接。

　　關公馬上施禮說：「太守別來無恙？」
　　劉延：「關將軍欲往何方？」
　　關公：「辭了丞相，要去尋找家兄。」
　　「玄德公就在袁紹那裡。袁紹乃是丞相仇人，他如何能容忍將軍相
投？」
　　「昔日已然向家兄承諾必往，怎能不來。」
　　「唉，果是大丈夫信守諾言；只是黃河渡口的關隘，有夏侯惇的部將

秦琪把守。恐怕不會輕易讓將軍渡河。」

「太守能幫忙準備船隻否？」

「船隻雖有，只怕夏侯將軍見責，不敢應付。」

「吾前日白馬坡誅顏良、延津除文醜，也曾幫足下解危。今日只求一帆渡船卻不可得，何也？」

「軍令在身，望君侯諒解。」

關公一聽，知道劉延也是無用之人，不再勉求於他，自催車仗前進。來到黃河渡口，秦琪帶兵出問：「來者何人？」

關公：「關羽也。」

秦琪：「今欲何往？」

關公：「欲投河北尋找兄長劉玄德，故來借渡。」

秦琪：「可有丞相公文？」

關公：「吾已拜辭丞相，不受曹公節制，還有什麼公文？」

秦琪：「吾奉夏侯將軍將令，把守關隘，無丞相文憑，諒你插翅也難飛騰空！」

關公大怒説：「你知我過關斬將之事否？」

秦琪：「你只殺得無名下將，敢殺我麼？」

關公怒曰：「汝比顏良、文醜如何？」

秦琪大怒，縱馬提刀，直取關公。二馬相交，只一合，關公刀起，秦琪頭落。

曹兵一看主將被斬落馬身亡，紛紛跪下求饒。

關公：「擋吾者已死，餘人不必驚慌。速備船隻，送我渡河即無事矣。」

軍士急忙撐舟靠岸，關公請二位嫂嫂上船渡河。一行人馬渡過黃河，才剛上岸就聽到有人自北而來大叫：「雲長少住！」

關公勒馬觀視，正是孫乾。

關公：「自汝南一別，至今方見，未知別後如何？」

孫乾：「劉辟、龔都，自將軍回兵之後，又回去奪了汝南；派吾到河北，想勸說袁紹共破曹操。不想河北將士各相妒忌，田豐被囚；沮授遭黜；審配、郭圖互相爭權；袁紹多疑，主持不定。我與劉皇叔商議，先求脫身之計。如今皇叔已往汝南會合劉辟去了。恐將軍不知，特遣某來中途相迎，今萬幸果然得見，將軍可速往汝南與皇叔相會。」

　　關公請孫乾拜見夫人，夫人問其動靜。

　　孫乾：「袁紹二次欲斬皇叔，今幸脫身往汝南去了。夫人可往汝南與皇叔相會。」

　　二位夫人聽完，掩面垂淚應之。關公依言，不投河北去，逕取汝南而來。

作品定位

出處：嘉義鎮天宮

藝司：不明

作品地址：嘉義市東區芳安路 195 號

第四十八回

臥牛山收周倉

▲ 關公坐在石上，周倉跪著向他拜見。關公三分臉側身面對觀眾，讓周倉以七分臉亮相；持旗小兵眉目清秀。人物五官筆觸具有古風，線條粗細適中，設色淡雅。此件經過五、六十年歲月的香火煙塵，尚可辨識整體美感。

前情提要

　　關公渡河改道要去汝南尋找兄長劉備。孫乾同行。沒想到夏侯惇帶兩百兵馬追來，兩人一言不合廝殺開來。不久，接二連三快馬前來阻止，都說帶有丞相手諭要守關的關主放行關公，切莫違令。夏侯惇不聽，不久張遼也到。力勸二人歇手莫戰。夏侯惇與張遼離開不久，關公一行繼續趕路。

　　一行途中遇雨，找了一處莊院，幸好承蒙莊主體恤旅人，安排乾淨處所安頓眾人。

莊主名為郭常，育有一子卻遊手好閒，與人涉足江湖。在臥牛山處與山大王當個不輕不重的小囉嘍。

當夜，郭常之子聽到莊客閒談，知道關公那匹胭脂赤兔馬是匹駿馬，想偷去獻給大王討其歡心，妄圖晉升頭目之流。賊星該敗，郭常之子先被赤兔馬踢到，再被孫乾與關公捉住。郭常嘆息向關公求情：「老妻溺愛，盼將軍寬宥，勿責其罪。」

「某尋機再勸勸令郎，莊主放心。」

郭常之子離開莊院，一路跑回臥牛山去向山大王稟報，說有匹駿馬特來通知大王，讓大王牽回來壯聲色。

那山大王一聽，果然帶著一班囉嘍下山來攔關公一行人的去路。

關公見那山大王，背後站著的正是郭常之子。想到郭常善良熱腸真誠待人，不忍心他後輩不肖，有意力勸。又看那名山大王雖名為山賊，卻有一股義氣隱藏眉間，便有意相問。

那名山大王看到關公氣于軒昂也是暗自讚佩。就開口問道：「來者通報姓名。」

「關某名羽字雲長。」

「啊！關二爺？」

「二爺，豈敢。汝等是？」

「某自陳家門來。俺姓周，名倉，字元福，吾乃是天公將軍部將也。仰慕桃園三結義破黃巾，戰呂布，二爺白馬斬顏良、除文醜。周倉老早就想侍候二爺您了。盼您收留。」

關公有意收納臥牛山周倉二將，轉眼看到兩位嫂夫人眉頭緊鎖。隨即向他們說：「容某稟過兩位主母再作道理，汝等暫時稍候。」

兩位夫人聽完關公說完便說：「叔叔自離許都，於路獨行至此，歷過多少艱難，未嘗要軍馬相隨；前廖化欲相投，叔既卻之，今何獨容周倉之眾耶？我輩女流淺見，叔自斟酌。」

公曰：「嫂嫂之言是也。」

轉頭對周倉說：「不是關某寡情，汝等且回山中，待我尋見兄長，必來相招。」

周倉頓首告曰：「倉乃一粗莽之夫，失身為盜，今遇將軍，如重見天日，豈忍復錯過？若以眾人相隨不便，可令眾人跟隨裴元紹去。倉隻身步行，跟隨將軍，雖萬里不辭也！」

關公再以此言告稟二嫂。

甘夫人：「若一、二人相從，則無妨。」

於是關公叫周倉撥人隨裴元紹回去。

但元紹卻又說：「我也要追隨關將軍。」

周倉：「我先隨關將軍去，有住紮之處再來找你。」

裴元紹聽完，怏怏而別。

作品定位

出處：北港朝天宮

藝司：陳壽彝／約民國 5、60 年代所作

作品地址：雲林縣北港鎮中山路 178 號

古城會

▲ 畫面中的關公，一身綠色戰袍，騎著胭脂赤兔馬大戰蔡陽。一角城樓上的張飛，手握鼓槌擂鼓給二哥助威。左上角題字「古城會」。

前情提要

　　關公帶著周倉一起前行。周倉說起前面有個古城，聽說才來上任不久，長得跟我相似，也是個大鬍子。姓張，不知道是不是三爺張翼德？

　　關公一路受盡風霜之苦，過關斬將，又在黃河渡口斬殺秦琪。聽到周倉講起前面古城守將好似三弟張飛，一時……

🎧 掃圖聽講古

作品定位

出處：高雄旗津天后宮
藝司：不明
作品地址：高雄市旗津區廟前路 93 號

趙子龍臥牛山會三結義

◀ 桃園三結義在臥牛
山與趙子龍重逢。
本件作品上方的題
字，有錯位，此圖
有經過小修。

前情提要

　　張飛回古城處理一切雜務之後，去向二位夫人請安，問起關公在曹操
所發生的一切事情。雖然能夠理解二哥的苦衷，但對漢壽亭侯一事，仍然
叫他難以分辨真假。心想，兩位夫人受二哥的保護，當然會替他講話。

　　另外據兩位夫人說起大哥寫給二哥的信裡，用那麼重的話要獻自己
首級給二哥，讓他功成利就。斬顏良、文醜，不就是紅面漢做出的事
嗎？想了好久還是無法通透其中的道理。在小兵的張羅之下，洗完澡，
躺到床上打算睡覺，怎奈翻來覆去卻難成眠。忽然間讓他想到城裡那個

蔡陽的小兵。連忙起身穿好便服，讓人把那名小兵帶到眼前。

說：「你為什麼在這裡？」小兵自報家門，再說起一切。

小兵：「蔡陽聽到關將軍殺了他外甥，十分忿怒，要來河北與將軍交戰。丞相不肯，反而派他到汝南攻打劉辟，沒想到在這裡遇到關將軍。」

張飛又細問小卒，有關二爺降曹之事，還有他所見諸事。小卒從頭至尾說了一遍，張飛這才相信二哥的苦心。終於開城請關公入城，兄弟化解心結盡釋前嫌。

關公讓張飛守住古城，自己和孫乾帶著幾名兵士前往汝南找劉備。一行人來到汝南見過劉辟與龔都，兩人表示劉皇叔來到汝南之後，看到汝南兵少，又回去河北想借兵糧相助。

關公和孫乾再回古城，張飛還是想跟他們到河北找劉備，又被關公勸下。

關公：「這座城池，是我等安身之處，切莫輕言放棄。還是我與孫乾同往袁紹處，找兄長來此相會。賢弟堅守此城。讓我們有個家可以回來。」

關公帶著周倉和孫乾離開古城。來到叉路的時候，叫周倉回去臥牛山把裴元紹和五百兵馬找來同行。周倉應命離開回去臥牛山。

關公與孫乾前往河北，順利讓劉備脫離虎口。中間關公收關平為義子，一行轉往臥牛山找周倉同回。

正行之間，忽見周倉引數十人帶傷而來。關公引見劉備又問：「為何受傷？」

周倉：「我到時之前，先有一將單騎而至，與裴元紹交鋒，只一個回合，就刺死裴元紹，占住山寨。我到寨前想招回同伴，卻只有這幾個跟來，剩下的都怕那人淫威不敢擅離崗位。小人一怒之下與那將交戰，他連勝數次，我身中三槍，因此敗回面見主人。」

劉備：「那人長得如何？姓甚名誰？」

周倉：「長得十分雄壯，面白無鬚，不知姓名。」

關公縱馬當先，玄德在後，逕往臥牛山來。

周倉在山下叫罵，只見那將全副披掛，持槍驟馬，引眾下山。

玄德提鞭出馬，看到來將大呼：「來者可是子龍？」

那將見了玄德，滾鞍下馬，拜伏道旁。原來真的就是趙子龍。

劉備、關公，都俱下馬相見，問其何由至此？

趙子龍告訴劉備，說起公孫瓚不聽人言，以致兵敗自焚。

子龍：「袁紹屢次派人前去招吾相投，子龍想那袁紹亦非明君，因此沒有前往。後來想去徐州投使君，又聽到徐州失守，雲長已歸曹操，使君又在袁紹之處。幾番想去相投，只怕袁紹記恨見怪。子龍四海飄零，幾無容身之處。不久前偶過此處，剛好遇到裴元紹下山，欲奪馬，被吾殺之，才安頓眾人，暫借臥牛山安身。最近聽聞翼德人在古城，不知真假，才想要前去看看。沒想到在這裡遇到使君。」

作品定位

出處：澎湖保定宮

藝司：不明

作品地址：澎湖縣白沙鄉港子村 54-1 號

第卆一回
許貢門客為主復仇

▲左上角題字「貢門客為主復仇，林內暗算小霸王」，為本圖要義。騎馬的是江東小霸王孫策，手持斷劍；兩名青衣武士持長矛向前刺殺。圖未畫出的另一人，可想像是射冷箭的殺手。

前 情 提 要

　　桃園三結義古城重聚，劉備原有武將關公、張飛，現在又新加入久盼來到的趙雲（趙子龍）。關公新收關平與周倉；文臣有孫乾、簡雍等人。帶著四、五千兵馬到汝南去另圖新業。

　　孫策坐擁江東，威鎮九州八十一郡。曹操知道孫策強盛，常歎「獅兒難與爭鋒也！」以曹仁之女許配孫策幼弟孫匡，兩家結親，卻把張紘留在許昌。孫策要求大司馬之職，曹操不許。孫策恨之，常懷攻打許都之心。

　　吳郡太守許貢，心向曹操，暗中派遣使者送信給許都的曹操。怎奈差人在半途被孫策的人攔截。孫策用計把許貢騙到面前，將書信拿給許貢。許貢無言可說，被孫策絞殺（勒死），許貢家屬獲知凶訊，四散逃亡。有三個門客想要殺孫策替主報仇，一直找不到機會。

有一天，許貢三門客聽到孫策帶兵馬前往丹徒西山會獵。事先背弓箭、持長矛在山裡等候。

不久，孫策追趕一頭大鹿，遠遠朝他們而來。三人持槍帶弓站在路旁，其中一人更是把箭安在弦上。

孫策看到三人問：「汝等何人？」

三人齊答：「韓當將軍的軍士，在這裡射鹿。」

孫策知韓當將軍勇猛且治軍甚嚴，不疑有他。才要策馬繼續追趕大鹿，誰知一人拈槍就往孫策刺來，孫策大驚，急取佩劍從馬上砍去。只是，那柄劍被小霸王一揮，劍刃飛出，手中只剩劍柄。

「小霸王，納命來。吾等是許貢家客，特來為主報仇。」

那名持弓搭箭者一看伙伴動手，又看孫策劍刃飛脫，急把弓弦扯滿，朝孫策射來，正中孫之面頰。孫策取弓回射，放箭之人應聲而倒。剩餘兩人舉槍亂刺，孫策別無兵器應敵，只能以弓拒敵。邊打邊跑。二人死戰不退，孫策身受數槍，馬亦負傷。正在危急之間，程普帶領兵馬趕到。孫策大叫：「殺賊。」

程普人馬圍攻，把二人砍成肉醬。

回頭查看孫策傷勢，只見他血流滿面，程普以刀割袍替他裹傷，救回城去養傷。

後人有詩，讚許家三客曰：

孫郎智勇冠江湄，射獵山中受困危。

許客三人能死義，殺身豫讓未為奇。

孫策受傷而回，派人去找華佗前來治病，沒想到華佗去中原不在，只有徒弟在吳，經過華佗的徒弟醫治，也算十分順利。徒弟臨走前囑咐：「箭頭有藥，毒已入骨，須靜養百日，才能無患。若怒氣衝激，恐箭創之傷難以痊癒。」

孫策性急，恨不得即日就好。休息二十餘日，忽傳從許昌回來的張紘使者，孫策喚他前來詢問。

使者：「曹操對主公有所畏懼，連他帳下謀士，也都頗為敬服，只有郭嘉不服。」

孫策：「郭嘉怎麼說？」使者不敢回答。

孫策生氣又問：「他說我如何？」

使者只好從實以告：「郭嘉曾對曹操說主公您沒什麼好怕的；輕而無備，性急少謀，乃匹夫之勇耳。他日必死於小人之手。」

孫策聽完，大怒說：「匹夫安敢料吾！吾誓取許昌！」

不等瘡癒，就想要商議出兵。

張昭急諫：「醫者戒主公百日休動，今何因一時之忿，自輕千金之軀？」

孫策與君臣談話之間，下人報知袁紹派遣使者陳震來到。孫策接見，陳震把袁紹想連結東吳為外應，共攻曹操。孫策大喜，即日會諸將於城樓之上，設宴款待陳震。

作品定位

出處：台南善化慶安宮
藝司：不明
作品地址：台南市善化區中山路 470 號

怒焚于吉

▲ 道人在火中笑臉迎人朝小霸王孫策看，孫策手指著于吉像是在罵他。一旁的小兵背向兩人頭卻回望做出不屑的表情。到底是在笑道人或是主子小霸王？恐無人得知。

前情提要

孫策受傷，經過華佗的徒弟醫治，經過二十多天就能下床行走，並能與人坐談公事。這天袁紹派出的使者陳震來到，表明袁紹有意與東吳聯合攻打曹操。孫策聽完很高興，召集一班文武會議，之後設宴款徒使者陳震。

孫策會同文武官員宴請使者陳震。飲酒之間，文武官員忽然偶有私下交談。接著有人低聲告罪離席下樓。

孫策起身走到平台欄杆處往下一看，一個道人身披鶴氅，手攜藜杖，站在路中。百姓設香案焚香接駕。

「來人啊，將那名妖人給我捉來。」

左右上稟:「此人姓于,名吉。聽說住在東方,常時往來吳會(地名)。普施符水,救人萬病,無有不驗。眾人稱他活神仙,請將軍切莫冒犯。」

孫策一聽更加生氣,喝令:「速速擒來!違令者斬!」

左右不得已,只得下樓擁簇于吉上樓。

孫策大罵那名道人,但那名道人神態平靜自陳家門。並且把自己得到神書《太平清領書》一事,對孫策說明。

原來道人姓于名吉,只救人不收錢。

孫策:「你不收錢,如何有錢購買筆墨硯等,又拿什麼東西養活身體?明明與那黃巾張角等賊黨同一匪類。今不誅汝,必然為害吾之黎民百姓。」

張昭上前勸諫:「于道人在江東數十年,並無過犯,不可殺害。」

孫策:「此等妖人,吾殺之,何異屠豬狗!」

眾官皆苦諫,陳震亦勸。孫策餘怒未消,命人將于吉關在監獄之中。眾官俱散,

陳震回館驛安歇。

孫策歸府,早有內侍報與孫策的母親太夫人知道。

吳夫人喚孫策入後堂,跟他說:「我聽人家說你把于神仙關進牢裡,這人多次醫人疾病,軍民所敬仰,不可加害。」

孫策:「此乃妖人,能以妖術惑眾,不可不除!」

夫人再三勸解。

孫策:「母親勿聽外人妄言,兒自有區處。」

再命人叫獄吏把于吉帶到面前問話。

原來獄吏都敬信于吉,于吉一進獄中,身上的枷鎖就被解去,等孫

策傳喚才又把枷鎖讓他載上。孫策知道這事，痛責獄吏，不問于吉，又把他打入監牢。

　　張昭等數十人，連名作狀，拜求孫策，乞保于吉。
　　孫策：「公等皆是讀書人，如何不明事理？昔交州刺史張津，聽信邪教，鼓瑟焚香，常以紅帕裹頭，自稱可助出軍之威，後竟為敵軍所殺。此等事甚無益，諸君自未悟耳。吾欲殺于吉，正想禁絕軍民沉迷此道也。」
　　呂範：「某素知于道人能祈風禱雨。方今天旱，何不令其祈雨以贖罪？」
　　孫策：「吾且看此妖人若何。」
　　遂命於獄中取出于吉，開其枷鎖，令登壇求雨。
　　吉領命，即沐浴更衣，取繩自縛於烈日之中。

　　百姓觀者，填街塞巷。
　　于吉謂眾人曰：「吾求三尺甘霖，以救萬民，然我終不免一死。」
　　眾人曰：「若有靈驗，主公必然敬服。」
　　于吉曰：「氣數至此，恐不能逃。」
　　少頃，孫策親至壇中下令：「若午時無雨，即焚死于吉。」

　　令人先堆積乾柴伺候。將及午時，狂風驟起。風過處，四下陰雲漸合。
　　孫策：「時已近午，空有陰雲，而無甘雨，正是妖人！」
　　喝叱左右將于吉扛上柴堆，四下舉火，焰隨風起。忽見黑煙一道，沖上空中，一聲響亮，雷電齊發，大雨如注。頃刻之間，街市成河，溪澗皆滿，足有三尺甘雨。
　　于吉仰臥於柴堆之上，大喝一聲，雲收雨住，復見太陽。
　　眾官及百姓，共將于吉扶下柴堆，解去繩索，再拜稱謝。

孫策看到官民不顧泥水，都跪在地上朝于吉施禮，越加憤怒，命人將于吉就地正法。一群武士淨往後退，只一人向前持刀將于吉斬下。于吉人頭落地卻不見熱血噴出，反從頸中射出一道青氣，往東北方直入雲霄。

　　孫策命人將屍身號令於市並令人看守，想以正妖妄之罪。

　　當天夜裡，風雨交加。等到天明，守衛兵士卻不見于吉身屍。報知孫策，孫策又再生氣要斬兵士人等。孫策話才講完，忽然看到于吉自門外走入。孫策拔劍衝到于吉面前想要自己動手把他砍死。誰知手才舉高，就昏倒在地。左右急急扶起朝臥室而去。

　　最後孫策託孤文武眾臣，瞑目而逝。年止二十六歲。

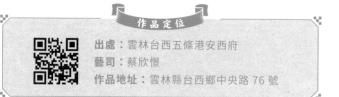

作品定位

出處：雲林台西五條港安西府
藝司：蔡欣憬
作品地址：雲林縣台西鄉中央路 76 號

袁尚大戰許褚

▲「**袁尚大戰許褚**」*是為畫面中的主題。許褚在平劇裡是大花臉，也算現代辭彙中的大鬍子猛男。袁尚（袁紹三子，最受父親寵愛的兒子）做俊武生扮相。城額寫著「冀州」，實則是官渡大戰之後，到袁紹父子兵敗喪亡之間的戰爭場面。

前 情 提 要

　　孫權接下江東大任，周瑜推薦好友魯肅相扶。孫權拒絕袁紹的要求，送走使者陳震。曹操本想出兵攻打東吳，但有人說趁人之喪攻打不義，轉為與東吳和好。且陳震回見袁紹，說：「孫策已亡，孫權繼立。曹操封為將軍，東吳反為許都的外應。」袁紹大怒，起冀、青、幽、并等處人馬七十餘萬，又來攻打許昌。這段就是史上有名的「**官渡之戰**」*。

＊城額寫著冀州，題名袁尚大戰許褚，實則從官渡大戰之後，袁紹父子兵敗喪亡之間的戰爭場面。
＊袁紹起兵七十萬，兵分五路齊出朝官渡進發，攻打曹操。曹操留荀彧守許都，帶七萬兵馬前往迎敵。袁紹有兵卻無主張。又不能聽許攸的計策，逼許攸灰心改投舊友曹操。曹操有了許攸的幫助，逆轉局勢大敗袁軍。

袁紹起兵七十萬，兵分五路齊出，朝官渡進發攻打曹操。曹操留荀彧守許都，帶七萬兵馬前往迎敵。袁紹有兵卻無主張。又不能聽許攸的計策，逼許攸灰心改投舊友曹操。

　　曹操夜裡剛準備睡覺，忽然聽兵士稟報丞相舊友許攸來營，高興到沒穿鞋打赤腳出營迎接。兩人略作寒暄之後，許攸開門見山就問：「軍中還有多少存糧？」

　　曹操：「可支一年。」

　　許攸笑：「恐怕未必。」

　　曹操：「半年吧！」許攸聽到這裡站起拂袖就往外走去。邊走邊講：「吾以誠相投，而公見欺如是，著實讓人失望！」

　　曹操挽留：「子遠勿嗔，尚容實訴。軍中糧實可支三月耳。」

　　許攸笑答：「世人都說孟德奸雄，今日一見，果然沒錯。」

　　曹操亦笑：「豈不聞兵不厭詐？」遂附耳低言：「軍中止有此月之糧。」

　　許攸大聲說：「別瞞我了，汝糧已盡矣！」

　　曹操愕然：「何以知之？」

　　許攸拿出曹操寫給荀彧的信說：「這封書信是誰寫的？」

　　曹操大驚問：「何處得之？」許攸把獲得信使的事情相告。操執其手說：「子遠既念舊交而來，必有法教我。」

　　許攸把袁紹藏糧烏巢，派淳于瓊守把之情勢告知曹操。瓊嗜酒無備，只要破他糧倉，袁紹軍不用三日必亂，到時一舉要破袁紹易如反掌。

　　曹操劫烏巢糧草，袁紹敗逃入城不出。程昱獻十面埋伏之計，分兵十路在河上，再派兵引誘袁軍到河上，打算把他一網打盡。

　　十面埋伏奏效，袁紹大敗，讓長子和二子回駐地，自帶袁尚回冀州養病。

在這當中的劉備也參加戰役，可惜不敵曹軍的攻勢。敗逃，帶著軍隊家小去投靠荊州的劉表。

袁紹終於死了。人一死，三個兒子兩個互相爭奪權位。特別的是，當袁紹子齊力抵抗，曹軍每每不能取勝。

有人向曹操建言，如果急著去攻打他們的話，他們反而會因外力的刺激而團結，共同抵抗外侮。若按兵不動，他們兄弟反而會自相殘殺，到那時候丞相再坐收漁翁之利。

曹操聽從謀士的意見，果然按兵不動。袁氏兄弟一見外在壓力消失，就你爭我奪兩敗俱傷。曹操趁機掃除袁家殘存勢力。

作品定位

出處：苗栗大湖萬聖宮
藝司：不明
作品地址：苗栗縣大湖鄉中山路 58 號

第五十四回

曹丕乘亂納甄宓

▲ 左上落款寫著「曹丕乘亂納甄氏」，小生曹丕在左，另從髮型和姿態來看，右邊那位應該是甄氏，站著和曹丕講話的不像老旦——袁紹的老婆劉氏，反而比較像丫環。

前 情 提 要 ────────────

　　曹操大破袁紹之後，袁紹病死。長子袁譚和三子袁尚，為了繼承父親爵位的事情，有了心結。彼此之間在曹操大軍壓境的時候還能互相支援。等曹操休兵不攻，又開始爭鬥。最後曹軍打破冀州城，曹丕先入袁府，發現只剩女眷。

　　曹操還在冀州城外，他的長子曹丕卻先一步踏進袁府。

　　曹丕進門發現兩個女人，拔劍就要斬殺，忽然間眼前紅光乍現，曹丕一驚停下殺手問：「你們是什麼人？」

　　婦人：「妾乃袁紹袁將軍的妻子劉氏。」

　　曹丕：「這個女子又是誰？」

　　劉氏：「這是次男袁熙的妻子甄氏。因袁熙出鎮幽州，甄氏不肯遠行，留在這裡。」

曹丕把此女拖到眼前，看她以髮披面。曹丕用衣袖拭去頭髮，只見甄氏玉肌花貌，有傾國之色。對劉氏說：「我是曹丞相的兒子，願保汝家。你不用擔心。」

說完按劍坐在堂上，兩婆媳垂淚站在一旁。

曹操統領眾將入冀州城。快到城門的時候，許攸縱馬近前，用馬鞭指著城門大喊：

「阿瞞，如果不是我，你怎能進得此門？」曹操大笑；眾將不平。

人馬來到袁紹府門下，曹操發現門口馬匹是曹營的，問：「這是誰的馬？」

守將：「世子在裡面。」

曹操把曹丕叫出來責罵一番。劉氏出來拜見說：「如果不是世子，不能保全妾身一家，我願獻甄氏為世子執箕帚。」（原來曹丕先馳得點了）

曹操命人叫甄氏出來拜見。曹操仔細打量，嘆曰：「真吾兒婦也！」才令曹丕納之。

袁譚戰死，曹操攻破冀州城，盡收冀、青、幽、并四州領地。曹軍繼續追殺袁熙、袁尚兩兄弟（追入沙漠烏桓），再從烏桓回去易州。等到曹操回到易州的時候，**郭嘉***已在幾天前死了。聽說袁熙和袁尚從烏桓逃走之後，跑到遼東投靠公孫康。

下人交給曹操一封郭嘉生前寫下的遺書。曹操看完信後，原本要出兵遼東追殺袁氏兩兄弟的軍令，卻忽然收回。眾人大感懷疑。

＊曹操最心服的謀士，可惜命不長，在隨軍追趕袁熙、袁尚兩兄弟到沙漠的途中，水土不服病倒，曹操讓他留在易州養病。

等到袁氏兄弟兩人的首級，被遼東公孫康派人送到的時候，曹操才把郭嘉的遺書遍傳眾人：

今聞袁熙、袁尚往投遼東，明公切不可加兵。公孫康久畏袁氏吞併，二袁往投必疑。若以兵擊之，必拼力迎敵，急不可下；若緩之，公孫康、袁氏必自相圖，其勢然也。

大家才解開心裡的謎團，並對曹操的果決與郭嘉料事用兵大感敬服。自此曹操勢力遍及北方。接下來的曹操，瞄準能屈能伸的劉備，要把他徹底除盡，不想讓他再享春風吹。

作品定位

出處：台南市下營茅港尾天后宮
藝司：李漢卿
作品地址：台南市下營區茅營里 163 號

第五十五回
蔡夫人隔屏聽密語

◀劉備與劉表坐在廳堂講話，屏風後面的蔡夫人偷聽。題字中，「密」字誤書「蜜」。

劉備投靠劉表後，恰好江夏傳來有降將陳武等人叛變，劉備自動請令前往平定。事成獲得劉表嘉許，視如家人一般，有什麼事情劉表都會跟他講。

有一天，劉表對劉備說：「吾弟如此雄才，荊州有靠了。只是，南越不時來犯，張魯、孫權都讓人擔憂。」

劉備：「弟有三將，足可委用：張飛巡南越之境；雲長拒固子城以鎮張魯；趙雲拒三江以擋孫權，就可以放心了。」劉表大喜，欲從其言。將軍蔡瑁知道兩人談話，告訴他的姐姐，也就是劉表的妻子蔡夫人：「劉備想讓主公派遣三將居外，而自居荊州，怕日子一久，荊州會變他們的。」

蔡夫人夜裡對劉表說：「我聽說荊州人多與劉備往來，不可不防。若讓他繼續住在城裡，對我們沒幫助，不如讓他到外城去住。」

劉表：「玄德仁人君子，不至如此。」

蔡氏：「只恐他人不像你那樣忠厚老實。」劉表聽完沉吟不答。

第二天，劉表看到劉備所騎駿馬極為雄壯，劉備告訴他，原是叛將張武的座騎。兄長喜歡，送給您。劉表大喜，騎回城中。有蒯越見看到問他，主公為何騎這匹馬？劉表回答是劉備送給他的。

蒯越：「我哥哥蒯良最善相馬，我也略知一二。主公這匹馬眼下有淚槽，額邊生白點，名為『的盧』，騎則妨主。張武為此馬而亡，主公不可乘之。」

劉表第二天就把的盧還給劉備，還讓劉備把兵眷全都帶去新野縣。

劉備有了根據地，從此展開新的氣象，劉表有事也會找他商量。

此時，曹操正統兵北征。劉備前往荊州，向劉表建議：「今曹操悉兵北征，許昌空虛，若以荊、襄之眾，乘機襲擊，大事可成。」

劉表：「吾坐據九郡足矣，豈可別圖？」劉備無言以對。

劉表邀入後堂飲酒。酒至半酣，劉表忽然長歎。

劉備：「兄長何故長歎？」

劉表：「唉，有口難言。」

劉備想再問時，蔡夫人從屏風後面走出，劉表看到低頭不語。不久席散，劉備自回新野。

那年冬天，聽說曹操從柳城回許都，劉備替劉表惋惜其當初不採納他的建議。

劉表在一次宴中，也自嘆不聽劉備的話去攻打許都，如今良機不再，悔不當初。

劉備：「今天下分裂，干戈日起，機會還是會有的，只要能好好把

握，還來得及，兄可放下前事之機。」

　　酒過三巡，劉表忽然間又想起前不久沒說完的話，對劉備說：「前妻陳氏所生長子琦，為人雖賢，而柔懦不足立事；後妻蔡氏所生少子琮，頗聰明。吾欲廢長立幼，恐礙於禮法；欲立長子，怎奈蔡氏族中，皆掌軍務，後必生亂；因此委決不下。」

　　劉備：「自古廢長立幼，取亂之道。若憂蔡氏權重，可徐徐削之，不可溺愛而立少子也。」劉表聽完垂眉低眼頷首默然。

　　原來蔡夫人素疑玄德，凡遇劉備與表敍論，必來竊聽，這時正好躲在屏風之後，聞劉備講出這些話後，心生恨意。

　　再說劉備話才說完，自覺失言，起身如廁（第一次失言），因見己身髀肉復生，不覺潸然流淚。少頃復入席上。劉表看到他的臉上似有淚痕，問之。

　　兩人趁著酒興起來，恰如酒後吐真言般。聊到昔日曹操青梅煮酒論英雄的往事。劉備說：「備若有基本，天下碌碌之輩，誠不足慮也。」劉表一聽，心頭為之一震。臉色忽地一沉，然自覺失禮又轉換容顏。劉備也自知語失，託醉而起，回返驛舘安歇。

　　劉備離席，劉表還在想劉備剛剛的話。「劉備啊，你嘴上不說，心懷不足。唉！人心難足矣。」劉表退回房中，蔡夫人接著說：「剛才我在屏風後面聽劉備的話，甚為自大，可見他有吞併荊州之意。今若不除，必為後患。」劉表不答，但只搖頭而已。

　　蔡氏乃密召蔡瑁商議謀事。

　　蔡瑁：「不如在館舍殺之，然後再向主公稟報。」蔡氏然其言。蔡瑁連夜點派人馬，打算當夜下手。

劉備躍馬檀溪

前 情 提 要

　　劉備在新野城廣受百姓愛載，幾個智者文士也常有往來。其中一位乃是荊州幕賓伊籍，字機伯，山陽人。伊籍告訴他，所騎的駿馬雖然極好，可是卻會妨主，勸他最好不要騎地，避免受到傷害。劉備覺得禍福無門唯人自招，沒把伊先生的話放在心上。

　　蔡瑁與姐姐蔡夫人，屢次建請劉表疏遠劉備，劉表不聽，便私下策謀要除去劉備。恰好荊、襄二郡，兩年多來受瘟疫所困，百姓民生大受影響，直到冬至之後才見緩和。蔡瑁便藉此理由，請劉表前往襄陽舉行酬謝天地神明祭典，並宴請文武百官以安撫民心。劉表身體微恙，叫二子主持。蔡瑁卻說：「公子年幼，恐失於禮節。」

　　劉表：「可往新野請玄德幫忙。」此言一出正中蔡瑁下懷，暗喜。便差人請劉備赴襄陽。

◀ 畫面中間穿紅袍騎馬的劉備，馬足下以藍色表現即為檀溪。後面有追兵，即為蔡瑁和他的人。他們出城追趕，追到岸邊看到劉備竟馬躍檀溪，感到驚訝。河另一邊，有一牧童在牛背上吹笛。一圖三景同現，這也是水墨紙卷常見的表現方法之一。

　　劉備回到新野不久，忽傳荊州使者到來，說要請他前往襄陽協助世子主持與接待文武官員大會。

　　孫乾：「昨見主公匆匆而回，意甚不樂。愚意度之，在荊州必有事故。今忽請赴會，不可輕往。」劉備才把昨日之事對大家說明。

　　劉備帶著趙雲同行。時辰一到，文武百官俱入壇場就位，劉備與兩位世子帶領眾人焚香禮拜。奉化金銀紙帛已畢，眾人魚貫進入宴會之中落座。趙子龍緊跟劉備身邊。蔡瑁看到子龍佩劍侍立在後，自覺難以應付，便託辭支開趙雲，劉備不得已只好讓子龍離開。

　　酒過三巡菜過五味。蔡瑁把一只酒杯握在手上，眼神左瞟右睨被伊籍發現。伊籍連忙衝到劉備身邊，高聲說道：「劉皇叔，喝了那麼多的茶水和美酒，想必也要去解個手放個水。這裡您不熟，我帶您去。」也不管劉備有沒有聽懂，挽著劉備就朝栓馬的地方大步走去，劉備差不多是被拖著走的。

　　兩人來到馬房旁的茅房一邊解手，一邊伊籍低聲跟劉備說：「的盧馬替你牽來了，快走，朝西門快走，蔡瑁要殺你。」

劉備一聽驚慌失色。

「子龍和你要如何脫身？」

「劉皇叔！快走，遲者沒命。」

劉備繫好褲帶，連忙翻身上馬拍馬急奔。

劉備催馬沒命的跑。才出西門，後面就傳來急奔的馬蹄聲。

劉備疑心：「伊籍怎麼會報我走這條無橋的路？」

想要回頭去找趙雲，後面蔡瑁的隊伍已在眼前，兩邊距離數箭而已。

「劉皇叔，為何半途離席，莫非吾等待客不周，惹皇叔不悅？」

劉備也不回他話，伏身馬背，兩腿緊夾馬腹。手中馬鞭朝馬後腿急急抽去。

一邊拍馬繼續往前跑，一邊對馬講話：「的盧啊的盧，眾人都說你會妨主，是妨主還是益主？盡此一役了。駕！」

那馬似乎聽懂人言，馬鬃直豎，衝到檀溪岸邊只剩半步的地方，忽然躍地而起，直有三、四丈遠，馬蹄才沾水面，偌寬的檀溪也不知深淺，那馬卻如踏淺灘，踢出一道雪白的浪花。

後面的蔡瑁軍馬，望河興嘆，空射數箭之後，帶兵回去。

作品定位

出處：桃園龍潭烏樹林翁氏公廳

藝司：不明

作品地址：桃園市龍潭區烏樹林里 12 鄰 24 號

第五十七回

單福取樊城

▲ 題名「**單福定計取樊城**」*。有關、曹兩面旗幟，說明是兩支軍隊，關
　字旗主帥是關公，曹字旗主帥是曹仁。這時的曹仁敗兵正要回樊城，可
　惜已被單福派關公來占領了。

前情提要

　　劉備越馬檀溪，馬剛上岸人還渾噩如夢。耳中傳來牧童笛聲，抬頭看
向吹笛的牧童，等到四目相接牧童才停下短笛，開口就稱問：「是劉皇叔
玄德公嗎？」

＊在台灣比較傳統的橫書文字，也是由右至左，隨著橫式書寫普及，形式也跟著改為今天所見的
　左書文字。但在民間禮俗之中，還是偶爾可見右書橫字的題首或橫披。

經過一番問答，劉備被牧童帶去見水鏡先生，兩人相談甚歡。水鏡先生挽留劉備在莊上住一夜，等明日再回新野城。

劉備和盤托出，把自己馬越檀溪前所發生的事情說了一遍，又自嘆命歹。但水鏡先生卻說：「不然，只因將軍不得其人而已（白話就是說：你只是沒找對人而已）。」

劉備：「備雖不才，文有孫乾、糜竺、簡雍之輩，武有關、張、趙雲之流，竭忠相輔，頗賴其力。」

水鏡：「非某有視薄他人的意思，若孫乾、糜竺輩，乃白面書生，非經綸濟世之才也。關、張、趙雲，皆萬人敵，可惜無善用之人（說個比方，關雲長、張翼德、趙子龍都像是無人能敵的寶劍神器，卻沒有一個能善用神刀聖劍的高手讓他們發揮威力）。」

水鏡先生又跟劉備提了幾個名字，其中伏龍、鳳雛兩個名號，更讓水鏡先生說出：「兩人得一者，足可扶佐明主得天下也。」（臥龍先生，第一次出現在劉備的耳朵之中。）

入夜不久，劉備已進房中歇息，忽然間聽到有人扣門的聲音。水鏡先生接進屋裡款待。水鏡先生對那人說：「你想要找的明主遠在天邊近在眼前，可惜你卻要捨近求遠去找。」

劉備聽他們在講的話，好像就在說自己，但怕冒昧不敢踏進廳堂打擾他們。就這樣矇矓間回床躺下，那人何時離開？自己也不知道。

第二天才起床不久，趙子龍就來把劉備接走了。

半路上，一個自稱單福的人，睡在路中，差點被馬蹄踩成肉餅。劉備叫人把他扶到路邊石上，讓他繼續睡。劉備才要離開，單福就醒了。兩人一見如故。劉備聘單福為軍師，把他帶回新野城。

曹操自冀州回許都，聽說劉備在新野積草屯糧招兵買馬，深感威脅，派曹仁帶著李典還有兩名降將呂曠、呂翔領兵三萬，駐屯樊城。虎

視荊、襄，探看劉備虛實。

　　單福聽到探子回報，說曹仁率李典要來攻打新野城，對劉備說：「彼等盡提兵馬而來，樊城空虛，可乘間襲之。」

　　劉備聽從單福的計策，預先準備。兩軍對敵，趙子龍奉令擋住頭陣的李典，李典敗回。要曹仁回防樊城，曹仁不聽，更排出陣勢指名劉備破陣。劉備帶著單福觀陣之後，調兵遣將。他讓趙子龍從東南進入，再往西北門出陣。然後再從西門殺往東南，兩次衝殺，曹仁八門金鎖陣破！樊城歸劉備所有。

出處：苗栗大湖萬聖宮
藝司：不明
作品地址：苗栗縣大湖鄉中山路 58 號

第八回　徐母罵曹

▲ 左上題著「徐母罵曹，三國誌」。曹操一手遮臉，斜視徐夫人；徐夫人
把硯台擲出；後面的小兵手裡還有墨條和筆的托盤。至於那左手張開五
指，是在暗示什麼嗎？

前 情 提 要

　　曹操聽到曹仁說出是單福輔佐劉備才打敗仗。不但沒生氣，還安慰他
說，勝敗乃兵家之常事，不怪你，下去吧。

　　程昱跟曹操說，我有辦法讓徐庶來許都為丞相所用。曹操說：「期盼
那天早日到來。」

　　徐庶的老家，徐夫人在院中思念次子徐康，想起自己中年守寡，本
以為育有二子，到老還能有個依靠。誰知道，長子徐庶年輕時替人打抱
不平殺人被捉到官府，後來被人救走以後，就杳無音訊，留下徐康與自
己相依為命。沒想到不久前徐康因病去逝，就只剩自己獨守家門。

　　「有人在嗎？請問徐太夫人在嗎？」
　　「找誰啊？」

「請問，這裡是徐元直徐庶的家嗎？」

「元直，元直，元直派人送信回來了嗎？」

徐夫人趕忙打開柴門一看，一名官差打扮的人站在眼前。

「請問，這裡是徐元直的家嗎？」

「正是。敢問官爺，有何貴事？」

「是令公子派我來接您去享福的。」

「他怎麼不自己回來？」

「他公務繁忙走不開，讓我來接太夫人您的。」

「有吾兒的信否？」

「沒，只有口信。請太夫人準備準備，我們馬上動身。」

就這樣徐夫人被騙到許都曹操的府中。（詐騙集團的祖師爺？）

徐夫人一到丞相府，就被程昱安排住到一處乾淨的宅院，叫人好生侍候。

徐夫人看不到兒子，心裡十分掛念。

一日，徐夫人被人帶到一落花廳，抬頭看到曹操端坐一旁。兩人見面略施一禮，曹操命人服侍徐夫人就座。

「啊，丞相，您府中的人告訴我，說吾兒徐庶在……我怎麼沒想到這層。丞相，我來問你，吾兒今在何處？為何將我騙來此地？」

「啊，徐太夫人，莫急，莫急。令郎徐元直正在劉備那裡。今想勞動您，寫封家書，喚他來我這裡做事，老夫管保他一展長才，仕途光明。來人，文房四寶替徐太夫人奉上。」

「丞相，您說元直在哪裡？劉皇叔那裡，不錯啊。」

「啊，夫人啊！想那劉備乃織席編履之輩，如今在那新野城彈丸之地寄人籬下，哪有什麼長進。不如來我這裡，老夫身為一人之下、萬人之上的丞相之職。管叫令郎高官厚祿一生榮華富貴，還可第蔭太夫人您安享晚年哪！」

「曹操，你名為漢相實為漢賊。想你挾天子以令諸侯，殺彌衡，害于吉，欺聖上，真可謂亂臣賊子人人得而誅之。」

這個曹操被徐夫人連珠砲般罵到臉色鐵青不發一語，整張臉冷到死白（那臉本來就夠白了，現在更如死灰一樣的白到讓人望而生寒）。

徐夫人一邊罵一邊想，衣帶詔殺不死你，老人手無寸鐵，不然離他這麼近，不正是機會難逢。石硯，石硯，有了。眼睛看準硯台，不管裡面早已濃墨侍候，抓起硯台大罵：「曹操，你給我死來！」話還沒說完，一方石硯就往曹操的頭上擲去。

「你這個瘋婆，來人啊，給我押下去砍了。」

一旁的程昱大喊：「刀下留人。」

曹操揮手，程昱看到徐夫人，趕忙走向前去，以子姪之禮與徐夫人見面。說自己是她兒子徐庶的好友，當年和徐庶一起為民除害，也是自己和朋友把徐庶救走的，兩人邊說邊走出門外。

「老身到此多日，為何今天才見到你？」

「唉，身在亂世之中，身不由己，有機會再慢慢向伯母說明。」

安撫好徐夫人的程昱，讓下人把徐夫人送回住處。然後再回到堂上向曹操稟告：「丞相，徐母故意把您激怒，好讓您下手把她殺了。如此一來，您背上無仁無義殺文士之母的罪名。徐母一死，徐庶就會死心塌地幫劉備和你為敵，既報效劉備知遇之恩，又可向您報殺母之仇，公私兩利。」

之後程昱三天兩頭就來問安，不時命人送來各式禮物。只要本人不能到來，必然隨物附上束帖請安。徐夫人看對方書信簡帖相問，她也提筆回覆答謝。

徐夫人以為程昱真的是他兒子徐庶的好朋友。誰知道，他卻也是詐騙集團的成員之一。

作品定位

出處：彰化田中書山祠（私人產業）
藝司：不明／彩繪花磚
作品地址：彰化縣田中鎮東關路三段 435 號

第五十九回

徐庶走馬薦諸葛

▲ 從左到右依序為徐庶；正中間騎著白馬雙手拱禮的是劉備；後面兩名士兵在砍樹；將軍是關公；再過去才是張飛。名為「徐庶走馬薦諸葛」。

前情提要

　　程昱學會徐夫人的筆跡之後，以徐夫人的名義寫了一封家書寄給徐庶。

　　徐庶看完家書之後淚如泉湧，拿著書信前去拜見劉備，告訴他自己真正的身分，並且告罪自己有始無終；自己的母親被曹操騙去，威脅自己，請劉皇叔見諒，讓自己前往許都救母。

　　劉備看過信後，也沒理由拒絕。只不過希望他天明再走。除了顧及先生安全之外，還能再與先生多請教一些金玉良言。

劉備命人備酒宴請徐庶。只是離情依依，面對佳餚美酒卻也難以下嚥，只能對坐而泣。就這樣兩人坐到天亮。

　　天一亮，徐庶就拜別劉備起程，劉備命人在十里長亭設酒餞行。酒後，一齊上馬給徐庶送行。一程送過又送一程。徐庶雖然難捨劉備知遇恩情，無奈思母心切，只能強忍悲傷，揮鞭離去。劉備遠望賢人背景。徐庶策馬轉入林中而去。劉備用馬鞭指著前面的樹林說：「真想把前方那片林木砍掉。」

　　從人大驚，問道：「樹木未曾冒犯主公，何以仇之欲砍。」

　　「它們遮住我望賢人背影。」

　　徐庶走後不久又勒馬回頭，劉備一行還在原地。徐庶向劉備說自己慌亂之下忘了一件重要的事沒向主公說：「此間有一奇士，只在襄陽城外二十里的隆中。使君何不求之？」

　　劉備：「敢煩元直為備請來相見。」

　　徐庶：「此人不可屈致，使君可親往求之。若得此人，無異周得呂望，漢得張良也。」

　　劉備：「此人比先生才德何如？」

　　徐庶：「以某比之，猶如駑馬並麒麟、寒鴉配鸞鳳耳。此人每嘗自比管仲、樂毅；以吾觀之，管、樂尚不及此人。此人有經天緯地之才，蓋天下一人也！」

　　劉備大喜說：「願聞此人姓名。」

　　徐庶：「此人乃琅琊陽都人，複姓諸葛，名亮，字孔明，乃漢司隸校尉諸葛豐之後。其父名珪，字子貢，為泰山郡丞，早卒；亮從其叔玄。玄與荊州劉景升有舊，因往依之，遂家於襄陽。後玄卒，亮與弟諸葛均躬耕於南陽。嘗好為梁父吟。所居之地有一岡，名臥龍岡，因自號為『臥龍先生』。此人乃絕代奇才。使君宜急往駕見之。若此人肯相輔佐，何愁天下不定？」

劉備：「昔水鏡先生曾為備言：『伏龍、鳳雛，兩人得一，可安天下。』今所云莫非即伏龍、鳳雛乎？」

徐庶：「鳳雛乃襄陽龐統也。伏龍正是諸葛孔明。」

玄德急切的說：「今日方知伏龍、鳳雛之語。非先生言，備有眼如盲也！」

作品定位

出處：北港朝天宮
藝司：江清露／玻璃剪黏
作品地址：雲林縣北港鎮中山路 178 號

第六十回
三請孔明

前 情 提 要

　　劉備送走徐庶，回城想到他口中提到的「伏龍」臥龍先生諸葛孔明。
就朝也想暮也想，該怎麼去把他請下山來輔佐自己。

　　劉備正在準備禮物，要前往臥龍崗拜訪孔明。忽然間下人通報，説
門外有一個先生道貌非常，前來探望。劉備急忙出門迎接，一看，原來
是之前馬越檀溪遇見的水鏡先生（司馬徽）。劉備接進裡面雙方落座。
　　水鏡：「聽説徐元直在這裡，特來找老朋友聊聊。」
　　劉備才説起徐庶離開的緣由與經過。
　　水鏡：「元直中曹操之計了。素聞徐母最賢，雖然被曹操所囚，卻不

◀孔明在草茅之中；小僮在門外迎請劉備；關公跟著後面抬頭遠望，好像看到先生已經醒來？坐在堂上看著門外桃園三兄弟。隔著一方山石樹景，張飛斜頭看著外面，把他對大哥劉備三顧茅廬來請一個山外野人諸葛亮，感到不耐煩的神情，表達的入木三分。

作品定位

出處：雲林土庫順天宮
藝司：陳天乞／交趾陶
作品地址：雲林縣土庫鎮中正路 109 號

會因此就順從曹操的意思寫信來叫兒子前去；元直不去，其母尚存，今去，其母必死無疑。」劉備大驚再問水鏡先生：「卻是為何？」

水鏡：「徐母高義，見子被騙而往，定要自責己之疏忽，而難以自容。」

劉備又說：「元直臨行，跑馬返頭大薦南陽諸葛亮。與先生說言相符，今正準備前往尋訪高賢。」

水鏡笑曰：「元直去就去了，怎麼又弄他出來嘔心也。」

劉備：「先生何出此言？」

水鏡：「孔明與博陵崔州平、潁川石廣元、汝南孟公威與徐元直四人為密友。此四人務於精純，惟孔明獨觀其大略。嘗抱膝長吟，而指四

人曰：『公等仕進可至刺史、郡守。』眾問孔明之志若何，孔明但笑而不答。常自比管仲、樂毅，其才不可量也。」

玄德曰：「何潁川之多賢乎！」

在旁邊的關公，聽到水鏡先生說到這裡。大哥劉備跟著回答一句之後，說：「某聞管仲、樂毅乃春秋戰國名人，功蓋寰宇。孔明自比二人，會不會太過些？」

水鏡：「以吾觀之，確實不應比此二人，我另有二人比之。」

關公問是哪兩人？

水鏡：「可比興周八百年之姜子牙，旺漢四百年之張子房也。」

眾皆愕然，水鏡先生下階相辭欲行，玄德留之不住。水鏡出門仰天大笑自言自語曰：「臥龍雖得其主，不得其時，惜哉！惜哉！」言罷，飄然而去。

第二天，劉備帶著關張及數名從人前往臥龍崗尋訪孔明而去。

第一次只見到孔明的書僮。

第二次多了一人，諸葛均。中間孔明的幾個朋友，像石廣元、崔州平，孔明的岳父黃承彥都有出場；但都只跟劉備說些關於孔明的個性和他的志向而已（烘托孔明的志向和增加他的神祕感）。

劉備失望之餘，帶著關張回去新野。等待來年春暖花開之時，再「**三請孔明**」[＊]。

＊小說光是介紹劉備於臥龍崗往來所見，和關、張二人的反應，還有中途所見的人物和民情風土，就用了一個章節，足見作者用心鋪陳孔明的出場。這裡只能略述。

第六十一回
隆中決策

▲ 孔明手持羽扇指著背後的地圖，向劉備說明天下局勢；對面關公坐著，張飛站在旁邊，兩人都朝孔明手中扇所指的地圖望去。右上角題字「隆中決策」。表現「未出茅廬天下定三分」的伏筆。

前情提要

　　劉備兩次拜訪臥龍先生諸葛孔明都沒見到本人。等到過完年後，又打算前往臥龍崗去請賢人。

　　三人騎馬帶著隨從啟程，一行距離草廬半里，劉備就下馬步行。三人來到莊前叫門，童子開門出問。

　　劉備：「有勞仙童轉報：劉備專來拜見先生。」

　　童子：「今日先生雖然在家，但是還沒起床。」

　　劉備：「既是如此，且暫勿通報。」吩咐關、張二人在門口等著。自己慢步跟在童子後面來到草堂之前。抬頭內望，只見孔明仰臥在草堂內的席上。

　　劉備拱立階下。過了好久，孔明還沒醒來。

關、張在門外不見動靜，走進柴門，看到大哥還站在階前。

張飛大怒，跟二哥說：「這先生好狂傲！大哥侍立階下，他竟然高臥不起。誰知道他是真睡還是假睡，我到屋後放一把火，看他還起不起來。」關公再三勸住。

劉備叫他們到門外等候，關張二人又回到柴門外等著。劉備回頭看，看到孔明將身動了一下，以為他要起床，沒想到他翻身朝裡側躺，又睡了。

童子走近榻邊將要稟報，劉備卻低聲說：「且勿驚擾先生。」

劉備又站了一個時辰（兩小時）孔明才醒，口吟詩曰：「大夢誰先覺，平生我自知；草堂春睡足，窗外日遲遲。」

孔明吟罷，翻身問童子曰：「有俗客來否？」

童子：「劉皇叔在此，等候多時。」

孔明才起身說：「何不早報？尚容更衣。」遂轉入後堂。又過半晌，才整衣冠出迎。

劉備見孔明身長八尺，面如冠玉，頭戴綸巾，身披鶴氅，飄飄然有神仙之態。

劉備下拜：「漢室末胄，涿郡愚夫，久聞先生大名，如雷貫耳。昨兩次晉謁，不得一見，已書賤名於文几，未知先生閱否？」

孔明：「南陽野人，疏懶性成，屢蒙將軍枉臨，不勝愧赧。」

二人敘禮完畢，分賓主而坐。童子獻茶。

劉備：「大丈夫抱經世奇才，豈可空老於林泉之下？願先生以天下蒼生為念，開備愚魯而賜教。」

孔明笑曰：「願聞將軍之志。」

劉備摒退從人靠近孔明才說：「漢室傾頹，奸臣竊命，備不自量力，欲伸大義於天下，然而智術淺短，迄無所就。望先生開其愚而拯其厄，實為萬幸！」

孔明：「自董卓造逆以來，天下豪傑並起。曹操勢不及袁紹，竟能克

紹，不只靠天時，當中更有人謀之智也。今曹操在北占天時，江東孫權占地利，將軍仗西川五十四州可借人和。先取荊州為家，後取西川建基業，以成鼎足之勢。立定根基之後再圖中原，大業可成矣。」

劉備頓首拜謝：「備雖名微德薄，願先生不棄鄙賤，出山相助。備當拱聽明誨。」

孔明：「亮久樂耕鋤，懶於應世，不能奉命。」

劉備哭著說：「先生不出，置蒼生何矣？」說完這句，劉備淚如泉湧衣襟盡濕。

孔明見其意甚誠，乃曰：「將軍既不相棄，願效犬馬之勞。」

作品定位

出處：嘉義鎮天宮
藝司：不明
作品地址：嘉義市東區芳安路 195 號

孔明初用兵

▲孔明坐在公案桌後；張飛與關公因被結拜大哥冷落，對孔明的能力大感懷疑，有意與他唱反調；劉備坐在案桌旁邊，算是給軍師壯他軍威。

前情提要

　　劉備帶孔明回新野。孔明告訴劉備，曹操在冀州作玄武池訓練水軍，看來有入侵江南的打算，可密遣探子前去打探東吳動靜。

　　一日，聽到探子回報曹操派夏侯惇領兵十萬前來博望坡窺伺新野。關、張二將冷淡對待，存心想看孔明笑話。

　　孔明向劉備借得令旗劍印，聚文武調兵遣將。再對眾將說明地形地勢與分兵布陣之策。

　　博望坡之左有山，名曰豫山；右有林，名曰安林；可以埋伏軍馬。

　　「關將軍聽令，雲長可引一千軍往豫山埋伏，等曹軍到達之後，不要驚動他們，讓他們兵馬通過；他們的糧草，必在後面。但看南面火起，方可縱兵出擊，焚其糧草。」

　　「張將軍聽令，翼德可引一千軍去安林背後山谷中埋伏，只看南面火起，便向博望城舊屯糧草處縱火燒之。」

「關平、劉封領五百軍，預備引火之物，在博望坡後兩邊等候。至初更兵到，便可放火。」

孔明派人到樊城取回趙雲，命為前部，前去誘敵。准敗不准勝，將曹軍引入博望坡夾谷之內，再與主公會合。兩軍合一，將未被大火燒死的曹兵，一網打盡。

關、張互望，再轉向孔明說：「我等皆出迎敵，不知軍師卻作何事？」

孔明：「我只坐守縣城。」

張飛大笑說：「我們都去廝殺，你卻在家裏坐地，好自在！」

孔明：「劍印在此，違令者斬！」

劉備：「豈不聞『運籌帷幄之中，決勝千里之外』？二弟不可違令。」

眾將皆未知孔明韜略，今雖聽令，卻都疑惑不定。

孔明對劉備說：「主公今日就帶兵到博望山下屯住。來日黃昏，敵軍必到，主公看到敵軍出現，就棄營而走；看到火起，再回軍掩殺。亮與糜竺、糜芳引五百軍守縣；命孫乾、簡雍準備慶喜筵席，安排『功勞簿』伺候。」

派撥已畢，玄德亦疑惑不定。

關、張二人雖然心不甘情不願領令出營，但對軍師的調派指揮，依然詳實分派將士執行。

夏侯惇與于禁將帥不合又輕敵，被孔明用火攻計殺得揮師大敗而回。

卻說孔明收軍，關、張二人相謂曰：「孔明真英傑也！」行不數里，見糜竺、糜芳引軍簇擁著一輛小車，車中端坐一人，乃孔明也。

關、張下馬拜伏於車前。

作品定位

出處：嘉義東石龍港村慶福宮
藝司：潘麗水
作品地址：嘉義縣東石鄉龍港村 13 鄰 112 號

第六十三回

子龍井邊救主

▲ 子龍在一處廢墟找到糜夫人帶著幼主劉禪阿斗。子龍請夫人上馬，夫人自認身受重傷無法再受車馬奔波之苦，要子龍帶著阿斗去找他父親劉備。

前 情 提 要

　　夏侯惇敗回許昌，曹操赦其無罪。但又傳令起大兵五十萬，引兵三千為先鋒，攻打新野的劉備。劉備接報與孔明商議對策。

　　荊州劉表卻在此時傳出病危的消息。劉備前往探視，劉表人在榻中想要把荊州交給劉備，劉備不敢接受。孔明看到劉備婉拒，也無可奈何。

　　此時劉表的長子劉琦，早已聽從孔明的建議主動請求前去夏口駐紮。劉表一死，次子劉琮剛接任荊州大權不久，就被他母親蔡夫人與舅舅蔡瑁用計將荊州獻給曹操。

　　孔明探知曹操已近邊城，請劉備讓百姓搬離城內，留了兩座空城新野與樊城給曹操。等曹軍到達，再放火攻擊曹軍。曹操又驚又怒，收拾

兵馬一路追殺劉備人等。

孔明請劉備派關公前去江夏求救公子劉琦，讓他起兵會於江陵救援，再令張飛斷後，百姓追隨，劉備不忍相棄，趙雲保護家小，每日只走十幾里路就休息。後面曹兵緊追不捨。

曹操來到襄陽接到蔡夫人捧著印綬前來投降，曹操歡喜接下。蔡夫人以為荊州和自己與兒子劉琮的榮華富貴可保。誰猜得到曹操前手才接下印信，後面就派人把蔡夫人母子送出城去，説要讓他們去青州安享清福。劉琮不願，蔡夫人不肯。只是此時全然不由自己主意。奉丞相命的于禁，半路下手殺死劉琮及蔡夫人，回報曹操，曹操重賞于禁。

劉備看關公去江夏未回，要孔明親自走一趟，也許劉琦感念孔明救命之恩，願意相助。孔明離開劉備等人前往江夏討救兵。

劉備一行來到當陽縣，時值秋末冬初，正當大家準備休息打點晚膳之際，聽見背後戰塵滾滾追兵已到。眾人四散奔逃。

兵荒馬亂之中，趙子龍回頭竟然看不到甘、糜二夫人的車駕。回頭去找，卻被逃命的百姓衝得只剩一馬在身。趙雲殺退曹兵之後，遇人就問：「可見兩位夫人車駕否？」百姓只知自己，誰還管得了他人是誰。

最後，趙雲在一處廢墟見到抱著幼主的糜夫人。糜夫人以死相逼，讓子龍抱過幼主劉禪之際，趁機投井自盡，了卻殘生。

趙子龍將阿斗綁在護心甲中，提槍上馬又去追尋主公劉備等人。

作品定位

出處：雲林西螺廣興宮
藝司：王錫河
作品地址：西螺鎮源成東路 15 號

第六十四回

長坂坡趙子龍救阿斗

▲ 中間捲髮的將軍，身騎白馬，一手勒住馬繩，一手持槍抵抗曹將。四週盡是曹操兵馬。只看趙子龍渾身是膽七進七出救出阿斗，在長坂坡與眾廝殺，毫無懼色。一旁假山石景上，以毛筆字寫著：「長坂坡趙子龍救阿斗，永靖江清露作」等字。

前 情 提 要 ————

　　當陽地界，趙子龍在廢墟之中找到抱著幼主阿斗的糜夫人。那時糜夫人已受箭傷不想拖累趙子龍。把阿斗托孤給了趙雲之後，自投井中死去。

　　趙子龍將糜夫人就地掩埋於枯井之中。抱起阿斗懷入胸前護心鏡中，上馬尋路殺出重圍。

　　手中提著稍前殺了夏侯淵，奪了曹操的倚天劍，正好用上。遠的以槍刺，近的用劍砍。長坂坡前，殺得曹操遠望禁不住愛將之心油然而生。命曹洪奔到戰場上去問那白袍白馬、手握槍劍的少年將軍，姓何名誰？

　　曹洪探得趙雲姓名，回報曹操。曹操反問從劉備處來的徐庶。徐庶回答：「這常山趙子龍，不止勇不可當，更是個萬難得一的大將軍。可獨

立作戰，又可搭配主帥行軍布陣。丞相啊，可得好好珍之、惜之。」

「先生，似這般難得的虎將，要如何得之？趕快與老夫想個辦法。」

「丞相，諭令諸將莫放冷箭，只要活子龍，不要死趙雲。」

「快傳某之將令，要活捉趙雲，莫放冷箭，要活子龍，不要死趙雲。」

曹將等一聽，大嘆一聲：「果然丞相愛才。如今卻又當如何是好？」

「只有他能殺吾等，我們卻不能傷他一根寒毛。」

「只能設下陷馬坑將之活捉了，不然還能如何？」

曹將布下陷阱，再把趙雲引到該處。趙子龍一時失注意，果然連人帶馬掉入陷馬坑。曹將從頭上向下扎槍，趙雲人馬困於坑底。

曹軍將帥看到趙雲被困，卻無法將他捉上地面，眾人望著丈多深的地坑，空嘆。趙雲度量坑陷高度，也許……坑中，馬躍？

「主人啊，如果你我君臣還有命在，你有洪福在身。且助我們一躍騰空逃離險境。」趙雲暗中祝禱，再於坑中勒馬拍鞭。同時一聲～喝！

正常曹兵曹將探望坑底之時，忽然間閃出一道紅光，紅光迷目，眾人閉目遮光。再睜開眼睛看時，坑裡趙雲已不知去向。

「趙雲在何處？趙子龍在哪裡？」

「往長坂橋飛奔而去了。」

「追！」

曹操遠望戰場，看一道紅光自地斜射而起，掉在曹軍之外一箭之地。

「我眼花了嗎？先生，你有看到否？」

徐庶明明有看到，卻回答：「看到什麼？」

作品定位

出處：北港朝天宮

藝司：永靖江清露／玻璃剪黏

作品地址：雲林縣北港鎮中山路 178 號

趙子龍救阿斗見劉備

▲ 趙子龍把幼主阿斗送到主公劉備的手裡，劉備接過小孩一時間激動的講不出話來。抱著兒子激動的說，為了你這個孩子，差點折我一員大將，說完就把阿斗扔到地上。趙雲見狀跪下，將阿斗抱起，說臣肝腦塗地也難報主公知遇之大恩。

前情提要

　　一道紅光，從土坑中衝出，子龍胯下馬平空跳出坑外。後人有詩讚嘆：
　　紅光罩體困龍飛，征馬衝開長坂圍。
　　四十二年真命主，將軍因得顯神威。

　　曹將張郃見了，大驚而退。趙雲縱馬正走，背後忽有二將大叫：「趙雲莫走！」前面又有二將，使兩般軍器，截住去路。後面趕的是馬延、張顗；前面阻的是焦觸、張南，都是袁紹手下降將。
　　趙雲力戰四將，曹軍一齊擁至。雲乃拔青釭劍亂砍。手起處，衣甲

透過，血如湧泉。殺退眾軍將，直透重圍。

曹操在景山之上，看見子龍衝出萬重圍，高興得對徐庶說：「幸好先生妙計，不然捉了一個死趙雲也是沒用。」

阿斗因子龍而活命，子龍也因阿斗而有上天相助。認真說來，還是兩人互相扶持、互相護佑，才能獲得重生之機。

這一場戰役，趙雲懷抱後主，突破重圍，砍倒大旗兩面，奪搠三條；前後槍刺劍砍，殺死曹營名將五十餘員。後人有詩讚之：

血染征袍透甲紅，當陽誰敢與爭鋒？
古來衝陣扶危主，只有常山趙子龍。

趙雲殺出重圍已離大陣，血染征袍。正行間，山坡下又撞出兩支軍來，乃是夏侯惇部將鍾縉、鍾紳兄弟二人，一個使大斧，一個使畫戟，大喝：「趙雲快下馬受縛！」正是「纔離虎窟逃生去，又遇龍潭鼓浪來」。

只是鍾縉、鍾紳二人不是趙雲的對手，子龍挺槍便刺。鍾縉揮動大斧相迎。兩馬相交，戰不三合，被子龍一槍刺落馬下，奪路便走。背後鍾紳持戟趕來，馬尾相啣，那枝戟只在趙雲後心弄影。趙雲撥轉馬頭，恰好兩胸相拍，子龍左手持槍隔過畫戟，右手拔出青釭寶劍砍去，帶盔連腦，砍去一半，紳落馬而死，餘眾奔散。

趙雲脫離曹兵追殺望長坂橋而來。只聽見後面喊聲大震。原來文聘引軍趕來。子龍來到橋邊，已是人困馬乏。看到張飛挺矛立馬橫於橋上，大喊：「翼德救我！」張飛：「子龍快走，追兵我自擋之。」

趙子龍縱馬過橋，又走了二十餘里，看到劉備與眾人都在樹下休息。子龍翻身落馬，跪在地上請求主公原諒。

子龍喘息片刻就說：「趙雲之罪，萬死猶輕！糜夫人身帶重傷，不

肯上馬，投井而死。雲只得推土牆掩之；懷抱公子，身突重圍；承主公洪福，幸而得脫。適來公子尚在懷中啼哭，此一會不見動靜，想是不能保也。」

解開護心鏡看，阿斗卻睡得正好。趙雲大喜過望說：「幸得公子無恙！」將孩子抱給劉備。劉備接過之後，卻激動的說不出話來，把孩子扔在地上說：「為汝這孺子，幾損我一員大將！」趙雲忙向地下抱起阿斗，泣拜曰：「雲雖肝腦塗地，不能報也！」後人有詩曰：

曹操軍中飛虎出、趙雲懷內小龍眠。
無由撫慰忠臣意，故把親兒擲馬前。

「主公，不久前幼主才被糜夫人摔了一次，現在又被主公摔這一下，千萬不要把他摔壞了？」

作品定位

出處：關渡玉女宮
藝司：不明
作品地址：台北市北投區大度路三段 301 巷 222 號

第六十六回
張飛斷橋

▲張飛手拿丈八蛇矛杖橫馬站在橋上，有一夫當關萬夫莫敵的氣勢。

🎧掃圖聽講古

前情提要

　　張飛讓過子龍之後，忽然想到自己只有一點兵馬，但曹軍卻有幾十萬大軍。看看長坂橋後的樹林，林木頗為茂盛，若如此如此這般這般，或能瞞他曹賊耳目，暫時擋住片刻。

　　想到這裡，即令兵士砍下樹枝綁在馬尾，再讓兵士騎著馬來回奔馳揚起塵土做疑兵之計。一切安排妥當，自己往林中望去，果有伏兵在此的態勢⋯⋯

作品定位

出處：台南南廠保安宮
藝司：不明
作品地址：台南市中西區保安路90號

第六七回

舌戰群儒

▲ 孔明在畫面中間穿白袍拿羽扇者，其他都是東吳的人。當中有武將
也有文臣，拿金西瓜錘的只是衛士，不是將軍。左上角題字「舌戰
群儒」。白鬚老可演東吳老臣張昭。外事不決問周瑜；內事不決問張
昭，即是此人。這場周瑜沒登場。

前 情 提 要

　　劉琦感念孔明救命之恩，救劉備一行來到江夏駐留。東吳魯肅過江打
探曹軍虛實，知道劉備堅心抵抗曹操野心，邀請孔明過江，以定吳侯抗曹
之心。

　　兩人過江，魯肅在船中先向孔明提醒，希望此行能助吾主堅定心志
以抗曹軍。

　　東吳內部文官主降，武官主戰。吳侯孫權一時難以主裁，一心等待
魯肅過江回來，再做道理。

　　孔明與魯肅來到東吳，被安排在驛舘中休息。第二天魯肅一早就來
找他一同前往議事廳，與眾文武官員見面。

早有張昭、顧雍等一班文武二十餘人，峨冠博帶，整衣端坐。孔明逐一相見，各問姓名。施禮已畢，坐於客位。張昭等見孔明丰神飄灑，器宇軒昂，料想此人必是前來遊說吾輩同力抗曹的。有意先聲奪人，讓孔明無法開口。

　　張昭先以言語想挑刺孔明：「昭乃江東微末之士，久聞先生高臥隆中，自比管、樂。不知是否真有此事？」

　　孔明卻只微笑回答：「多謝指教。」後面就不再言語。

　　張昭又說：「聽說劉豫州三顧先生於草廬之中，幸得先生，以為如魚得水，思欲席捲荊、襄。今一旦以屬曹操，未審是何主見？」

　　孔明一樣笑答：「多謝指教。」並未直接回答張昭的問題。

　　張昭連著說了一堆，孔明只有那句：「多謝指教。」對張昭的問題完全置之不理。

　　忽然間一人高聲問道：「今曹公兵屯百萬，將列千員，龍驤虎視，平吞江夏，公以為何如？」

　　孔明只冷笑看著那人，完全閉口不談，後面又有多名文士陸續發難，孔明就好像鴨子聽雷充耳不語。惹得魯肅忍不住對孔明說：「諸葛先生啊，你好歹也說句話回應諸位大人一下，如此豈非有失為客之禮？」

　　孔明這才說：「魯大夫呀，您邀我過江，難道不是想要讓我分析曹操的兵力虛實，好讓貴國明君能知己知彼，策謀應變之策？如今卻只想叫我像潑婦罵街，跟一群雀鳥議論個人短長？」

　　這時黃蓋站出來附和孔明說：「聞君一言，果然如醍醐灌頂般，心靈清澈。」

　　黃蓋與魯肅引孔明進入面見孫權。孫權直問：「足下近在新野，佐劉豫州與曹操決戰，必深知彼軍虛實。」

　　魯肅在旁邊以目向孔明暗示，孔明卻不理魯肅。說曹操先有青州軍二十萬，平了袁紹又得五、六十萬，在中原新招三、四十萬，今又得荊

州之軍二、三十萬，以此計之，不下一百五十萬之譜也。

孫權再問：「曹操部下戰將，有多少？」

孔明：「足智多謀之士，能征慣戰之將，何止一、二千人！」

孫權：「今曹操平了荊、楚，你看他還有什麼長遠的打算？」

孔明：「看他沿江下寨，又準備戰船，看來有圖謀江東之意。」

孫權：「若彼有吞併之意，戰與不戰，請足下為我一決。」

孔明：「亮有一言，但恐將軍不肯聽從。」

權曰：「願聞高見。」

孔明：「唯有降能自保。」權未及答。

孔明又曰：「將軍外託服從之名，內懷二意，事急而不斷，禍至無日矣。」

權曰：「誠如君言，劉豫州何不降操？」

孔明曰：「昔田橫齊之壯士耳，猶守義不辱；況劉豫州帝室之冑，英才蓋世，眾士仰慕？事之不濟，此乃天也，又安能屈處人下乎？」

孫權聽了孔明此言，不覺勃然變色，拂衣而起，退入後堂。眾皆哂笑而散。

魯肅責孔明曰：「先生何故出此言？幸是吾主寬洪大度，不即面責。先生之言，藐視吾主甚矣。」

孔明仰面笑曰：「如此不能容物耶？我自有破曹之計，彼不問我，我故不言。」魯肅：「果有良策，肅當請主公求教。」

孔明：「吾視曹操百萬之眾，如群蟻耳！但我一舉手，則皆為虀粉矣！」

魯肅聞言，便入後堂見孫權。孫權怒氣未消，看著魯肅說：「孔明欺吾太甚！」

魯肅：「臣亦以此責孔明，孔明反笑主公不能容物。破曹之策，孔明不肯輕言，主公何不求之？」

孫權反怒為喜說：「原來孔明卻有良謀，故意以言詞相激。我一時淺見，幾誤大事。」便同魯肅重復出堂，再請孔明敍話。

孫權再見孔明，向他道謝：「適來冒瀆威嚴，幸勿見罪。」

孔明亦謝：「亮言語冒犯，望乞恕罪。」孫權邀孔明入後堂，置酒相待。

數巡之後，孫權：「曹操平生所惡者，呂布、劉表、袁紹、袁術、豫州與孤耳。今數雄已滅，獨豫州與孤尚存。孤不能以全吳之地，受制於人。吾計決矣。非劉豫州，不能抵擋曹操；然豫州新敗，如何抵抗？」

孔明：「豫州雖然新敗，然關雲長猶率精兵萬人；劉琦領江夏戰士，亦不下萬人。曹操之眾，遠來疲憊；近追豫州，輕騎一日夜行三百里。此所謂『強弩之末，勢不能穿魯縞』也。且北方之人，不習水戰。荊州士民附操者，迫於勢耳；非本心也。今將軍誠能與豫州協力同心，曹軍必破矣。操軍破，必北還，則荊、吳之勢強，而鼎足之形成矣。成敗之機，在於今日。惟將軍裁之。」

孫權大喜曰：「先生之言，頓開茅塞。吾意已決，更無他疑。即日商議起兵，共滅曹操。」遂令魯肅將此意傳諭文武官員，就送孔明於館驛安歇。

作品定位

出處：高雄左營慈濟宮
藝司：不明
作品地址：高雄市左營區蓮潭路 9 號

第六十八回

智激周瑜

▲ 周瑜坐在中間，他左邊是孔明諸葛亮先生，右邊是魯肅魯大夫。周瑜左手捾住雉尾，右手指向遠方，好像在罵那曹操。而魯大夫卻看著孔明，似乎在目責孔明說話得罪大都督周瑜。只不過，諸葛亮明明是故意要把周瑜惹毛就是了。

前 情 提 要

　　吳太夫人看到孫權心事重重問他，孫權說了自己的困擾。吳國太說：「仲謀啊，汝兄臨終遺言：內事不決問張昭，外事不決問周瑜，你難道忘了嗎？」

　　孫權經過吳國太提醒，趕忙派人請水軍大都督周瑜回來。使者還沒出發就聽到周瑜回來拜見。原來周瑜探得曹操兵到漢上，星夜趕回柴桑郡，要與主公孫權研謀對策。

周瑜回到府中，準備休息，就先後接到文官武將陸續求見。周瑜一一接待，讓他們盡其所言。周瑜這夜對文武官員的回應都是：你說的正好都是我的意思。請大家放心，一切事務，明天見過主公再做定奪。

夜深二更，人報魯子敬帶著孔明前來，周瑜出中門迎進。雙方見禮之後分賓主坐下。

魯肅先問周瑜：「今曹操驅眾南侵，文武人等和與戰各持己見向主公陳述主張。主公說等你回來研議之後再下決定。下官想聽聽將軍的看法。」

周瑜：「曹操以天子為名，其師不可拒。且其勢大，未可輕敵。戰則必敗，降則易安。吾意已決，來日見主公，便請主公遣使納降。」

魯肅一聽大驚：「君言差矣。江東基業，已歷三世，豈可一旦棄於他人？伯符遺言，外事付託將軍。今正欲仗將軍保全國家，為泰山之靠，因何都督亦從懦夫之議耶？」

周瑜：「江東六郡，生靈無限，若罹兵革之禍，必歸怨於我，故決計請降矣。」

魯肅：「不然。以將軍之英雄，東吳之險固，曹操未必便能稱心如意也。」二人互相爭辯，孔明只袖手冷笑。

周瑜：「先生何故哂笑？」

孔明：「亮不笑他人，乃笑子敬不識時務也。」

魯肅：「先生如何反笑我不識時務？」

孔明：「公瑾主意欲降曹操，甚為合理。」

周瑜：「孔明乃識時務之士，必與吾有同心。」

魯肅：「孔明，你也覺得如此？」

孔明：「曹操極善用兵，天下無人可當。之前也只有呂布、袁紹、袁術、劉表，敢與他對敵，但都敗在他的手下。如今，天下無人可擋矣。唯獨劉豫州不識時務，強與爭衡，今孤身江夏，存亡未保。將軍決計降曹，可以保妻子，可以全富貴。國祚遷移，付之天命，何足惜哉！」

魯肅大怒曰：「汝教吾主屈膝受辱於國賊乎？」

孔明：「愚倒有一計，而且不需牽羊擔酒，納土獻印；亦不必親自渡江；只要派遣一個使者，搭船送兩個人到江上。曹操若得此兩人，雖有百萬之眾，也要卸甲捲旗而退矣。」

周瑜：「用哪兩人可退曹兵？」

孔明：「這兩人對江東而言，猶如大木飄一葉，太倉減一粟而已。但對曹操來說，卻是如獲至珍。得之，必定大喜而歸。不思天下耶。」

周瑜興旺忙問：「是哪兩人，被曹操如此看重？」

孔明：「亮居隆中時，就聽說曹操在漳河新造一台，名曰銅雀，極其壯麗，廣選天下美女以實其中。今雖引百萬之眾，虎視江南，其實為此二女也。將軍何不去尋喬公，以千金買此二女，差人送與曹操？操得二女，稱心滿意，必班師矣。此『范蠡獻西施』之計，何不為之？」

周瑜：「操欲得二喬，有何證驗？」

孔明：「曹操幼子曹植，字子建，下筆成文。曹操曾命作一賦，名曰〈銅雀台賦〉。賦中之意，單道他家合為天子，誓取二喬。」

周瑜：「此賦，公能記否？」

孔明：「吾愛其文華美，嘗竊記之。」

周瑜：「試請一誦。」

孔明即時誦云：「……立雙台於左右兮，有玉龍與金鳳。攬『二喬』於東南兮，樂朝夕之與共。……」

周瑜聽罷，勃然大怒，離座指北而罵曰：「老賊欺吾太甚！」由是下定決心要與曹操一決勝敗。

作品定位

出處：苗栗頭屋曲洞宮
藝司：不明
作品地址：苗栗縣頭屋鄉曲洞村曲洞 52 號

砍案決戰

▲ 穿紅袍者是孫權，手中劍砍在案桌上，左上角題字「砍案決戰，三國孫權」。

前 情 提 要 ————————————

　　孔明把周瑜激活了，接下來就看周瑜要怎樣把孫權弄醒。

　　次日清晨，孫權升堂。左邊文官，張昭、顧雍等三十餘人；右邊武官，程普、黃蓋等三十餘人。衣冠濟濟，劍佩鏘鏘，分班侍立。

　　少頃，周瑜入見。禮畢，孫權問慰罷。

　　周瑜：「近聞曹操引兵屯漢上，馳書至此，主公尊意若何？」

　　孫權即取檄文與周瑜看。

　　瑜看畢，笑曰：「老賊以我江東無人，敢如此相侮耶！」

　　孫權：「君之意若何？」

　　周瑜：「主公曾與眾文武商議否？」

　　孫權：「連日議此事，有勸我降者，有勸我戰者；吾意未定，故請公瑾一決。」

周瑜：「誰勸主公降？」

孫權：「張子布等皆主其意。」

周瑜即問張昭曰：「願聞先生所以主降之意。」

張昭：「曹操挾天子而征四方，動以朝廷為名；近又得荊州，威勢愈大。吾江東可以拒操者，只有長江而已。今操艨艟戰艦，何止千百？水陸並進，何可當之？不如且降，更圖後計。」

周瑜：「此迂儒之論也！江東自開國以來，今歷三世，安忍一旦廢棄？」

孫權：「若此，計將安出？」

周瑜：「曹操託名漢相，實為漢賊。將軍以神武雄才，仗父兄餘業，據有江東，兵精糧足，正當橫行天下，為國家除殘去暴，奈何降賊耶？且操今此來，多犯兵家之忌——北土未平，馬騰、韓遂為其後患，而操久於南征，一忌也；北軍不熟水戰，操捨鞍馬，仗舟楫，與東吳爭衡，二忌也；又時值隆冬盛寒，馬無藁草，三忌也；驅中國士卒，遠涉江湖，不服水土，多生疾病，四忌也。操兵犯此數忌，雖多必敗。將軍擒操，正在今日。瑜請得精兵數千，進屯夏口，為將軍破之。」

孫權矍然而起曰：「老賊欲廢漢自立久矣，所懼二袁、呂布、劉表與孤耳。今數雄已滅，惟孤尚存。孤與老賊，誓不兩立！卿言當伐，甚合孤意。此天以卿授我也。」

周瑜：「臣為將軍決一血戰，萬死不辭。只恐將軍狐疑不定。」

孫權拔佩劍砍面前奏案一角曰：「諸官將有再言降操者，與此案同！」

言罷，便將此劍賜周瑜，即封瑜為大都督，程普為副都督，魯肅為贊軍校尉。如文武官將有不聽號令者，即以此劍誅之。

作品定位

出處：基隆奠濟宮
藝司：不明
作品地址：基隆市仁愛區仁三路 27-3 號

第七十回

群英會蔣幹盜書

▲ 頭插雉尾的是周瑜,與他拱手作揖的就是蔣幹。落款題名有白字,但
不影響欣賞。
作品畫於民國五十四年。上面有「廣東張劍光畫」等字。

前 情 提 要

　　周瑜接過孫權所賜的寶劍,擇日就召焦眾將在江畔行營聽令。令畢,
即差韓當、黃蓋為前部先鋒,領本部戰船,即日起行,前至三江口下寨,
與曹操大軍隔著大江對峙。

　　曹操號稱百萬雄師,能水戰的兵士卻遠遠不如東吳水軍。曹操命荊
州降將蔡瑁和張允訓練水師。

　　周瑜利用夜色掩護帶著甘凌駕船窺看。周瑜看到蔡張安紮的水寨,
安得十分堅固,禁不住讚嘆佩服。心中倍感威脅,回營之後與眾將商討
對策,無奈一時之間也無計可施。

　　忽然兵士通報,有都督同窗故友名為蔣幹的人,過江來訪。

　　「真乃天助吾也。來人,與我出營迎接貴客。」

周瑜整好衣冠，帶著錦衣花帽隨從，前後簇擁而出迎請蔣幹。

蔣幹剛到轅門，號角直響，把蔣幹嚇得差點腿軟，不會走路。

周瑜熱情來到轅門下方，雙手握著蔣幹高聲：「子翼哦，好久不見，分別多年，想不到你還是一點都沒變啊。哈哈哈哈。請進，請進。」

蔣幹：「公瑾別來無恙？」

周瑜：「子翼良苦。遠涉江湖，來替曹氏作說客的嗎？」

蔣幹大驚曰：「久別足下，一聽故友在此，特來敘舊，怎麼開口就把我當做敵人？」周瑜大笑：「吾雖不及師曠之聰，聞絃歌而知雅意。」

蔣幹：「足下待故人如此，在下告退。」

周瑜笑著挽住蔣幹手臂說：「我是怕您替曹氏來作說客，壞了友誼罷了。既然沒那個意思，幹嘛趕著回去呢？」

說著就把蔣幹帶進帳裡。雙方敘禮，坐定，旋即傳令，召集江左英傑與蔣幹相見。

周瑜一一介紹給蔣幹認識，然後大張筵席，奏軍中得勝之樂，輪換行酒。

周瑜對眾官說：「蔣先生是我同窗好友。雖從江北到此，卻不是曹家說客。大家不要見怪。」

解下佩劍交給太史慈說：「公可佩我劍，監酒。今日宴飲，但敘朋友交情；如有提起曹操與東吳軍旅之事者，斬之。」

太史慈應諾，按劍坐於席上。蔣幹驚愕，不敢多言。

周瑜：「吾自領軍以來，滴酒不飲，今日見了故人，又無疑忌，當飲一醉。」說罷，大笑暢飲。座上觥籌交錯。飲至半酣，瑜攜幹手，同步出帳外。參觀糧草軍容。然後又回宴席之中。周瑜命人進上寶劍，撩衣，舞劍助興。歌曰：

丈夫處世兮立功名；立功名兮慰平生。

慰平生兮吾將醉；吾將醉兮發狂吟！

歌罷，滿座歡笑。酒一直喝到夜深，蔣幹婉辭：「不勝酒力矣。」瑜命撤席，諸將辭出。周瑜醉語邀蔣幹同榻而眠。周瑜和衣臥倒，嘔吐狼藉（捉兔仔）。

蔣幹如何睡得著？伏枕聽時，軍中鼓打二更，起床看燭燈還亮著。再看周瑜，只見他酣聲如雷。轉到帳內案桌前，看到案上一堆兵書戰冊。

翻了幾冊書擱下，卻有往來書信疊放書案，其中一封露出兩個熟悉的名字。蔡瑁、張允……蔣幹大驚！抽出偷看：「蔡瑁張允謹封。」蔣幹倒抽口氣，再往下讀。

書略曰：「某等降曹，非圖仕祿，迫於勢耳。今已賺北軍困於寨中，但得其便，即將操賊之首，獻於麾下。早晚人到，便有關報。幸勿見疑。先此敬覆。」

蔣幹把書信揣入懷中又上床睡覺。半夜忽然有人來向周瑜密報軍情。隱約聽到周瑜驚呼：「這人昨天就與我同床？」「是都督自己挽他手入帳的，您忘了嗎？」「噓，到外面講去。」然後又提到蔡瑁、張允的姓名，又說得等時間云云。蔣幹暗中留意，聽到周瑜又回床入榻，連忙裝睡。一直挨到五更，摸黑，帶著從人渡江回去。

第二天，周瑜就獲報，曹操斬了蔡瑁和張允。
蔣幹沒事，卻也沒被獎賞。

作品定位

出處：台東關山鎮天后宮
藝司：張劍光
作品地址：台東縣關山鎮中華路 2 巷 1 號

第二十回

孔明借箭

▲ 此圖為本作局部，另一邊是草人和曹操的兵在射箭。孔明與魯肅坐在船中喝酒。題字「孔明借箭」。

前 情 提 要

　　曹操誤中周瑜的反間計，斬了水師的訓練主帥蔡瑁和張允。怕失面子，連帶回偽信的蔣幹也不敢處罰他。為了這事，又派蔡瑁的族弟蔡中與蔡和前往東吳詐降。

　　周瑜對於遠道而來的孔明，從一開始就對他有防備之心。凡事總覺得自己是天下間最聰明的人，只要什麼事情自覺天衣無縫，就會想到孔明？他應該想不到這個吧（戲，一定要這麼演，不然觀眾會不愛看），就叫魯肅去探孔明的口風。

　　孔明對魯肅的忠厚老實，幾乎每問必答。魯肅越誠實，周瑜越好勝，如此一來孔明就越危險。幾次周瑜找機會要殺孔明，都被魯肅勸下來了。

這天，周瑜又讓魯肅去請孔明前來議事。兩人不約而同在手中寫了「火」字。隔岸作戰宜用火攻，但用火就得有箭。周瑜設下圈套給孔明跳，孔明明知山有虎，卻偏向虎山行。兩人簽下軍令狀，約定三日交出十萬支狼牙箭，不然就得依軍令狀治罪。見證人兼保證人都是魯肅。

一天、兩天過去，魯肅到驛舘關心孔明。孔明好像把十萬支箭的事全給忘了，經魯肅提醒孔明才想起來。

「魯大夫，救命，救命。」
「你自己好像都沒把這個當一回事，現在卻來求救於我？」
「你是我在江東最好的朋友，也是唯一的朋友，你不救我，我找誰救我？」
「先生啊，我可以救你，但要怎麼救啊？」
「想跟您借幾樣東西。」
「什麼東西啊？壽衣、大厝，還是靈桌嬭？……那些東西我可沒有。」
「魯大夫啊，只要跟您借二十隻船，每船要軍士三十人，船上皆用青布為幔，各束草千餘個，分布兩邊。」
「這我做得到，何時給你？」
「還有一桌酒席。就在今夜四更時分（第三天凌晨一點以後），江邊渡口。還有一事需特別請子敬千萬鼎力助之。」
「何事如此重要，還要特別叮嚀？」
「就是，這些事千萬不要再給都督知道了，不然吾命休矣。」
魯肅這次，真的沒把孔明借船的事告訴周瑜了。

孔明、魯肅兩人摸黑來到江邊。雖然火把燈籠帶路，卻依然只聞其聲，難辨其人。長江起大霧，相隔數尺還看不清人臉。魯肅、孔明帶著兩名貼身書僮上船，一行朝北岸渡江而來。

孔明命船夫水手緊依曹操的水寨排開，然後擂鼓喊殺。一時間彷彿一列浮於江上的鬼槎浮影。

　　曹操營中，聽到四面八方傳來喊殺之聲。隱約之中，不知幾千艘的船隊沿江排列。
　　岸上有人大喊：「放箭，放箭！朝江上船隻放箭。」
　　何止萬箭齊發，簡直就是狂射的箭雨，咻咻咻的往江上射去。
　　那船隊受箭還會迴轉，讓箭射另外一邊。
　　就這樣滿滿的箭，射在船上的草人身上。
　　約日出時分，霧，還是濃厚無比。忽然間江上傳出～
　　「謝丞相賜箭，謝丞相賜箭。孔明先生感謝丞相賜箭。」
　　「東吳大都督周瑜感謝丞相賜箭，來日奉還。」
　　「子敬，他們聽不到了啦，回去向都督繳令。」

　　船到岸時，周瑜差五百軍在江邊等候搬箭。
　　孔明就於船上取之，得十萬餘枝。

作品定位

出處：雲林口湖會水宮
藝司：不明
作品地址：雲林縣口湖鄉烏麻園街 30-1 號

第七十二回

苦肉計

▲ 周瑜在左邊怒指趴下的黃蓋，甘寧對周瑜拱手替黃蓋求情。孔明在最右看看書，他前面的魯肅回頭看著他，好像在跟他講話，形成矛盾的畫面。

🎧 掃圖聽講古

前 情 提 要 ————————————

　　黃蓋和周瑜兩人談到曹操派蔡中與蔡和來詐降，目的是來打探軍情，我方也應該有所因應才是。

　　黃蓋拋出疑問：「問題是曹操老奸巨猾，如果沒有十足的理由，叫他如何相信前去『投降』者是真心的。」

　　「可是……」周瑜遲疑。

　　「為了主公，為了東吳百姓，我願意！」

作品定位

出處：雲林崙背奉天宮
藝司：不明
作品地址：雲林縣崙背鄉中山路 280 號

孔明借東風

▲孔明在壇上作法，兩名僮子持幡侍立兩旁。

前情提要

　　時建安十三年冬十一月十五日。天氣晴明，平風靜浪。曹操集文武官員會宴江上。有人提醒曹操說：吾軍戰船連環，若是南軍以火攻之，吾軍豈不是自綑付薪？

　　曹操大笑，這個時候哪來東南風燒我啊～哈哈哈哈！

　　曹操放心。卻說周瑜站在山頂上，對著江北曹操水寨觀望良久，忽然間前方的大旗受風一掃，旗尾末尖在他臉搨了一下。周瑜頭上雉尾風吹望後隨風擺盪。

　　「北風勁掃……唉！天不助我也。」口吐鮮血，昏倒在地不省人事，左右救回帳中。諸將皆來動問，愕然相顧曰：「江北百萬之眾，虎踞鯨吞，不料都督如此。倘曹兵一至，如之奈何？」慌忙差人申報吳侯，一面求醫調治。

魯肅陪孔明探望周瑜的病。

寒暄幾句之後，周瑜自嘆：「『人有旦夕禍福』，豈能自保？」

孔明：「『天有不測風雲』，人又豈能料乎？」

周瑜聞失色，故作呻吟之狀。

孔明：「都督的病，孔明有藥。」

周瑜：「果然。」

孔明：「果然。」

周瑜：「當真。」

孔明：「當真。」

孔明向人索取紙筆，屏退左右，密書十六字遞于周瑜。

「欲破曹公，宜用火攻；萬事俱備，只欠東風。」

周瑜一見大驚，暗思：「孔明真神人也！知我心事！」把心事托盤告之。

孔明：「亮雖不才，曾遇異人，傳授奇門遁甲天書，可以呼風喚雨。都督若要東南風時，可於南屏山建一台，名曰七星壇：高九尺，作三層，用一百二十人，手執旗旛圍繞。亮於台上作法，借三日三夜東南大風，助都督用兵，何如？」

周瑜：「如此，豈不又像那于吉之流？」

孔明：「非也。再說都督要的只是旦夕之風，又不祈雨又不求雪，更用不到龍王興雲布雨。公謹勿庸多慮？」

周瑜：「也罷，也只能如此，請先生多多幫襯才是。只要一夜大風，大事可成矣。事在目前，不可遲緩。」

孔明：「十一月二十日甲子祭風，至二十二日丙寅風息，如何？」

周瑜聽完孔明之言大喜，蹶然而起，傳令命五百精壯軍士，前往南屏山築壇；再撥一百二十人，並付令箭一支，聽候孔明差用。

孔明辭別出帳，與魯肅上馬，來到南屏山擇地畫形，命兵士取東南方赤土築壇。壇體方圓二十四丈，每一層高三尺，共高九尺。以待來用。

孔明在十一月二十日甲子吉辰，沐浴齋戒，身披道衣，跣足散髮，來到壇前，吩咐魯肅：「子敬你去軍中協助公瑾調兵。倘若亮所祈無應，千萬莫要見怪。」魯肅告別而去。

　　孔明囑咐守壇將士：「不許擅離方位，不許交頭接耳，不許失口亂言，不許大驚小怪。有都督令箭在此，違令者斬！」

　　孔明緩步登壇，觀瞻方位已定，焚香於爐，注水於盂，仰天暗祝。下壇入帳中少歇，令軍士更替吃飯。孔明一日上壇三次，下壇三次，卻並不見有東南風。

　　黃蓋已自準備火船二十隻，船頭密布大釘；船內裝載蘆葦乾柴，灌以魚油，上鋪硫磺、焰硝引火之物，各用青布油氈遮蓋；船頭上插青龍牙旗，船尾各繫走舸。在帳下聽候，只等周瑜號令。

　　周瑜轉向魯肅說：「孔明之言謬矣。隆冬之時，怎得東南風來？」
　　魯肅：「我看孔明不像濫發大言之人，且再等他一下。」將近三更時分，忽然風聲呼嘯，旗旛飄動。周瑜出帳看時，旗帶竟飄西北，霎時間東南風大起。

　　周瑜大驚，忙派人帶兵前往南屏山七星壇，要殺妖人諸葛孔明。

作品定位

出處：苗栗頭屋曲洞宮
藝司：不明
作品地址：苗栗縣頭屋鄉曲洞村曲洞 52 號

赤壁大戰火燒連環船

▲ 江上兩軍對峙，北邊艦隊被大火焚燒。濃煙與光火映照江面，南邊數名將軍遠望。題名「火燒連環船」。

前 情 提 要

　　徐盛、丁奉奉周瑜命令前往南屏山要殺孔明，孔明卻先一步逃離虎口。

　　曹操在大寨之中與眾將商議，只等黃蓋前來投降的消息。程昱對曹操卻說：「今天忽然間東南風起，應該預做防患才是。」

　　曹操回說：「冬至一陽生，來復之時，安得無東南風？何足為怪？」

　　軍士忽報江東一隻小船來到，說有黃蓋密書。操急喚入，其人呈上書。

　　書中訴說：「周瑜關防得緊，因此無計脫身。今有鄱陽湖新運到糧，周瑜差蓋巡哨，已有方便。好歹殺個江東名將，獻首來降。只在今晚三更，船上插青龍牙旗者，即糧船也。」

　　曹操大喜，與眾將來到水寨大船上，觀望，專等黃蓋一來，就要大舉向東吳發砲攻擊。

再說東吳這邊，天色將晚。周瑜命人將蔡和綁進營中，大喝：「汝是何等人，敢來詐降！吾今缺少福物祭旗，借你首級一用。」蔡和抵賴不過，大叫：「你家闞澤、甘寧也是同謀！」

「兩人都是我安排的，你現在才知道，太晚了。推出去斬了，祭旗。」

周瑜令人捉到江邊黑纛旗下，奠酒燒紙，一刀斬了蔡和，用血祭旗畢，下令開船。

黃蓋在第三隻火船上，獨披掩心，手提利刃，旗上大書「先鋒黃蓋」。

黃蓋順風向赤壁進發。是時東風大作，波浪洶湧。

曹操在中軍遙望，看看月色照耀江水，如萬道金蛇，翻波戲浪。曹操迎風大笑，得意洋洋。忽見一船前插青龍牙旗，內有大旗上書「先鋒黃蓋」名字。曹操大喜曰：

「公覆來降，天助我也！」來船漸近。

程昱觀望良久，告訴曹操：「來船有詐，莫教它近寨。」

曹操：「何以知之？」

程昱：「糧在船中，船必穩重。今觀來船，輕而且浮，更兼今夜東南風甚緊。倘有詐謀，何以當之？」

曹操省悟就問：「誰去阻擋？」

文聘：「某在水上頗熟，願請一往。」

文聘說完跳下小船，用手一指，十數隻巡船，跟著文聘船急出。

文聘站在船頭，大叫：「丞相鈞旨，南船休要近寨，就在江心拋錨定住。」

眾軍齊喝：「快下篷！快下篷！」話還沒說完，弓弦響處，文聘被箭射中左臂，倒在船中，船上大亂。

南船距離曹營大寨已近，黃蓋用刀一招，前船一齊發火。風助火勢，火趁風威，船如箭發，煙焰障天。二十隻火船，撞入水寨。曹寨中

船隻一時盡著，又被鐵環鎖住，無處逃避。隔江炮響，四下火船齊到，但見三江面上，火逐風飛，一派通紅，漫天徹地。

曹操回觀岸上營寨，已有幾處煙火。

黃蓋跳在小船上，背後數人駕舟，冒煙突火，來尋曹操。

曹操在大船上看到情勢緊急，想要衝上岸去；張遼駕一小腳船來到，扶曹操登上小船，再回望那隻大船，火勢已不可收拾。張遼與十數人保護曹操，飛奔岸口。

黃蓋看到穿絳紅袍者下船，料是曹操，催船速進，手提利刃，高聲大叫：「曹賊休走！黃蓋在此！」曹操叫苦連天。

張遼拈弓搭箭，覷著黃蓋，一箭射去。黃蓋中箭翻身落水。

作品定位

出處：關渡宮
藝司：不明
作品地址：台北市北投區知行路 360 號

第七十五回 華容道關公放曹

▲ 關公在馬上握著大刀回望曹操，曹操拱手施禮向關公問候：「君侯別來無恙否？」那意思就是，還記得我嗎？還記得灞橋贈袍你對我說過的話嗎？

前情提要

　　曹操赤壁大敗，被眾將救走，帶著殘兵敗將望路而逃。

　　孔明夜觀天象，知道曹操命不該絕，特別布置放曹陣勢，由關羽自請領軍等候曹阿瞞。

🎧 掃圖聽講古

作品定位

出處：北投復興崗桃源福德宮
藝司：不明／力固磁磚
作品地址：台北市北投區中央北路三段 62 號

第七十六回
諸葛亮巧辭魯子敬

▲ 公子劉琦被童僕護著，出來見魯肅魯大夫。孔明回頭望著魯肅，手中
扇指向客人，好像是說：公主劉琦還活著，你不要咒人家死。劉備拱
手作揖，也在向魯大夫說明自己的委屈。（此畫近年有重繪）

前 情 提 要 ────────────────────

　　曹操敗走華容道，被關公放走，收拾殘兵敗將欲回許都。行前命曹仁
守南郡，管領荊州，再令夏侯惇把守襄陽。合肥叫張遼為主將，樂進李典
為副將。曹仁遣曹洪守彝陵、南郡，以防周瑜進攻。

　　周瑜火燒赤壁大破曹軍得勝收兵點將，向吳侯孫權奏功。犒賞三軍
之後，帶兵準備攻取南郡。同一時間劉備也派人帶著賀禮前去向周瑜慶
賀。周瑜連同魯肅以回謝為由，回訪劉備。席間雙方互相試探底線。

　　周瑜得知劉備有心拿下南郡做為根據，礙於情面不好正式開口。

「如果你不拿或是你無法拿下，那我就要下手取走了哦。」大約是這個意思。

周瑜竟然答應劉備的説法。他信心十足，可以打敗曹軍，拿下南郡。只是做個空口人情給劉備罷了。沒想到南邵一戰，周瑜贏了，但城池卻在孔明運籌帷幄之下，讓劉備拿下南郡荊州、襄陽等兩座城池。

周瑜心有不甘，打算出兵與劉備廝殺奪回荊、襄，被魯肅勸下。

魯肅告訴周瑜：「萬一劉備被逼急了，把城池獻給曹操，再和他聯合對付東吳，到時我們兩邊樹敵，恐怕東吳難保。不如我過江去跟他們説理，若説不過，要打再打。」

周瑜同意，就讓魯肅去找劉備。

於是魯肅帶著隨從來到南郡，説要找軍師孔明和劉使君。趙雲説他們在荊州，魯肅轉往荊州去見劉備。看見旌旗整列，軍容甚盛，暗暗稱羨：「孔明真非常人也！」

軍士報入城中，説魯子敬要見。孔明命人大開城門，迎接魯肅進入府衙。

一盞茶罷，魯肅：「吾主吳侯與都督公瑾，教某再三申意皇叔。前者，曹操引百萬之眾，名下江南，實圖皇叔；幸得東吳殺退曹兵，救了皇叔，所有荊州九郡，合當歸於東吳。今皇叔詐用詭計，奪占荊、襄，使江東空費錢糧軍馬，而皇叔安受其利，在理恐怕説不過去？」

孔明：「子敬乃高明之士，為何也講出這種話呢？常言道：『物必歸主。』荊、襄九郡，並非東吳之地。此乃劉景升（劉表）的基業。吾主乃劉景升之弟也。景升雖亡，他的兒子還在。我主公以叔輔姪，而取荊州，有何不可？」

魯肅：「若是公子劉琦占據，還有點道理；只是如今公子在江夏，卻不在這裡。」

孔明：「子敬欲見公子乎？」

魯肅：「向公子請安也是常禮。」

孔明命人請公子出來與魯肅見面。

劉琦被人從屏風後面扶出。

劉琦：「病軀不能施禮，子敬請勿怪罪。」魯肅大吃一驚，默默無語。等公子進入後堂才說：「公子若不在，便如何？」

孔明：「子敬，還說子敬是個好人，如今卻怎咒人家早死？」

魯肅：「使命在身，不得不言，先生還請見諒。」

孔明：「也罷，若是那樣，也只是說：公子在一日，守一日；若他不在，再做道理了。」

魯肅：「若公子不在，須將城池還我東吳。」

孔明：「孔明就依子敬之言。」

魯肅接受劉備、孔明宴請之後，轉回東吳。

作品定位

出處：雲林古坑嘉興宮
藝司：陳燈作（已重修）
作品地址：雲林縣古坑鄉中山路 182 巷 2 號

第七七回

取長沙

▲ 左右兩邊各有一方旗幟寫著關、黃。拿大刀的是關公，他頭盔有箭。左邊是白鬚老將手握一弓，此人就是黃忠。這畫面已經進行到故事中間，黃忠報恩一箭。

前情提要

　　孔明、趙雲、張飛分別拿下零陵、彝陵、桂陽三城。關公人在荊州聽聞了，主動要求前往攻打長沙。孔明叫張飛去守荊州，讓關將軍回來取長沙立功。關公聽說子龍、翼德兩人都用了三千兵立下軍令狀。又聽說長沙城中有一員神箭手黃忠，孔明還特別叮嚀關將軍要小心應付。

　　關公表示，只要五百兵就夠了，也願立軍令狀。若不能拿下長沙，甘願受軍令處置。劉備一聽只是苦笑。

　　孔明：「雲長輕敵黃忠，只恐有失。主公可帶兵接應。」

　　長沙太守韓玄，平生性急，輕於殺戮，內外上下都不喜歡他。韓玄

一聽關公兵到，就叫出老將黃忠商議。

老將黃忠：「主公不用掛心，憑某這口刀，這張弓，一千個來，一千個死！」

原來黃忠能開二石力之弓，百發百中。信心滿滿安慰韓玄。黃忠還沒説完，階下管軍校尉楊齡應聲而出：「不須老將軍出戰，某定活捉關某。」韓玄看了一下，原來是管軍校尉楊齡。韓玄大喜，令楊齡引軍一千，飛奔出城。

雙方在城外五十里相遇，楊齡挺槍出馬，立於陣前罵戰。兩人未有問答立即展開廝殺。也不過三個回合，關公手起刀落，楊齡死在馬下。楊齡兵看主將一死，逃回關去，關公帶兵直追。一直追到城下，被萬路箭射住。關公在城下命軍兵叫戰，指名老將黃忠出城單挑。

黃忠提刀縱馬奔出城門，也帶五百騎兵飛過城壕吊橋。韓玄在城上觀看。

關公見出城的是一名老將，把五百名校刀手一字排開。橫刀立馬問：「來將莫非黃忠否？」

黃忠：「既知我名，焉敢來犯我境！」

關公大怒：「特來取汝首級！」

兩馬交鋒。戰了一百多個回答不分勝負。韓玄怕黃忠有失，鳴金收軍。黃忠收軍入城。雲長也退軍，離城十里下寨，心中暗忖：「老將黃忠，果然名不虛傳，鬥了一百合全無破綻。來日必用拖刀計從背後砍你。」

次日早飯完畢，關公又來城下叫戰。韓玄坐在城上，教黃忠出馬。黃忠帶領數百騎殺過吊橋，再與關公交戰，兩人打了五、六十合，仍然平分秋色難分勝敗。

雙方兵士齊聲喝采，正是棋逢敵手、將遇良才。

戰鼓震動山嶽，鼓聲急催，關公撥馬便走，黃忠背後趕來。正當關公打算使出倒拖刀馬後斬將之時，忽然間聽到腦後一聲巨響，戰馬急嘶，回頭看時，只見黃忠馬失前蹄跌落馬下。關公勒住赤兔馬，舉刀猛喝：「且暫饒你的性命！快回去換馬再來廝殺！」黃忠見馬自己站起，飛身上馬，奔入城中。

　　韓玄驚問：「為何如此？」

　　黃忠：「此馬久不上陣，故有此失。」

　　韓玄：「汝箭百發百中，何不射之？」

　　黃忠：「來日再戰，神箭取他性命。」韓玄把自己所乘的一匹青馬給黃忠騎。

　　黃忠為報關公昨日未趁人之危下殺手，特別空弦詐射關雲長。沒想到回城之後，立刻被韓玄綁出轅門問斬。幸好在刀斧手舉刀欲砍之際，被同袍魏延救下。魏延殺韓玄後投降關公。黃忠一直等到劉備去他府上誠懇相請，才投在劉備駕前為將。

出處：苗栗頭屋獅潭五聖宮

藝司：不明

作品地址：苗栗縣頭屋鄉獅潭村外獅潭 8 鄰 97 號

黃鶴樓

▲ 畫面意境和北管戲的表現相像。周瑜（左）的意氣飛揚，劉備（中）的無助垂眉，趙雲（右）的膽識氣魄，無不入木三分淋漓盡至。

|前||情||提||要|

　　劉備在孔明運籌帷幄之下，先後拿下零陵、彝陵、桂陽、長沙等城。在這令人欣喜的凱歌聲中，卻傳來世子劉琦不幸去世的消息。借荊州的時間，隨著劉琦的過世，而到達歸還的期限（當然這是東吳自以為的說法）。

　　周瑜接獲荊州世子劉琦過世的消息，想到好友也是同僚的魯肅，跟劉備約定歸還荊州的時間點。

　　周瑜與黃蓋、甘寧參詳，兩人建議，不如由都督寫信邀請劉備過江，在黃鶴樓上宴請劉備，同賞江南風情。趁他人單勢孤之際，逼他寫下歸還荊州的字據。如此一來，可不費力氣達成目的。周瑜一聲大喜，立即修書一封，請人送過江去給劉備。

劉備看到周瑜的信後，本來還想，對方信中誠意十足，答應赴宴。可是細看信末，居然寫著：「敢來者君子，不敢來者小人。」這下子劉備沒主張了。召來軍師孔明商議。孔明說：「主公前去無妨。不去，反而要被他嘲笑了。」

劉備：「周瑜沒說這次宴請的目的，軍師知道嗎？」

「還不是為了荊州一事。」

劉備問孔明，這次該叫誰保駕？孔明說就請趙四將軍子龍陪同赴宴。

「兵馬要帶多少？」

「不用帶兵馬，只要趙四將軍一人即可。」

劉備這下犯疑了，一君一臣，就要過江赴宴？

周瑜一切準備就緒，包括黃鶴樓下叫黃蓋、甘寧埋伏兵馬，還有命人擺下宴席等等，專候劉備過江。

碼頭岸邊兵馬整隊由周瑜親迎。一行來到黃鶴樓下，劉備一看陣仗，腿軟。趙雲觀望四周，暗中提升戰力。

周瑜請劉備上樓。他刻意要把劉備的隨從擋在樓下，卻被趙雲一個箭步擠到一旁。劉、趙兩人前後上樓，周瑜瞟著趙雲，心想，這個將軍武藝不凡，需要小心應付。

周瑜請劉備就座，趙雲片刻不離左右。

酒過三巡菜過五味，周瑜開門見山：「劉豫州，之前您們說荊州世子劉琦在一天借一天，若他不在，就要歸還荊州給東吳？如今，劉琦不幸別世，那荊州也該還給東吳了吧？」

劉備一聽，整個人都傻了，心想：「這要怎麼回答才好？」

周瑜又說：「赤壁大戰，東吳費心費力花錢打退曹操八十萬大軍，而你們不費一兵一卒，竟然坐享其成。這也說不過去啊。」

趙雲跳出來講話：「你要荊州，那請把我們的東風還來！」

「你！」

周瑜說完跳起來，拳頭就朝趙雲打去。趙雲也不甘示弱，掄起拳頭就架開周瑜的攻擊。兩人看著就要打起來，劉備趕忙衝過來勸架。

周瑜打不過趙雲，言語上又討不了便宜。恨恨的說：「你們想要離開黃鶴樓，除非寫下歸還荊州的字據，否則，本都督就活活把你們餓死。」

周瑜下樓吩咐黃蓋、甘寧等人，若無本都督的令旗不准任何人下樓。

劉備早已嚇得魂飛魄散，趙子龍臨窗觀望，心想：「這樓那麼高，我要跳下還做得到，但主公，無論如何是不能讓他冒險。」忽然間讓他看到屏風上面畫著梅、蘭、菊、竹四君子。竹，竹，竹。有了。從身上摸出軍師臨別之際交給他的一節竹子。說要臨危之時打開，就有抵擋十萬兵馬的奇兵出現。

周瑜聽到黃蓋說是自己放走劉備君臣，氣得劍眉直豎。帶兵追趕，遇到張飛等人，被打敗回營。周瑜，又氣到吐血了。

作品定位

出處：彰化大村賴景祿宗祠
藝司：鹿港郭家（不確定哪位畫師之作）
作品地址：彰化縣大村鄉南勢村南勢巷 1 號

甘露寺

　　周瑜在黃鶴樓討不回荊州，還被孔明氣到吐血。魯肅前去探病，周瑜告知前事。魯肅自覺對不起老友周瑜，主動表示過江前去向劉備討荊州。魯肅二次去討荊州，卻又被周瑜笑了。

　　你討這張借據，根本就是一張廢紙啊：「他說取了西川便還，誰知他幾時取得西川？假如十年不得西川，十年不還。這等文書，如何中用，你卻與他作保！他若不還時，必須連累足下。倘主公見罪，卻又奈何？」

　　魯肅一聽，整個心都亂了。周瑜安慰他，你是我的恩人又是好友，再說我們同朝為臣，你的事也是我的事。暫時寬心，在此稍候幾日，我想一下有什麼方法幫你解開這條套索。

　　無巧不成書，才沒幾天就接到探子馬報告，說劉備妻子甘夫人過世，全城兵士舉哀。周瑜大笑對魯肅說：「你有救了。」

▶ 吳國太端座主人的位置。喬國老看著吳國太，國太卻看著台階下的劉備；劉備竟然回頭去跟趙子龍講話。畫意若有所指，把趙子龍在此處的重要性，透露出來了。

作品定位

出處：南投草屯朝陽宮

藝司：王錫河

作品地址：南投縣草屯鎮史館路 239 號

　　果然孫權看到周瑜的信後，就把魯被騙一事放下，另派呂範過江前去說媒。劉備聽孔明的話，帶著趙子龍與三個錦囊過江，往東吳而來。

　　子龍一上岸打開錦囊，依照錦囊交代備辦一切納聘禮物。再與劉備前去拜訪喬國老，並奉上一份大禮。

　　喬國老興沖沖跑到吳宮後宮去找親家姆吳國太（喬國老育有二女，大喬嫁孫策，小喬許配周瑜）。

　　吳國太一聽親家翁喬國老對他祝賀大吃一驚。

　　「我喜從何來？」

　　「孫劉聯姻，尚香郡主要嫁給劉皇叔，滿城紛傳，難道親家母您不知道嗎？」

　　吳國太召孫權來問，孫權先推不知，後推周瑜之計。惹得吳國太怒氣大罵：「女人名節之重更勝於性命。周瑜身為都督無力向劉備討荊州，卻拿我女兒做香餌，這事我不能答應。」

喬國老在旁不斷誇讚劉皇叔的好，兩家成親簡直就是秦晉之好天賜良緣。吳國太這才說：「也罷，既是如此，本后作主，明天甘露寺我要看女婿。入我眼有吾緣，這椿親事我答應。若我不喜歡，劉備要殺要刮任由兒便。去吧！」

　　甘露寺內，吳國太、孫權、喬國老、劉備、趙子龍等都在。
　　國太手中酒杯端著，也不喝，只顧聽喬國老介紹桃園三結義和趙子龍長坂坡救阿斗的故事。在寺外的賈華與兵士，望著酒杯不落地，漸漸感到無力。子龍受吳國太賞賜，來到廊下受東吳武將招待。偶然間也是警覺性高，讓他看到刀光閃爍。唉！不好了。
　　跑到劉備身旁跟他說起此事，劉備聽完起身跪在吳國太面前：「國太，親事不允也無妨，但請放劉備回家，可憐的阿斗襁褓就死了兩個母親，若再無父，豈不變無依無靠的孤兒？」
　　「仲謀，我來問你，刀斧手是誰埋伏的？」
　　「兒不知。」
　　「你若不知，還有誰知？」
　　要問呂範。呂範進入佛殿被問，推給賈華。
　　吳國太看他們一個推一個，降旨要殺賈華。劉備求情，國太才放過此事。
　　最終，國太請喬國老擇良時吉日，讓劉皇叔與愛女尚香郡主成親。

第八十回
劉備回荊州

▲畫面中坐在車上的是孫尚香，劉備騎馬在前。右邊孔明划船已到江邊。
趙子龍在車夫後面。最左兩雙手垂下的是東吳兵將。此圖可分三段情節
分鏡說戲，左邊兩人是東吳諸將被孫尚香責罵無奈的情節。中間騎馬一
行是劉備他們趕路的情形。最右邊的孔明，表示一切都在山人掌握中。
時間到了，在江邊迎接主公娶妻回來。

前情提要

　　甘露寺佛寺看新郎，周瑜、孫權弄假成真。讓劉備醉臥美人香，不想
回荊州。

　　歲末年終，趙雲看主公劉備還沒回荊的意思。走出宮門想到軍師給
他貼身放著的錦囊，子龍從身上摸出，打開一看，原來如此。再進宮向
劉備說：「曹操要報赤壁之仇，兵發荊州。」

　　孫尚香答應一同回荊州，先去與吳國太話別。吳國太賜她一柄寶劍
說：「若經柴桑有周瑜攔阻，就用這把劍斬他首級。」

孫尚香夫人乘車跟隨劉備出城與趙雲相會。五百軍士前遮後擁，離了南徐，趕程而行。

正月初一元旦佳節，孫權與群臣歡飲大醉，左右近侍扶入後堂，文武皆散。等到眾官探知劉備和郡主祭祖未回，派人去追，已是大年初二。孫權怕眾將懾於群主威儀不敢造次，特別授予隨身寶劍讓他們帶著。言明，夫妻要隨汝等回來便罷，否則提頭來見。

「蔣欽、周泰聽令：汝二人將這口劍去取吾妹並劉備頭來，違令者立斬！」蔣欽、周泰領命，帶領一千兵馬追趕劉備一行。

路過柴桑，果然有周瑜兵馬攔路。被郡主訓了一頓退去，讓他們過關。不久蔣欽、周泰趕上。四將有了吳侯孫權的寶劍，膽子又壯了起來，繼續追趕劉備一行。

一行來到江邊，忽然看到後面塵土飛揚。劉備登高遠望，看到一支兵馬正遠遠追來。正慌忙之間，忽然一隊漁船沿著岸邊一字排開。

眾人忙不擇船，跳上船才想到，可不要上了賊船才好。正在擔心之間，從船艙裡走出一人，大笑而出：「恭喜主公，娶得良緣回轉。諸葛亮在此等候多時。」

沒多久，東吳兵馬趕到，孔明笑指岸人說：「諸位將軍，吾已算定多時矣。汝等回去傳示周郎，教他不要再使美人手段。吾等回荊州去了。」岸上亂箭射來，船已開遠，射也射不到了。

劉備與孔明正行間，忽然江聲大振。回頭視之，只見戰船無數。帥字旗下，周瑜帶領慣戰水軍，左有黃蓋，右有韓當，勢如飛馬，疾似流星，快快趕上。孔明教船靠岸，往北岸而走。

周瑜趕到江邊，也跟著上岸追擊。大小水軍全都步行，只有帶頭的軍官騎馬。

周瑜當先，黃蓋、韓當、徐盛、丁奉緊隨。

周瑜：「此處是那裡？」

軍士回答：「前面是黃州界首。」

眼看就要追上劉備等人，忽然間從山谷小道之中，衝出一支軍來。為首一員大將，乃關雲長也。周瑜舉止失措，急撥馬便走。雲長趕來，周瑜縱馬逃命。正奔走間，左邊黃忠，右邊魏延，兩軍殺出。吳兵大敗。

周瑜急急上船，岸上軍士齊聲大叫曰：「周郎妙計安天下，陪了夫人又折兵！周郎妙計安天下，陪了夫人又折兵！周郎妙計安天下，陪了夫人又折兵！」

周瑜聽到怒火攻心，啊！的一聲，又昏倒了。眾將急救，卻早已不省人事。

作品定位

出處：彰化田中天受宮
藝司：不明
作品地址：彰化縣田中鎮沙崙路 242 號

第十二回
銅雀台英雄奪錦

前 情 提 要

　　周瑜回柴桑養病，寫信給孫權，希望主公興兵雪恨。孫權得報，怒不可遏，欲拜程普為都督起兵奪取荊州。老臣張昭卻說，如今只能讓曹操覺得東吳與劉備和睦，讓他不敢再對東南用兵。孫權派華歆帶著舉薦劉備為荊州牧的表章，出發去見曹操。

　　華歆到了許都才知道曹操在鄴郡慶賞銅雀台，華歆只好轉往鄴郡見曹操。

　　建安十五年春，銅雀台成。曹操大會文武於鄴郡，設宴慶賀。銅雀台正臨漳河。銅雀台在中央，左邊一座玉龍台，右邊一座金鳳台，各高十丈。上橫二橋相通。千門萬戶，金碧交輝。

　　這天曹操頭戴嵌寶金冠，身穿綠錦羅袍，玉帶珠履，憑高而坐。文武侍立台下。

▶曹操手持令旗與文官在樓閣之中，中間有一棵柳樹，柳樹梢有個銅錢，銅錢上掛著一襲錦袍（文中的箭垛常以這種形式出現）。右邊騎馬握弓搭箭者，除了大鬍子比較容易被看成許褚之外，還有最後射箭的徐晃，其他將領就不易替他們對號入座了。

作品定位

出處：高雄林園清水巖

藝司：不明

作品地址：高雄市林園區清水岩路214號

　　曹操想看武官比試弓箭，命人把一領西川紅色錦袍，掛在垂楊柳枝上，下方擺著一方箭垛，以百步為界，分武官為兩隊：曹氏宗族穿紅袍，其餘將士穿綠袍，各帶雕弓長箭，跨鞍勒馬，聽候指揮。

　　曹操傳令：「射中箭垛紅心者，得錦袍；如射不中，罰水酒一杯。」

　　戰鼓擂起，從紅袍隊中衝出一個少年將軍拍馬飛出，眾人一看乃是曹休。那曹休飛馬往來，奔馳三次，扣上箭，拽滿弓，一箭射去，正中紅心。

　　箭射紅心，登時金鼓齊鳴眾皆喝采。曹操於台上望見大喜說：「真乃吾家千里駒也！」

　　紅隊綠隊英雄各展才能，互不相讓。在一旁的徐晃持弓帶箭拍馬直奔場中大喊：「汝奪射紅心，不足為異。看我單取錦袍！」

　　徐晃挽弓搭箭，遙望柳條射去，咻的一聲，一箭射斷柳條，錦袍墜地。徐晃拍馬飛取錦袍披在身上，來到台前唱喏：「感謝丞相賜袍！」

曹操與眾官無不稱羨。徐晃才勒馬要回，猛然台邊衝出一員綠袍將軍，大喊：「你要把錦袍拿到哪裡？給你爸留下來。」

　　曹操細看原來是許褚。

　　徐晃：「袍已在此吾身，你敢強取？」

　　許褚也不答他，飛馬前去奪袍。兩馬相近，徐晃拿弓打許褚。許褚一手按住弓，把徐晃拖離鞍韉。徐晃棄弓翻身下馬，許褚也跟著下馬，兩個揪住廝打。曹操急急命人勸開兩人。

　　只見那領錦袍已被扯得粉碎，曹操令二人一同上台。

　　徐晃睜眉怒目，許褚切齒咬牙，看來還想再打的意思。

　　曹操大笑：「孤家只是想看眾將勇藝而已，兩位愛將，切莫為此傷了和氣。來人，傳眾將一同上台來，孤家各賜蜀錦一疋、賜酒一杯，以慰眾心。」

　　諸將齊聲稱謝。曹操命眾將依次而坐。樂聲競奏，水陸並陳。文官武將輪次把盞，獻酬交錯。

　　曹操：「武將既以騎射為樂，足顯威勇矣。公等皆飽學之士，登此高台，可不進佳章以紀一時之勝事乎？」

　　時有王朗、鍾繇、王粲、陳琳一班文官，進獻詩章。

第八十二回

斬黃奎馬騰

▲ 左右邊框刻著「斬黃奎馬騰」與「壬申年孟秋」。曹操在中堂一腳踩在凳上，一手勒鬚怒視前方被綁的黃奎和馬騰。靠近案桌的是黃奎，是為文官；馬騰則身披戰甲。兩人都沒戴盔冠。

前 情 提 要

　　曹操接受程昱獻策，表奏周瑜總領南郡太守，程普為江夏太守。讓東吳空有詔書卻沒有實質的管轄權力，激化孫權、劉備雙方的衝突。

　　另一方面，曹操把西涼馬騰騙到京師，打算將反對自己的勢力一網打盡。馬超提醒父親不可冒然入京，以防不測；但馬騰執意前往，只好自己留守西涼，讓馬騰帶著堂弟與叔叔一起帶兵赴許都。

　　曹操聽知馬騰已到，喚門下侍郎黃奎出城與馬騰見面，想騙他單獨入城，好找機會把他軟禁或殺掉他。

　　黃奎領令出城去見馬騰。馬騰備酒相待，黃奎酒入愁腸，竟然說起自己的遭遇：「吾父黃琬在李傕、郭汜之難身亡。每每想到奸賊欺君亂

國，心若刀割。嘗懷痛恨。想不到今日又遇到欺君之賊。」

馬騰：「誰為欺君之賊？」

黃奎：「欺君者操賊也。公豈不知，而反問於我？」

馬騰怕黃奎是曹操派來刺探他的，急忙制止，並說：「隔牆有耳，切莫亂言惹禍。」

黃奎一聽，竟然生氣叱問：「公難道忘了『衣帶詔』嗎？」馬騰看他說出心事，才對他講實話。

黃奎告訴馬騰說，曹操要你進城也不是真心的，不如請曹操出城點兵，找機會除掉奸賊。兩人密議計策之後，黃奎才回家。

黃奎回家，恨氣未息。他的妻子再三問之，黃奎就是不說。

不料其妾李春香，與奎妻弟苗澤私通。正在無計可施的關節，春香把黃奎不悅的事告訴苗澤。苗澤教春香如此如此、這般這般套問黃奎，看他怎麼回答，我就知道姐夫有什麼心事了。

當夜黃奎睡在春香的房中，春香假意安慰相公，好言相勸。當她講到苗澤教他的那句：「人家都說劉皇叔仁德，曹操奸雄，不知道是為什麼？我女人家，不懂，望相公教導。」

黃奎此時還有醉意，聽完回答她說：「汝乃婦人，尚知邪正，何況我乎？吾所恨者，欲殺曹操也。」

春香：「若欲殺之，如何下手？」

黃奎：「吾已約定馬將軍，明日曹操到城外點兵時殺之。」

春香半夜看黃奎已睡，偷偷跑去告訴苗澤，苗澤一早就跑去密報曹操。

曹操密喚曹洪、許褚，夏侯淵、徐晃分頭帶兵執行祕事。

黃奎一家老小先被拿下。馬騰不知事洩，沒什麼防備，被許褚、夏侯淵、徐晃等人帶兵圍攻。馬鐵被亂箭射死，馬騰、馬休被擒。

黃奎大叫：「無罪！」曹操教苗澤對證。

馬騰大罵曰:「豎儒誤我大事！我不能為國殺賊,乃是天意也!」曹操命人牽出,斬!馬騰罵不絕口,與其子馬休及黃奎一同遇害。

後人有詩歎馬騰曰:

父子齊芳烈,忠貞著一門。捐生圖國難、誓死答君恩。
嚼血盟言在、誅奸義狀存。西涼推世冑,不愧伏波孫。

苗澤向曹操說:「苗澤不求封賞,只求李春香為妻。」

曹操笑曰:「你為了一個婦人,害你姐夫一家,留你不義之人何用!」將苗澤、李春香與黃奎一家並斬於市。

作品定位

出處:麥寮拱範宮
藝司:不明
作品地址:雲林縣麥寮鄉中正路 3 號

曹操潼關遇馬超

▲曹操被馬超追殺，馬超追著，眼看就要追上，舉槍就往曹操扎去。誰知扎中的竟然是柳樹（懷疑是曹操的原神現身保護）。等馬超費盡力氣抽出槍來，曹操又被他逃走了。

前情提要

　　馬岱自引一千兵在後，沒跟著馬騰入城，聽到慘事，連忙棄了兵馬，扮作客商逃回西涼去報知馬超。

　　馬超看到馬岱哭拜在地，驚問：「莫非凶訊來傳？」

　　馬岱將叔父和弟弟馬鐵與黃奎侍郎一家，被曹操斬殺一事，説給馬超知道。馬超悲怒交加之際，又接到荊州劉皇叔書信，止住悲慟，接過書信一看才知道原來父親馬騰也是參與「衣帶詔」，聯名要除曹賊的忠臣之一員。如今不幸被曹操所殺，更有理由兵出西涼擒殺曹賊，在公可除奸匡復朝綱，於私可報家仇。

　　馬超揮淚回信，讓使者先回，自己隨後盡起西涼大軍，準備進長安捉曹操，報國仇家恨。才要出發，忽然接到西涼太守韓遂，派人來請馬

超到府相見。

　　馬超才到韓府，韓遂就把曹操的書示拿出，給馬超看。裡面寫著：「若將馬超擒赴許都，即封汝為西涼侯。」

　　馬超跪拜在地說：「請叔父就縛俺兄弟二人，解赴許昌，免叔父戈戟之勞。」

　　韓遂扶起回答：「吾與汝父結為兄弟，安忍害汝？汝若興兵，吾當相助。」馬超拜謝。

　　韓遂將曹操的使者推出轅門斬掉，點手下八部軍馬，與馬超一同進發。

　　那八部乃侯選、程銀、李堪、張橫、梁興、成宜、馬玩、楊秋。八將隨著韓遂和馬超的手下龐德、馬岱，共起二十萬大兵，殺奔長安而來。

　　長安郡守將鍾繇，一面飛馬報知曹操，一面引軍拒敵。

　　西涼兵勇不可擋，攻破長安續往潼關進兵。

　　曹操得到消息，急命曹洪、徐晃帶兵前去守潼關。但嚴令曹洪不可出戰，只守不攻，只要能守十天則算大功一件，自己會帶領大軍前往抵抗馬超的西涼兵。若在十天之內失守，按軍令處斬。

　　曹洪性躁，不耐馬超用慢兵之計，在城外百般叫罵，又故意讓兵馬散漫欺敵。只守到第九天就按捺不住，帶兵出城與馬超相戰。徐晃點查糧草回來，曹洪已經被馬超打得落荒而逃。曹操一到看曹洪丟了潼關，立即下令問斬曹洪。幸好眾將求情，才饒他性命。

　　曹操帶兵反攻潼關，馬超帶兵出戰。曹操一看馬超長相暗暗稱奇，拍馬向前就問：「汝乃漢朝名將子孫，何故背反朝廷？」

　　馬超咬牙切齒，大罵：「操賊欺君罔上，罪不容誅！害我父弟，不共戴天之仇！恨不能吃汝肉啃汝骨！」說完，挺槍直殺過來。馬超、龐

德、馬岱引百餘騎，直入中軍來捉曹操。曹操在亂軍中，只聽到西涼軍大喊：「穿紅袍的是曹操！」

曹操馬上脫下紅袍；不久又聽到西涼大叫：「曹操長鬚！」

曹操驚慌，連忙把佩刀拔出，一手握鬚，揮刀斷之。軍中有人把曹操割鬚的事告訴馬超。馬超改令，專拿短鬚的軍士。曹操知道，扯下一支旗角包住項下而逃。

曹操正走之間，背後一騎趕來，回頭一看正是馬超，大驚。左右將校見馬超趕來，各自逃命，曹操隻身一人跑得上天無路入地無門。

馬超厲聲大喊：「曹操莫走！」曹操驚得馬鞭墜地。眼看就要趕上，馬超從後使槍刺來，曹操閃身繞樹而跑，馬超再一槍刺去，卻扎在樹上，急忙拔下時，曹操已經走遠。

作品定位

出處：澎湖城隍廟
藝司：黃友謙
作品地址：澎湖縣馬公市光明路 20 號

許褚鬥馬超

第八十四回

▲脫掉戰甲的許褚，提刀與馬超大戰。右上題字「許褚裸衣戰馬超，歲次己未年季夏彩繪，伍進生團隊作」。

前情提要

　　曹操逃過馬超追殺，被人救回營寨。謀士獻策，分兵渡過渭河，想從另一邊前後夾攻西涼軍。曹操先發精兵渡過北岸，自引親隨護衛百人，按劍坐於南岸，看軍隊渡河。

　　忽然間許褚大喊，馬超在後面；也不等曹操回應，許褚就把曹操拖下船去。一些兵士聽西涼兵到，擠著攀船想要逃命，都被許褚用刀砍退。

　　馬超追到河邊，看船已經離岸，喝令驍將繞河而射，一時箭如雨下。

　　許褚怕曹操受傷，舉馬鞍遮擋飛箭。船上的水手被射倒，船無人掌舵，一時間船竟然原地打轉。許褚見狀，兩腿夾舵搖撼，一手使篙撐船，一手舉鞍遮護曹操。

　　這一陣，西涼兵大勝，截住渭河。曹操建不起營寨，心中憂慮。

荀攸：「可取渭河沙土築起土城，可以堅守。」曹操撥三萬軍擔土築城。

因沙土不實，築起便倒，曹操無計可施。當時已近十月天氣暴冷，彤雲密布連日陰霾，曹操在寨中納悶。

忽人報曰：「有一老人來見丞相，說欲陳方略。」曹操請入營中相見。

曹操看那人鶴骨松姿，形貌蒼古。問他才知是京兆人，隱居終南山，姓婁，名子伯，道號「夢梅居士」，曹操以客禮相待。

婁子伯：「丞相用兵如神，豈不知天時？連日陰雲布合，朔風一起必大凍。風起之後，驅兵士運土潑水，等到天明，土壘可成。」

曹操大悟，厚賞婁子伯，子伯不受而去。曹操照婁子伯建議果然把土城建築好。

細作報知馬超，馬超領兵觀看，大驚，懷疑有神暗中相助。馬超大怒，拍馬前往想要擒拿曹操。看到曹操背後站著一個睜圓怪眼、手提鋼刀的大將。馬超懷疑那人就是在渭河中救走曹操的許褚，揚鞭問曰：「聽說你軍中有虎侯，他在這裡嗎？」

許褚提刀大叫：「我就是譙郡許褚也！」目射神光，威風抖擻。

馬超不敢躁動，勒馬而回。曹操也帶著許褚回寨。

曹操對諸將說：「賊也知道仲康是虎侯？」自此軍中皆稱許褚為虎侯。

許褚：「某來日必擒馬超。」

曹操：「馬超英勇，不可輕敵。」

許褚：「某誓與死戰！」即使人下戰書，說虎侯單挑馬超來日決戰。

馬超接書大怒說：「膽敢如此相欺！」批回戰書，次日誓殺「虎痴」。

第二天，兩軍出營布成陣勢。馬超派龐德為左翼，馬岱為右翼，韓遂押中軍。馬超挺槍縱馬，立於陣前，高叫：「虎痴快出！」

曹操在門旗下回顧眾將曰：「馬超不減呂布之勇。」話還沒說完，許褚拍馬舞刀而出。

馬超挺槍接戰。鬥了一百餘回合，勝負不分。馬匹困乏，各回軍中，換了馬匹，又出陣前。又鬥一百餘回合仍難分上下。許褚性起，飛回陣中。卸了盔甲，渾身筋突，赤體提刀、翻身上馬，來與馬超決戰。兩軍大駭。

兩個又鬥到三十餘回合，褚奮威舉刀，便砍馬超。馬超閃過，一槍望褚心窩刺來。許褚棄刀把槍挾住，兩個在馬上奪槍。

許褚力大，一聲響，拗斷槍桿，各拿半節在馬上亂打。曹操恐許褚有失，令夏侯淵、曹洪兩將齊出夾攻馬超。

作品定位

出處：屏東東港鎮海宮
藝司：伍進生團隊
作品地址：屏東縣東港鎮鎮海路 42-5 號

第八十五回

截江救主

馬超報仇不成，反被曹操用計殺得丟盔棄甲逃逸無蹤。曹操班師回到許都，漢獻帝排鑾駕出城迎接。降詔賜曹操入朝免跪，帶劍上殿，如漢相蕭何的禮遇。自此曹操威震四野。

東吳孫權聽到劉備入西川，聚會文武商量以武力討回荊州，卻被吳國太喝止。張昭獻計，請吳侯假國太之名，把郡主召回。就說：「國太病重思女心切，望郡主急回，以慰娘心。」又說：「把阿斗也帶回來，才不會無人照顧。」

孫權照計行事，命周善帶兵五百，詐修國書以應盤查，船內暗藏兵器，往荊州見尚香郡主。孫尚香接過書信，又聽周善稟報，思親情急。

▶ 趙子龍在船上攔截孫夫人尚香郡主，跟她說如果要回東吳，我不敢阻攔，但幼主阿斗必須讓我帶回去。

作品定位

出處：桃園龍潭烏樹林翁氏公廳
藝司：不明
作品地址：桃園市龍潭區烏林村烏林 12 鄰 24 號

卻還顧到夫妻之禮，說要跟劉備說過才合情理。周善說：「老國太恐怕等不了那麼久？」

孫夫人無奈，帶著七歲的阿斗隨周善前往渡口上船。

周善才要開船，卻聽到有人大喊：「且慢開船，容屬下與夫人餞行！」一看，原來是趙子龍。

趙雲進入艙中，看到夫人緊抱阿斗在懷中；夫人大喝趙雲曰：「無禮！」

趙雲插劍回答：「主母欲往何方？怎不知會軍師？」

夫人：「我母親病在危篤，無暇報知。」

趙雲：「若不留下小主人，雲縱有萬死之罪，也不敢放走夫人。」

夫人喝令侍婢向前揪打，侍婢一近子龍盡被趙雲推倒，子龍一閃手，奪過阿斗，抱著衝到船頭站定。想要靠岸卻又沒幫手，要下殺手又

礙於道理，進退兩難。

夫人喝侍婢上前奪取阿斗，趙雲一手抱著阿斗，一手仗劍，眾人不敢接近。

周善在後艄挾住舵，只顧放船下水。風順水急，望中流而去。

趙雲孤掌難鳴。

正在危急，忽見下游頭港內駛出十餘艘船，船上麾旗擂鼓。

趙雲暗想：「如今卻中了東吳之計！」只見當頭船上一員大將，手執長矛，高聲大叫：「嫂嫂留下姪兒去！」原來張飛巡哨，聽得消息，急來油江夾口，正撞著吳船，急忙截住。當下張飛提劍跳上吳船。

周善見張飛上船，提刀來迎，被張飛手起一劍砍倒，提頭擲於孫夫人面前。

夫人大驚曰：「叔叔何故無禮？」

張飛：「嫂嫂不以俺哥哥為重，私自歸家，這便無禮！」

夫人：「吾母病重，甚是危急。若等你哥哥回報，豈不誤了我事。若你不放我回去，我情願投江而死！」

張飛：「不必用死來威脅我。」

趙雲與張飛商議：「若逼死夫人，非是為臣之道。如今只要保護阿斗過船就好。」

張飛跟夫人說：「俺哥哥大漢皇叔，也不辱沒嫂嫂。今日相別，若思哥哥恩義，早早回來。」說罷，抱了阿斗，自與趙雲回船，放孫夫人五隻船去了。

二人歡喜回船。行不數里，孔明引大隊船隻來接。見阿斗已奪回，大喜。三人登岸並馬而歸。孔明自申文書往葭萌關，報知主公劉備。

第八十六回

張飛義釋嚴顏

▲ 右上角題名「為嚴將軍頭」。左邊坐著的是張飛，中間散髮被押的將軍是嚴顏。看他威武不屈的英雄氣慨，連粗獷的張飛都忍不住對他產生敬意。

前 情 提 要

　　孫尚香一回東吳，孫權立即表示與劉備已無瓜葛；他殺我周善，此仇誓報。就在此時，曹操興兵攻打東吳，兩軍對壘數月，卻被孫權一封信說服，帶兵退回許都。

　　劉備帶著龐統入西川與劉璋見面之後，劉備暫駐葭萌關。想不到在落鳳坡，龐統中亂箭而亡。劉備寫信回荊州叫孔明到西川替補龐統軍師之位。臨行之前，把荊州交給關公鎮守。孔明與張飛，兵分兩路前進西川。

　　孔明撥精兵一萬，讓張飛走大路向巴州、雒城之西前進，並且表示，先到者為頭功，張飛欣然領命。張飛沿途所經之地，只要獻城投降的都能安然無患。軍隊來到巴郡，細作回報：「巴郡太守**嚴顏**＊，乃蜀中

＊在文天祥的〈正氣歌〉中，「為嚴將軍頭」就是說這件歷史故事。可是正史中的嚴顏，是否真的投降蜀漢的張飛，還替他帶路進入西川？好像還是有空間可以探討。

名將；年紀雖高精力未衰，善開硬弓使大刀，有萬夫不當之勇。堅守城池，不肯插施投降。」

張飛命人離城十里下寨安營，派人入城警告嚴顏說：「老匹夫，早早來降，還可饒你滿城百姓性命！若不歸順，踏平城郭，老幼不留！」

嚴顏卻只堅守不出。張飛使出慢軍之計，故意叫兵士散漫，想要引誘關兵出城。嚴顏依然不肯開城出戰。張飛於寨中自思：「連他祖宗三代都罵光了，卻還不肯出戰，再耗下去，軍糧吃完可怎麼辦呢？」忽然間，張飛忽然想到一條計策。

他讓兵士到山裡砍柴，嚴顏在城中連日不見張飛動靜，心中疑惑。命十幾個小軍扮作張飛砍柴的兵，潛出城去混在張飛的兵中打探消息。雙方互相派細作混入敵營之中，刺探消息，爾虞我詐。歷經數日之攻防，張飛生擒嚴顏。

張飛坐於廳上，嚴顏被押到面前，卻不肯下跪求饒。

張飛怒目咬牙大罵：「大膽匹夫為何不降？竟然還敢拒敵？」

嚴顏只是怒目回他：「你們無故入侵我城！但有斷頭將軍，絕無投降將軍！」張飛大怒，喝令將嚴顏推出去斬了。

嚴顏罵他：「匹夫！要砍就砍，生那麼大的氣幹嘛？」

張飛看嚴顏聲音雄壯，且面不改色，竟然轉怒為喜，走出案桌，命左右退下，然後親自解開嚴顏的繩索，又拿衣服給他穿上，把他扶在正中坐下，低頭對他道歉說：「剛才言語冒犯，請老將軍見諒。我知將軍是個真正的豪傑也，就算你不降，我也不會傷害你的。」嚴顏感於張飛的恩義，投降。

作品定位

出處：北港朝天宮
藝司：陳玉峰、陳壽彝
作品地址：雲林縣北港鎮中山路 178 號

第八十七回

金雁橋孔明活捉張任

▲孔明手拿羽扇，騎馬在橋上回頭看張任；張任在後面追殺。最前方有一
　個漁夫，是張飛奉命裝扮的，等一下他要表演「**活捉張任**」*。

前 情 提 要

　　張飛有了嚴顏協助，沿途守關的將領與嚴顏都有上下部屬的關係，
看到老長官投降，跟著歸順的也不少，因此早孔明一步先見到劉備，領
得頭功。劉備見到嚴顏更是高興，解下自己的黃金鎖子甲給嚴顏，嚴顏
真心感謝。

　　張任有勇有謀。劉備因為鳳雛先生（龐統）在落鳳坡被張任誤認為自
己遭亂箭射死。劉備寫信把孔明調來前線接手「入西川」的工作。孔明
到達西川之前，劉備又和張任多次交鋒，特別是在雒城這個地方。

＊這是小說情節，也是一齣戲劇。在戲劇裡面，張任以武生出場。扮相俊美又武藝超強。戲裡，
　張飛活擒張任回營交由軍師處置。因是孔明用計捉的，所以劇名以軍師掛牌。有的裝飾作品會
　以老將（鬚生）飾演張任。

劉備兵分三路進攻，被張任打得落花流水。劉備還被張任追得無路可走；正在危急之間，恰好張飛趕到，才化解這次危機。

張飛帶著嚴顏向劉備請功，劉備記下張飛頭功，對嚴顏更是尊重疼惜，把自己的黃金鎖子甲送給嚴顏，嚴顏更是信服劉皇叔的仁義大度。

有了張飛等人注入新力之下，劉備信心大增，再度與張任交戰。可惜的是，依然不敵張任的圍擊。

孔明到了，他表示，一定要把張任先捉起來，再研究入川的戰略。劉備認同。

軍師孔明騎馬到金雁橋沿河看了一遍。回到寨中調兵遣將。

令黃忠、魏延前往金雁橋南五、六里的蘆葦蒹葭之間埋伏。又派魏延帶一千名槍手埋伏在左側，單刺馬上將士；又命黃忠帶一千名刀手伏在右側，指定部位要砍敵人的坐下馬。……

與張任約戰這日，孔明帶著一干散漫、幾無軍紀的不整不齊軍，過金雁橋來與張任對陣。

孔明坐在四輪車上，一派瀟灑戴著綸巾搖著羽扇而出，兩邊百餘騎簇捧，遙指張任說：「曹操以百萬之眾，聞吾之名，望風而逃；今汝何人，敢不投降！」

張任看見孔明軍伍不齊，在馬上冷笑回他：「人說諸葛亮用兵如神，原來有名無實！」

話一說完手一揮，大小軍校齊往蜀軍殺來。孔明棄了四輪車，上馬退走金雁橋。張任拍馬從背後追去。一過金雁橋，就看到劉備帶著兵馬在左，嚴顏軍在右，朝自己衝殺過來。

「唉！不好了。」

張任驚覺中計，急轉馬頭來到橋前，橋已被砍斷。只好往北邊戰邊走，誰知猛一抬頭，看到趙雲軍隔岸排開，不敢投北，只能轉向往南繞河而逃。也不過六、七里路，已經來蘆葦叢中。忽然間有伏兵自蘆葦間

竄出，有的用長槍亂戳，有的用長刀剁馬腳。一時間馬軍亂踩亂踢，都被蜀軍捉住。馬軍被擒，步軍更不敢朝蘆竹之間衝刺。張任帶著十來名騎兵，望山路而逃。

「張任，走哪裡去？汝爸在這等你真久囉。」

張任與張飛拳腳相向，打了幾十個回合。張飛以逸待勞，自覺玩夠了，大喝一聲：「張任，你爸背你返來去找你娘。」把張任活捉了。

孔明坐在帳中。劉備勸降張任，張任不降，劉備再勸，張任卻說：「就算是今日降了，日後也是不降！求死一途而已！」

劉備不忍殺之。孔明命人推出轅門斬之，劉備命人收屍，葬在金雁橋側以表其忠。

後人有詩讚曰：

烈士豈甘從二主？張君忠勇死猶生。

高明正似天邊月，夜夜流光照雒城。

作品定位

出處：嘉義城隍廟
藝司：不明
作品地址：嘉義市東區吳鳳北路 168 號

第八十八回

張飛夜戰馬超

　　劉璋聽到劉備兵臨城下，已經到達雒城，寫信向漢中的張魯求救。張魯答應新投的西涼勇將馬超，主動要求帶兵前去退敵。

　　張魯大喜，點兵二萬給馬超，馬超帶著弟弟馬岱擇日起程。

　　劉備在軍師用兵之下拿下綿竹之後，繼續朝成都推進。忽然流星馬急報，說東川張魯遣馬超與楊柏、馬岱領兵攻打葭萌關。劉備大驚，與孔明商議對策。

　　孔明分析兵力說，這馬超需要張飛或趙雲才能抵擋。可是趙雲卻已派他外守不在此地。翼德性躁，我怕他不是馬超的對手。

　　孔明：「主公，容亮激之。」

張飛在城下，馬超在畫面正中央，兩名士兵手高舉燈籠：表示張、馬二人挑燈夜戰。有時空間許可，還會出現劉備與軍師孔明在城上觀戰（石雕木雕都有類似的表現）。不過有些作品會與「許褚裸衣鬥馬超」相混，而不易辨讀。

作品定位

出處：嘉義市地藏庵前昭忠廟
藝司：不明
作品地址：嘉義市東區民權路 255 號

　　張飛聽到馬超攻關，急入大帳想向劉備請令。還沒聽張飛拜見，就對劉備說：「馬超帶兵攻打葭萌關，他的勇猛不輸呂布，除非從荊州把雲長找來，或許還有機會。」

　　張飛：「軍師明明瞧不起某人。吾曾獨拒曹操百萬之兵，小小一個馬超，有何能耐？」

　　孔明：「翼德拒水斷橋，是因為曹操不知當時我軍虛實。今天馬超勇猛天下皆知。渭水六戰，殺得曹操割鬚棄袍差點死在他的手裡，實非等閒之輩。再說，就算雲長也未必可勝。」

　　張飛：「俺請令出戰，如打不過馬超，甘受軍令處置！」

　　孔明：「既然你肯寫文書，山人便派你為先鋒。再請主公親自去走一趟。我留守綿竹。等子龍回來，再作商議。」

孔明就命魏延帶五百哨馬先行，張飛第二，玄德後隊，朝葭萌關進發。

兩軍對壘，張飛挺槍出馬，大呼：「認得燕人張翼德否？」

馬超：「吾家屢世公侯，豈識汝這村野匹夫！」

張飛大怒。兩馬齊出，二槍並舉。約戰百餘合，不分勝負。

劉備又歎：「馬超真虎將也！」

怕張飛有失急鳴金收軍。兩將各回，張飛回到陣中，略歇馬片時，不用頭盔，只裹包巾上馬，又出陣前單挑馬超廝殺。

劉備看張飛與馬超又鬥了幾百個回合依然不分勝負，自己披掛也來到陣前壓陣。

劉備對張飛說：「馬超英勇，不可輕敵。且退上關去。來日再戰。」

張飛殺得性起，那裡肯休，大叫：「誓死不回！」

「今日天晚，不可戰矣。」

「多點火把，安排夜戰！」

馬超也換了戰馬，回到陣前大叫曰：「張飛！敢夜戰嗎？」

張飛跟劉備換過坐下馬，搶出陣來。

「捉不到你，誓不上關！」

「打不過你，誓不回寨！」

兩軍齊聲吶喊，戰場上千百火把，照得如同白日。這就是張飛夜戰馬超的由來，也稱「挑燈夜戰」。

兩人打了數百個回合還不見疲態。只是旁觀的兵馬人等，個個已是力氣全無。不得已只好鳴金收兵，各自回營休息。

單刀赴會

▲ 關公一手握住魯肅，一手拿著青龍大刀。周倉手中執旗召來船隻。中間有一棵小樹，代表不同時空的分隔線。東吳追兵「投鼠忌器」怕傷到魯肅，不敢太接近關、魯兩人。

🎧 掃圖聽講古

前情提要

　　馬超在孔明策劃之下，漢中張魯不再信任馬超。而劉備卻一再向馬超表達誠意，最後馬超投降劉備。

作品定位

出處：彰化田中書山祠（私人產業）
藝司：不明
作品地址：彰化縣田中鎮東閔路三段 435 號

第九十回
左慈戲曹

▲ 曹操堂中坐看左慈變把戲，左慈手持釣竿從臉盆裡釣出魚來。小說裡是
寫從庭院中的水池釣起，畫師表現的場景比較接近劇場表演。能從臉盆
裡釣出松江特產的四鰓鱸魚（劇場能用到活魚當道具，已是讓人倍感生
動了），表示道人真的法術高強。

前情提要 ——————

關公單刀赴會毫髮無傷的回去荊州。曹操也在軍事參謀上書勸諫之
下，改武攻為文治；興設學校，延禮文士。

侍中王粲、杜襲、衛凱、和洽四人，討論要尊曹操為魏王，荀攸知
道持反對意見。他說：「丞相官至魏公，榮加九錫，位已極矣；今又進陞
王位，於理不合。」曹操知道後生氣說：「荀攸是想學他哥哥荀彧嗎？」
荀攸聽說曹操為這件事生氣，憂憤成疾，才十幾天就死了，年五十八
歲。曹操將他厚葬，晉升魏王一事再次擱置下來。

曹操兵進東川，張魯投降。又與孫權征戰，最後雙方議合。曹操回到許都，文武眾官又有討論議立曹操為魏王的聲音，但尚書崔琰獨排眾議反對。眾官譏刺：「你沒看到荀文若的下場嗎？」

　　崔琰大怒說：「時乎！時乎！會當有變！任自為之！」有與琰不和者，告訴曹操。曹操下令捉殺崔琰。崔琰在獄中被打死。

　　曹操想要稱王又要名聲。兩相矛盾之下，就把這些事暫時擱下。東吳孫權有意與曹修好，派人專程挑了柑橘到許昌給曹操享用。挑柑人半路遇到一個怪道者，讓一行挑夫面對曹操剝開柑橘都是空殼無汁而質問，無話可說時，才跑出來替他們作證，並且當場展現奇能，經他手剝的柑橘個個汁多味美，把一個曹操唬得一楞一楞的。

　　左慈對曹操說：「大王已位極人臣，此時正是隱退時機，跟貧道往峨嵋山中修行？當以三卷天書相授。您覺得如何？」

　　曹操：「我也想要急流勇退，怎奈朝廷之中，未得其人以茲傳讓。」

　　當左慈提到劉備可堪託付時，曹操臉色大變，下令把左慈打入監牢，並且下令獄卒對他嚴刑烤打。只是，不論如何酷刑左慈，左慈都無動於衷。不給他東西吃經過七天，他還是臉色紅潤。

　　一天，曹操大宴群臣，左慈不請自來。曹操一驚：「不是把他關在牢裡嗎？怎麼這裡會有一個左慈？」派人去看，牢裡的左慈還在裡面睡覺。

　　左慈主動開口說：「大王宴客豈可沒有奇珍異味以饗眾人。」

　　曹操說：「我想要龍肝，你有嗎？」

　　左慈拿出毛筆在白牆上畫一隻龍，然後用袍袖一拂，伸手進龍腹摸出一付龍肝出來。曹操不信他的法術，說他是事先隱藏在袖子裡的。左慈也不辯解，又問，現在是天寒季節，大王要什麼花，我都可以拿來獻給您。

　　「牡丹。」

左慈叫人拿來一個大花盆，他用口含水噴了一下，頃刻間長出一株牡丹，又開出並蒂牡丹花。眾官大驚，邀左慈同坐而食。不久，庖人進魚膾。

左慈吃了説，魚膾一定要松江鱸魚才夠美味。

曹操質疑，那在千里之外，怎能説有就有。左慈説這也不難，講完憑空摸出一支釣竿，走到池邊拋入釣鈎，才片刻時間就拉出十尾大鱸魚，放在殿上。

曹操：「我池裡本來就有這種魚，何足為奇。」

左慈：「大王小名阿瞞，沒想到連這也要相瞞。天下鱸魚只兩腮，只有松江鱸魚才有四腮，大王可請人分辨。」眾官檢視，果然是四腮鱸魚。

曹操被左慈搞到頭風都發了，還拿左慈一點辦法都沒有，最後只能不了了之。

作品定位

出處：台南麻豆代天府
藝司：潘麗水
作品地址：台南市麻豆區關帝廟 60 號

第九十一回

百壽圖

▲南斗白鬚白髮，北斗黑鬚黑髮，兩仙對面而坐下棋。旁邊跪呈酒食的年輕人正是故事的主人翁趙顏。有時同樣的角色布局會題「管輅知機」，但故事差不多一樣。

前 情 提 要

　　曹操被左慈一鬧，竟然嚇出病來。服藥無效。恰好許芝從許昌來見曹操，曹操把左慈的事跟他說了一遍。這個故事就是許芝說給曹操聽的。

🎧掃圖聽講古

作品定位

出處：彰化王功福海宮
藝司：不明
作品地址：彰化縣芳苑鄉芳漢路王功段 2 號

第九十二回
黃忠勇奪定軍山

前情提要

　　張飛與雷同奉令鎮守巴西。張飛智取瓦口隘，殺得曹軍無反擊之力，敗逃而去。張飛留守閬中瓦口。

　　不久，曹洪卻又讓張郃帶兵攻打葭萌關。孔明獲報，衡量帳中諸將戰力，胸有成竹的擊鼓，命諸將帳中議事。

　　孔明聚將堂上，問：「今葭萌關緊急，必須閬中取翼德，方可退張郃。」

　　法正：「今翼德兵屯瓦口鎮守閬中，也是緊要之地不可取回。帳中諸將內，選一人去破張郃。」

　　孔明笑道：「張郃乃魏之名將，非等閒可及。除非翼德，無人可擋。」

 磁磚畫，題名「定軍山斬夏侯淵」。老將黃忠用計斬殺夏侯淵；兩枝黃旗，三角大旗空心字寫黃。另一方長方大旗寫著夏侯；夏侯是複姓，不是姓夏名侯淵。

作品定位

出處：台北市北投代天府
藝司：不明
作品地址：台北市北投區豐年路一段 35 之 1 號

　　忽然間一人厲聲而出大喊：「軍師何以輕視眾人？吾雖不才，願斬張郃首級，獻於麾下。」眾將一看原來是老將黃忠。

　　孔明：「漢升雖勇，怎奈年老，恐怕不是張郃對手。」

　　黃忠聽了，白鬚倒豎說：「漢升雖老，兩臂還能開三石之弓，渾身還有千斤之力，豈不敵張郃匹夫？」

　　孔明：「將軍年近七十，如何不老？帳前有鐵胎弓，老將軍開得了弓，山人就讓將軍去挑他張郃。」

　　黃忠走下堂去，連連拽折兩張鐵胎硬弓。

　　孔明問底下諸將：「將軍要去，誰為副將？」

　　老將嚴顏走出班來，要求隨行。孔明請嚴老將軍取出長槍使一套槍法。嚴顏接過長槍，就是一套龍虎神槍，眾人只見一團槍花不見人影。嚴顏收槍向孔明請令，孔明取過兩枝令箭，讓兩位老將軍領兵出發。

一旁青壯將領看到軍師如此安排，無不私下哂笑。黃忠、嚴顏來到關上，孟達、霍峻見了，心中也暗笑孔明用兵欠妥：「這般緊要之處，怎麼派兩個老的來？」

　　黃忠告訴嚴顏說：「你看到眾將臉色否？他笑我倆年老，今天不讓他們開開眼界，難服眾心。」

　　嚴顏：「願聽將軍之令。」兩個商議定了。黃忠引軍下關與張部對陣。

　　張部出馬見了黃忠，笑曰：「你年歲已高，不在家中安養，還來上陣。莫不是家中兒媳與公談不上話，因此來到陣前找人下棋渡日？」

　　黃忠一聽張部出言相譏，忍不住還口說道：「豎子欺吾年老！讓你見識一下我手中刀，老不老！」說完拍馬向前與張部決戰。二馬相交戰約二十幾個回合，忽然背後喊聲大起。原來嚴顏從小路抄在張部軍後。兩軍夾攻，張部大敗而逃。

　　黃忠趁勢又拿下**天蕩山、定軍山**[*]，斬殺夏侯淵。黃忠斬了夏侯淵首級，來葭萌關上見劉備獻功。劉備大喜，加封黃忠為征西大將軍，設宴慶賀。眾人皆服孔明善於用兵，運籌帷幄決勝千里之能。

＊戲劇表現把天蕩山與定軍山之役，串在一起演繹。看戲比看小說更能體會老將內心起伏波折。

水淹七軍

▲ 關公坐在岸上望著水中曹營兵士,周蒼持關刀侍候著。各家畫師表現的
手法不同,有些會讓周倉下水去擒敵將。

前 情 提 要

　　黃忠拿下定軍山,劉備再得降將王平。有了王平的投靠,加上孔明用
兵如神,沒多久劉備就拿下東川。

　　劉備取得蜀地,在文武官員支持之下,即位漢中王(上書許都表奏
天子),立劉禪為王世子。封許靖為太傅,法正為尚書令。諸葛亮為軍
師,總理軍國重事。封關羽、張飛、趙雲、馬超、黃忠,為五虎大將;
魏延為漢中太守。其餘各擬功勛定爵。

　　劉備令魏延總督軍馬守禦東川,帶領百官回成都。同在此時,細作
探得曹操結連東吳欲取荊州,劉備請孔明商議。孔明建請劉備送官誥給
關公,請他起兵攻打樊城。曹操派于禁和龐德前去守城。兩軍遭遇,龐
德幾乎和關公打成平手。不過龐德卻詐敗引關公來追,然後暗放冷箭射

傷關公。幸好不很嚴重，經過十幾天的休養，就恢復了。

此時卻看到于禁移防營寨，關公獲報之後，前往高處暗察曹營下寨地形，看到樊城城上旗號不整，軍士慌亂；城北十里山谷之內，屯著軍馬；又見襄江水勢甚急。看了半天，命人喚來鄉導官問：「樊城北方十里山谷，是何地名？」

鄉導官：「罾口川也。」

關公：「于禁必為我擒矣。」

眾軍士問：「將軍何以知之？」

關公：「『于』入『罾口』（魚入網中），豈能久乎？」諸將未信，公回本寨。

時序已是秋季的八月，連日大雨。關公命人預備船筏，收拾水具。

關平：「陸地之戰，為何要準備水具？」

關公：「你不知道？于禁七軍不去屯兵在寬廣的地方，卻下寨於罾口川險隘之地；連日來秋雨連綿，襄江的水位必然高漲；為父已派人把水口堵住，只要河水高漲，再放水，樊城必淹：罾口川的曹兵，盡成魚鱉矣。」

關平：「父王高明！」

魏軍屯於罾口川，連日大雨不止。

督將成何跑來向于禁報告：「大軍屯於川口，地勢甚低；雖有土山，離營稍遠，今秋雨連綿，軍士艱辛。又有人來報，說荊州兵移往高阜處，然後在漢水口準備戰筏；萬一河水泛漲，我軍危矣。請將軍及作應變。」

于禁大叱：「匹夫惑吾軍心嗎！再多嘴者，斬！」

成何羞慚而退，但心中仍是不安，跑去見龐德，說明此事。

龐德：「于將軍不肯移兵，我明日把本部兵馬移屯他處。」

兩人商議方定，當夜卻又風雨大作。龐德坐在帳中，只聽得萬馬爭奔，征鼓震天。龐德大驚，急忙出帳上馬看時，四面八方大水驟至；七軍亂竄，被水沖走的不計其數。

　　等到天明，關公及眾將皆搖旗鼓譟，乘大船而來。于禁見四下無路，左右只有五、六十人，料不能逃，口稱願降。關公讓人脫去他們身上的盔甲，拘押入船，然後又去擒捉龐德。

　　此時的龐德、成何和步卒五百人因為半夜遭水，連衣甲都來不及披掛，一群人站在堤上。關公將船四面圍定，軍士一齊放箭，射死魏兵大半。

　　董衡、董超見勢危急勸龐德不如投降說：「軍士折傷大半，四下無路，不如投降。」
　　龐德大怒親斬董衡、董超，厲聲對眾兵士說：「再說降者，以此二人為例！」

　　眾兵士死命禦敵。關公催四面急攻，矢石如雨。龐德命令軍士短兵接戰。
　　成何中箭而亡，龐德落水，被周倉生擒。于禁所領七軍除了幾個略有水性的兵士投降之外，其餘都淪為波臣死在水中。結果，于禁降，龐德不降，關公命人斬之，以全其節，並憐而葬之。
　　關公水淹七軍，威名遠震華夏。

作品定位

出處：雲林口湖會水宮
藝司：不明
作品地址：雲林縣口湖鄉烏麻園街 30-1 號

刮骨療傷

▲ 華陀正在替關公處理手臂上的傷口；關公與馬良在下棋；兩名兵士遠遠觀望。畫面中不見臉盆接血，要解釋華陀醫術高明，還是其他神蹟？也許還有更大的想像空間。

前情提要

　　關公趁著軍威旺盛，繼續攻打樊城。沒想到被曹仁以毒箭射傷。關平及眾將皆勸關公暫回荊州療養，等傷好再攻樊城，關公不許。

　　眾將勸關公回荊州休息療傷，關公不肯，但箭傷卻又一直好不起來。不得已只好四處尋訪名醫，想替關公醫治。

　　有一天，一個從江東駕小舟而來的人，到寨前求見。小校帶他去見關平，來者自報姓名：「我是沛國譙郡人，姓華名陀，字元化。久聞關將軍威名，敬佩天下英雄，聽說關將軍被箭所傷，特來。」

　　關平：「莫非是昔日醫治東吳周泰那位名醫？」

　　華陀：「是。」

　　關平大喜，隨即帶華陀入帳見關公。

當時關公受傷的那隻手臂其實還是會疼痛，卻怕自己的傷勢影響軍心，故意找馬良下棋，轉移注意力。兩人正在下棋，一聽醫者到來，立即傳見。雙方禮畢，關公賜坐。

關公命人以香茗侍候華陀之後，華陀請關公給看傷勢。

關公解袍伸臂，讓華陀診視。

華陀：「這是弩箭所傷，其中有烏頭毒藥，箭矢透骨，需及早醫治。」

關公：「要怎樣才能治好箭傷？」

華陀：「某自有治法，怕君侯聽完不敢接受。」

關公笑著說：「某視死如歸，沒什麼好怕的。」

華陀：「找個安靜的地方，在地上立一根木椿，上釘一只鐵環，再請君侯將臂穿於環中，用繩綁著，然後再把眼睛遮起來。吾以尖刀割開皮肉，直至於骨，刮去骨上箭毒，用藥敷之，以線縫其傷口，方可無事。但恐君侯懼耳。」

關公笑說：「原來這麼簡單，那就不必立柱掛環綁位關某了；來人，擺下酒宴，與吾款待先生。」

關公喝過幾杯酒後，一邊仍與馬良下棋，一邊伸出手臂讓華陀醫治。

華陀取出尖刀，叫一個小兵捧一只大盆在手臂下準備接血。

華陀：「君侯，某要開始了，君侯勿驚。」

關公：「任汝醫治。吾豈比世間俗子，還會怕痛嗎？」

華陀下刀割開皮肉，直至見骨，看見骨上已青；**用刀刮骨***，悉悉有聲。帳上帳下見者盡皆掩面不敢觀看。

關公飲酒吃肉，談笑下橫，全無痛苦的表情。經過片刻，血流盈盆。華陀刮盡其毒，然後敷藥，再用線縫起皮肉。

「好了。」

關公大笑而起，告訴眾將說：「此臂伸舒如故，並無痛矣。先生真神醫也！」

---

* 這段故事是小說和民間戲曲說的，至於正史上有無刮骨療傷，或是誰替關公醫治毒箭的傷？還有研究的空間。

華陀：「某為醫一生，未嘗見此。君侯真天神也！」

後人有詩讚曰：

治病須分內外科，世間妙藝苦無多。
神威罕及惟關將，聖手能醫說華佗。

華陀把關公箭瘡處理完成之後，關公設宴款謝華陀。
華陀：「君侯箭瘡雖治，仍須靜養調護，切勿怒氣傷觸，等過百日之後，即能完全恢復。」關公以黃金百兩答謝。
華陀：「某聞君侯高義，特來醫治，豈望報乎？」堅辭不受，又留下一帖藥，給關公敷換瘡口，然後告辭而去。

作品定位

出處：雲林口湖會水宮
藝司：不明
作品地址：雲林縣口湖鄉烏麻園街 30-1 號

徐公明戰沔水

▲ 拿大斧的是徐晃，關公帶著兩名兵士，兩人在戰場上先禮後兵。只是讓關公想不到的事是，前面還套老朋友的交情，後面一句就是各為其主，無情的廝殺。

前情提要

關公水淹七軍擒了于禁，斬了龐德，曹操獲報嚇得想要遷都。在司馬懿勸諫之下，才打消念頭。

糜芳與公安守將傅士仁，投降東吳。曹操派徐晃帶兵前往解救樊城的曹仁。

徐晃派副將徐商、呂建虛張徐晃旗號，前赴偃城與關平交戰。徐晃卻自帶精兵五百，循著沔水想從後面襲擊偃城。

關平聽到徐晃帶兵來到，提本部兵馬迎敵。兩軍對陣，徐商與呂建詐敗，引關平追擊，在二十餘里後，關平接到城中失火消息，才知中計，勒兵回救偃城，遇到徐晃大軍。

徐晃在馬上對關平大喊，荊州已被東吳占領，你還在這裡張狂？關平一聽大怒，縱馬輪刀，直取徐晃。不到三、四個回合，三軍吶喊，偃

城火光大起。關平不敢戀戰，殺出生路，往四塚寨來，廖化接應。

兩人又與曹軍大戰數回，最後逃回大寨見關公。兩人向關公報告，據傳東吳已把荊州占了。關公還沒查問清楚就聽到徐晃帶兵到來，關公命人備馬準備應戰。

關平上諫，父體未痊，不可硬敵。關公卻說：「徐晃與我有舊，深知其能；若彼不退，吾先斬之，以警魏將。」說完披掛提刀上馬，奮然而出。

關公勒馬出問：「徐公明安在？」

魏營門旗開處，徐晃出馬，欠身而言：「自別君侯，倏忽數載。不想君侯鬚髮已蒼白矣。憶昔壯年相從，多蒙教誨，感謝不忘。今君侯英風震於華夏，使故人聞之，不勝歡羨。茲幸得一見，深慰渴懷。」

關公：「吾與公明交契深厚，非比他人，今為何屢次追殺吾兒？」

徐晃回顧眾將，厲聲大叫下令：「取得雲長首級者，重賞千金！」

關公大驚：「公明何出此言？」

徐晃：「今日乃國家之事，某不敢以私廢公。」說完，揮動大斧直取關公。

關公大怒，也揮刀迎戰，兩人戰八十多個回合。關公雖然武藝絕倫，無奈右臂因傷少力。關平恐公有失，火急鳴金收兵。關公撥馬回寨，忽然聽到後方喊殺之聲大起。原來是樊城曹仁聽到救兵已至，帶兵殺出城來，兩下夾攻。荊州兵大亂。關公上馬，引眾將急奔襄江上流頭，背後有魏兵追趕。

關公急渡襄江，望襄陽而走。忽然流星馬來到，報說：「荊州已被呂蒙所奪，家眷被陷。」關公大驚，不敢回奔襄陽，提兵往公安而來。探馬又報：「公安傅士仁已降東吳了。」關公大怒。

忽催糧人到，報說：「公安傅士仁往南郡，殺了使命，招麋芳都降東吳去了。」

關公聞言，怒氣沖塞，瘡口迸裂，昏絕於地。眾將救醒。

樊城之圍一解，曹仁帶著眾將見曹操，泣拜請罪。

曹操：「此乃天數，非汝等之罪也。」

重賞三軍之後，再親至四塚寨周圍觀看，看完環顧諸將說：「荊州兵營寨圍塹鹿角數重（防禦工事），徐公明深入其中，竟獲全功。孤用兵三十餘年，未敢長驅逕入敵圍。公明真膽識兼優者也！」眾皆歎服。

曹操暫將兵馬駐於摩陂（地名）等候消息。

徐晃兵到，曹操親自出寨接迎。看徐晃軍隊伍整齊並無差亂，大喜說：「徐將軍真有周亞夫之風也！」遂封徐晃為平南將軍，同夏侯尚守襄陽，以遏關公之師。

出處：苗栗大湖萬聖宮
藝司：山城（門神落款林岳爐）
作品地址：苗栗縣大湖鄉中山路 58 號

玉泉山

　　東吳孫權在呂蒙與陸遜用計之下，白衣渡江。關公出兵進取樊城之前所安排的烽火台，被敵軍偷襲換成東吳兵，關公防線被破。在孫、曹聯手之下，樊城沒打下來不要緊，連荊襄麥城也一起丟了。

　　東吳孫權大開慶功宴，賞犒三軍，呂蒙被孫權尊於上位。孫權對眾將說：「孤家欲得荊州，良久以來難以成願，今垂手而得，皆子明之功也。」說完孫權親自酌酒賜呂蒙。呂蒙接過酒就口欲飲，忽然擲盃於地，一手揪住孫權，厲聲大罵：「碧眼小兒！紫髯鼠輩！還認得我否？」

　　眾將大驚，上前搶救孫權。忽然間呂蒙推倒孫權，大步走上孫權的座位上，兩眉倒豎，雙眼圓睜，大喝：「我自破黃巾以來，縱橫天下三十餘年，今被汝以奸計圖我，我生不能啖汝之肉，死當追呂賊之魂！我乃漢壽亭侯關雲長也。」

▶茅廬之下坐著普淨禪師。關公握刀騎馬，兩旁還有周倉和關平。右上題著「正義千秋」。老禪師對關公問說：「你向東吳的人討頭，那些被你斬殺的人，要向誰討他的頭呢？」

出處：北港朝天宮
藝司：陳壽彝
作品地址：雲林縣北港鎮中山路 178 號

　　孫權大驚，慌忙率領大小將士下拜。

　　「君侯請饒命，請饒命。兩國相爭不厭其詐，望君侯恕罪、恕罪、恕罪。」

　　呂蒙口中大喊：「呂蒙，與我到閻君面前辯理去吧。」

　　呂蒙說完倒在地上，七孔流血而死。眾將見之，無不恐懼。孫權將呂蒙屍首，具棺安葬，贈南郡太守潺陵侯，命其子呂霸襲爵。

　　關公英魂不散，蕩蕩悠悠，在東吳境內飄移。東吳境內軍民每每在夜間聽到：「還吾頭來，還吾頭來。」的呼聲迴盪。有膽大者出外觀聽。透過月光雲影，關公、周倉、關平三人形影隱隱現現。

　　有人對關公生前欽仰的人，主動擺上案桌焚香叩頭，祈望關公魂歸天曹，莫要驚嚇無辜生民；有的祈望關公往生西方極樂世界。

　　不過也有被戰火威逼殘存的軍民百姓，對著夜空中叫罵。

卻也奇怪，只要參與麥城一役的士兵看見關公身影，便活活頭落。事情傳開，慢慢無人敢在夜間開門查看。

關公英靈不滅，魂魄飄沓，這天來到荊門州當陽縣的玉泉山。山上有一名老僧，法名**普淨**＊，原在汜水關鎮國寺中的長老，後來雲遊到此，就在這裡結草為廬。每天坐禪參道，身邊只有一名小行者，化齋度日。

這夜，月白風清，三更過後，普淨在庵中默坐，忽然聽到空中有人大喊：「還我頭來！還我頭來！」普淨以手中拂塵塵尾扣座，問：「雲長安在？」

關公英魂頓悟，下馬落於庵前，叉手問曰：「吾師何人？願求法號。」

普淨：「老僧普淨，昔日汜水關前鎮國寺中，曾與君侯相會，君侯忘了嗎？」

關公沉思片刻才說：「昔日承蒙相救，銘感於內。今某已遇禍而死，願求清誨，指點迷津。」

普淨：「昔非今是一切休論，後果前因彼此不爽。今將軍為呂蒙所害，大呼『還我頭來』，然而顏良尚未準備好與將軍對戰即被君侯所殺；文醜五關六將等人的頭，又該向誰去要呢？」

關公一聽，恍然大悟，稽首皈依佛門隨普靜而去。

＊有的寫普靜。在小說戲劇之中，關公過五關斬六將時，曾暗中提醒關公汜水關關主卞喜的陰謀，救了關公一行人的性命。

第九七回

曹植賦詩

▲ 曹丕坐在主人的位置，弟弟曹植雙手後剪低頭做沉思狀。空間是為殿內。題名「曹植試詩」，常見相似圖案題「曹植賦詩」，還有人題「煮豆燃萁」，意境更接近故事的主題。

前 情 提 要

　　曹操看到東吳送來的關公頭首，竟然張目開口，嚇得頭風復發，大病不起。命人找來華陀，華陀說得把頭鋸開才能醫治，曹操一聽嚇得半死，怕華陀也像吉平太醫一樣對自己不利，把華陀弄死了。華陀一死，曹操無人醫治，不久也跟著死了。

　　曹操一死，文武百官立即分派四方通知曹操的四個兒子，曹丕、曹彰、曹植、曹熊。再用金棺銀槨將他入殮，星夜移靈回往鄴郡。
　　獻帝在華歆威逼下，降詔讓曹丕繼任魏王大位。
　　曹彰從長安帶領十萬大軍來到鄴城，賈逵出城化解兄弟相殘的干戈。

　　曹丕安居王位，改建安二十五年為延康元年。

封賈詡為太尉，華歆為相國，王朗為御史大夫。

大小官僚，盡皆陞賞。諡曹操為武王，葬於鄴郡高陵。

華歆上奏曹丕：「鄢陵侯（曹彰）已交割軍馬回本國去了。臨淄侯曹植、蕭懷侯曹熊，二人竟然不來奔喪，理當問罪。」

曹丕即分遣二使前往二處。不久，蕭懷使者回報：「蕭懷侯曹熊懼罪，自縊身死。」曹丕下令厚葬，追贈蕭懷王。又過一日，臨淄使者回報，說：「臨淄侯整日與丁儀、丁廙兄弟二人酣飲，悖慢無禮；聽使者到，臨淄侯端坐不動。兩兄弟一個罵：『昔日先王本來要欲立吾主為世子，被汝等讒臣所阻；今王喪未遠，便來問罪骨肉，何也？』一個說：『吾主聰明冠世，自當承嗣大位，今反不得立。汝那廟堂之臣，不識人才到這個地步！』臨淄侯怒叱武士，將臣亂棒打出。」

曹丕聽完大怒，令許褚領虎衛軍三千，火速至臨淄擒曹植等一干人來。許褚奉命帶兵進臨淄城。將曹植帶回鄴郡，聽候曹丕發落。曹丕下令，將丁儀、丁廙等盡皆誅戮。

曹丕之母卞氏，聽說曹熊自縊身亡哭得死去活來，不久又聽到曹植被擒，又聽說丁儀等人已殺，大驚。急忙出殿召曹丕相見。曹丕見母出殿，慌忙拜謁。

卞氏哭著對曹丕說：「汝弟植平生嗜酒疏狂，蓋因自恃胸中之才，故而放縱。汝可否念及同胞之情，留他一條性命。吾到九泉之下也可瞑目。」

曹丕：「兒亦深愛其才，怎會害他？請母親不用擔心。」卞氏灑淚而入。

曹丕走出偏殿，召曹植晉見。

華歆來問：「剛才莫非太后勸殿下莫殺子建？」

曹丕：「然也。」

華歆：「子建懷才抱智，終非池中物；若不早除，必為後患。」

曹丕：「母命不可違。」

華歆：「人皆言子建出口成章，臣不相信。主上可召入，以才試之。若不能，則殺之；若能則貶之，以絕天下文人之口。」

曹丕閉目點頭又張開眼睛，表示同意。

不久曹植入殿惶恐伏拜請罪。

曹丕：「我與你情雖兄弟，義屬君臣，你敢恃才蔑禮；父亡卻不來奔喪，回想先君在時，你常以文章誇示於人，我懷疑你是請人代筆，今，限你七步之內吟詩一首，若能，則免一死；若不能，從重治罪，決不寬恕。」

曹植：「願乞題目。」

曹丕：「就以兄弟為題，裡面不許有兄弟字樣。」曹植不假思索，隨口吟出：「煮豆燃豆萁，豆在釜中泣。本是同根生，相煎何太急！」

曹丕聞之，潸然淚下。其母卞氏，從殿後人聲同至：「兄何苦逼弟之甚耶？」

曹丕慌忙離坐告曰：「國法不可廢耳。」貶曹植為安鄉侯，曹植拜辭上馬而去。

第八一回

安居平五路

▲孔明坐在橋上看著水中的魚，後面拿折扇的是劉禪阿斗，樹旁有一員老臣。其他有孔明家的童子和皇宮的太監公公。

前 情 提 要

　　劉備義子劉封伏法，孟達投降曹丕。曹丕逼獻帝禪讓帝位，國號大魏。改延康元年為黃初元年。遷都洛陽。

　　劉備兵走白帝城，託孤於孔明，幼主劉禪阿斗繼位。曹丕一聽劉備過世，由阿斗繼位，想趁虛而入，出兵攻打蜀漢。司馬懿向曹丕獻策，必須聯合外力五路齊下，才能一戰功成。曹丕問是哪五路？

　　曹丕聽從司馬懿獻策，起五路兵馬進攻蜀漢。消息傳到漢中，文武大臣個個心慌意亂。軍師亞父卻也剛好幾天不來上朝，使者回報說是人病了，在家休養。
　　吳太后表示要親自去相府找孔明，問他忘了先主託孤的事沒？董允勸說，應該請聖上先去看看，萬一真的像太后擔心的那樣，再從長計議。

　　後主劉禪來到相府見過孔明，孔明告訴他四路兵馬已退，只剩東吳

需要一個説話能讓孫權聽得進去的人出使，東吳一路自然無事。孔明看幼主似乎仍有疑慮。便對他詳加説明～

孔明：「先帝以陛下付託與臣，臣怎敢怠慢？成都不曉兵法之妙，豈可洩漏於人？老臣早知西番國王軻比能，引兵犯西平關；臣知馬超素得羌人之心，羌人更以馬超為神威天將；臣已遣人星夜馳檄，令馬超緊守西平關，伏四路奇兵，每日交換，以兵拒之：此一路不必憂矣。又南蠻孟獲兵犯四郡，臣亦飛檄遣魏延領一軍左出右入，右出左入，為疑兵之計；蠻兵多疑，若見疑兵，必不敢進：此一路又不足憂矣。孟達引兵出漢中；孟達與李嚴曾結生死之交；臣回成都之時，故意留李嚴守永安宮；臣已偽李嚴之筆，寫信送給孟達；孟達接到信後，必然推病不出，這路兵又不足憂矣。曹真引兵犯陽平關；此地險峻，可以保守，臣已調趙雲引一軍守把關隘，並不出戰；曹真若見我軍不出，不久自退矣。此四路兵皆不足憂也。臣為求萬無一失，又密調關興、張苞二將，各引兵三萬，屯於緊要之處為各路救應。此數處調遣之事，皆未經過成都，因此無人得知。只有東吳這路兵……他未必敢動：如果四路兵勝，川中危急，必來相攻；若四路不濟，他也就相安無事。臣料孫權，想曹丕三路侵吳之怨，必然不會輕易相信他的話。雖然如此，還須要一名「蘇秦、張儀」之士往東吳以利害説之；先退東吳之心，其它四路，不足憂矣！但未得説吳之人，臣故躊躇。何勞陛下聖駕來臨？」

後主：「今朕聞相父之言，如夢初覺，復何憂哉！」

孔明：「如果今日不見聖上，明日亮就要到太廟向先主請罪了。」

後主聽完之後，不禁面露靦腆之色，孔明也跟著笑出聲來。

作品定位

出處：北港朝天宮
藝司：不明
作品地址：雲林縣北港鎮中山路 178 號

假獅破真獅

▲ 圖右開始，有大旗，再上去是孔明坐在車上，前有假獅正在噴火。假獅
面前是真虎（代表）和南蠻軍。孟獲是頭插雉尾那個大鬍子番王。木鹿
大王，也是這陣的主角騎大象，手拿蒂鐘（搖鈴）。最左邊有一頭花班豹
（或金錢豹）。本件劇目叫做「假獅破真獅」。

前情提要 ────────

　　孔明退了五路兵馬之後，輔佐幼主
阿斗治理國事。兩川百姓安居樂業，欣
享太平。建興三年，據報南蠻有變。孔
明入朝向幼主奏請聖旨，要親自帶兵前
往征服。

🎧 掃圖聽講古

出處：台南總趕宮
藝司：陳壽彝
作品地址：台南市中西區中正路 131 巷 13 號

第一〇〇回

天水關孔明收姜維

▲ 紅臉的大將這次不演關公，再細看，這人印堂上有太極圖，更不可能是
關二爺了。他這次要演姜維，兩手抱拳，正向孔明施禮，為天水關的代
表演員和扮相。其他的兵士，都可算是出來領錢的臨演。

前 情 提 要

　　孔明七擒七縱南蠻王孟獲，孟獲真心臣服，孔明班師回朝。後主劉禪
帶領文武出城迎接。孔明拜謝，後主扶起孔明，並車而回，設太平筵會，
重賞三軍。自此遠邦進貢來朝者三百餘處。孔明奏准後主，將殁於王事者
之家，一一優恤。人心歡悅，朝野清平。

　　魏主曹丕在位七年，不幸染病亡故，託孤曹叡給司馬懿、曹真、陳
群、曹休等。

　　孔明聞知司馬懿被賦重任，用離間計讓曹叡罷去司馬重任，令其卸
甲歸耕。然後上〈出師表〉給後主，請旨北伐，以謝先主三顧茅廬之恩。
　　孔明點兵調派眾將已備，準備發砲啟程，忽然被一員老將喊住。仔
細一看才知是趙雲。孔明惜其年邁又一世英名，恐臨陣失利傷名挫銳。

在趙子龍堅持之下，任為先鋒，另得子龍同意，派鄧芝為先鋒副將，輔之。一切安排妥當隨即兵出祁山。孔明率兵來到沔陽，經過馬超墳墓，令其弟馬岱掛孝。孔明親自祭之。祭畢，回到寨中商議進兵。

曹叡繼承父親曹丕之位，都城在洛陽。這日早朝，有大臣出班啟奏，說諸葛亮領兵三十萬屯兵漢中，令趙雲、鄧芝為前部先鋒，引兵犯境。曹叡大驚問群臣誰可前往退兵？

忽然間一人應聲而出奏說：「臣父死在漢中，今蜀兵犯界，臣願引本部猛將，更乞陛下賜關西之兵，前往破蜀。上為國家效力，下報父仇！」

眾人一看，原來是夏侯淵之子**夏侯楙***，其雖掌兵權，卻一直不曾帶兵出戰過。

曹叡聽完，立即命他為大都督，調派關西諸路軍馬前去迎敵。

司徒王朗出班上諫：「不可！夏侯駙馬不曾經戰，今付以大任非其所宜。更兼諸葛亮足智多謀，深通韜略，請聖上千萬不可輕敵。」

夏侯楙一聽反唇質問：「司徒莫非結連諸葛亮，欲為內應？吾自幼從父習學韜略，深通兵法。汝敢是欺我年幼？吾若不能生擒諸葛亮，誓不回見天子！」

於是王朗等一班文武不敢再言。

夏侯楙辭了魏主，星夜到長安，調關西諸路軍馬二十餘萬，來敵孔明。

正是：欲秉白旄麾將士，卻教黃吻掌兵權（白話來說，就是小孩開大車，不知輕重也不知死活，將他人性命視若草芥）。

---

*夏侯楙，字子休；其性最急，又最吝。自幼過嗣夏侯惇為子。後夏侯淵為黃忠所斬，曹操憐之，以女清河公主招楙為駙馬，因此朝中欽敬。

孔明得報，大喜過望：「久聞天水有一名孝子姜伯約，吾正苦思不得其門而入，正巧有此人位高權重卻無知無能之輩到來，豈非天欲助我成其大事也。」

　　夏侯楙被活捉去見孔明，孔明把他關了幾天之後，告訴他：「天水姜維守在冀城，派人帶信來說：『只要駙馬在，我願來降。』我只想招安姜伯約，其他都不是我的目標。今天放你回去，你能替我招安姜維嗎？」

　　夏侯楙為求活命，什麼話都答應了。孔明叫人給他衣服和鞍馬，並且沒派人跟蹤，放他自己回去。夏侯楙半路遇到逃難的百姓，問他們來自何處？

　　他們都說是從冀城逃出來的，那姜維已經獻了城池，投降諸葛亮了，那蜀將魏延卻放任兵士縱火劫財，我們不得已棄家出走，想去上邽投靠親戚。

　　「那**天水關***現在是何人把守？」

　　「馬遵，馬太守。」

　　夏侯楙騎著馬往天水關去，半路有遇到逃難的人，一問，所說的都一樣。來到城下，城上的人認出是夏侯楙，忙開城門接進城去，夏侯楙見過馬遵訴說一切。

　　半夜，忽然間有人叫關：「請夏侯都督答話！」

　　兩人登上城樓一看，竟然是姜維。

　　「我為都督而降，都督何背棄前言？」

　　夏侯楙：「汝受魏恩，何故降蜀？哪有什麼前言後語？」

　　姜維：「你寫信教我降蜀，如今卻出此言？汝要脫身，卻把我害了。我今降蜀，哪有還魏的道理？」

---

*這段故事，在北管和中國大陸某些地方戲曲都有演出紀錄。在下於前面的作品也寫介紹過。這次特別以曹將夏侯楙為主線，將小孩玩大車的危險性，稍微帶一下；像被國王捧在手心的珍貴瓷器一樣，只能等國王自己把它玩破，不然誰都不敢去碰他。

說完命令兵士攻城，直到天光稍亮，風捲殘雲般退得無影無蹤。

原來夜裡叫陣攻城的姜維，是孔明叫人假扮的，等到真的姜維敗回天水城下，太守馬遵不聽姜維言語，朝他射出亂箭。

最後姜維歸降孔明，成為孔明的傳人，在他五丈原歸天之後，繼承北伐的重責大任。

而本集的反派主角夏侯楙，兵敗不敢回去見曹叡，逃到羌人那邊去了。

孔明：「吾放夏侯楙如放一鴨。今得伯約，得一鳳也！」

作品定位

出處：彰化田尾鄉聖德宮
藝司：不明
作品地址：彰化縣田尾鄉聖德巷 162 號

第一○一回

空城計

▲ 孔明帶著兩名童子在右上的城樓彈琴，下方有掃地的老兵。城前一名老將是司馬懿，後面兩員無鬚的小將是司馬昭和司馬師。馬後數名兵士，表示軍容壯盛。

前 情 提 要

　　司馬懿被孔明用計，讓曹叡卸去兵權退隱。繼派夏侯楙領兵迎戰蜀軍，大敗而回。

　　司馬懿雖然不在魏宮任職，卻一直注意天下時勢。探得孟達有意復投蜀漢，向孔明投誠，合攻魏國。先下手將孟達除去。等到進京覆旨，就光明正大向曹叡領旨出兵，與孔明對陣。

　　司馬懿推算孔明兵出祈山，必從街亭進取中原，帶兵往街亭進發。誰知馬謖不聽王平意見，執意把軍隊駐紮高處，被曹兵圍困，軍心大亂失去街亭。消息傳回中軍大帳，孔明大驚失色並暗嘆，悔不聽先主之言。忽然探子又報，司馬懿帶兵進攻西城。

孔明強作靜定，手邊大將均已外派，城中只有一些老弱殘兵。令人找來二十名手腳靈活的老軍，叫他們只穿平民百姓的服裝，每人去找二十名相好的同僚相伴，一起灑掃街道與城門內外。「嚴禁交頭接耳，違令者斬！」

孔明令人將旌旗盡皆藏匿；諸將各守城鋪，大開東、南、西、北四個城門，連小門也一併打開。

孔明披鶴氅、戴綸巾，在城樓上擺著香案，燃起檀香，童子捧著七星寶劍、麈尾（拂塵）侍立兩旁，自己憑欄而坐，焚香操琴。城下，有老兵數名正在灑掃街道。

司馬懿前軍來到城下，看到有別以往的陣容。這哪裡是在防守敵軍？簡直是太平盛世的平常日子！眾兵士不敢冒進，回報司馬懿。

司馬懿笑而不信，止住三軍，自己飛馬遠遠觀望。果然看到孔明安坐於城樓之上，笑容可掬，焚香操琴。左有一童子，手捧寶劍；右有一童子，手執麈尾。城門內外有二十餘百姓，低頭灑掃，旁若無人。

司馬懿看完疑心大起。來到中軍發令，朝北山退兵。

次子司馬昭：「莫非諸葛亮無軍，故作此態？父親何故便退兵？」

司馬懿：「孔明平生謹慎，不會冒險。今大開城門，必有埋伏。我兵若進，必中其計，乃是自投羅網。眾軍，速退！」

馬謖自認其罪，孔明揮淚斬之。並對人言：「老夫悔不聽先主之言，自請其罪。即日班師回朝，向後主奏旨，自降三級，以警後日。」

作品定位

出處：台南六甲赤山龍湖巖
藝司：不明／老式剪黏
作品地址：台南市六甲區珊瑚路 198 巷 1 號

三國演義裝飾作品101回，到此落幕。

　　以空城計作結，乃是人生如戲，戲如人生。不論富貴貧賤或忠奸愚賢，到最後還是人間一場浮生夢。空手而來，空手而去。幕起，千嬌百媚，幕落，留予後人說。

大江東去，浪淘盡，千古風流人物。故壘西邊，人道是：三國周郎赤壁。亂石穿空，驚濤拍岸，卷起千堆雪。江山如畫，一時多少豪傑。

遙想公瑾當年，小喬初嫁了，雄姿英發。羽扇綸巾，談笑間，強虜灰飛煙滅。故國神遊，多情應笑我，早生華髮。人生如夢，一尊還酹江月。

──蘇東坡，〈念奴嬌·赤壁懷古〉

國家圖書館出版品預行編目（CIP）資料

走遊三國 101 回：跟著郭老師走廟趣看三國演義 / 郭喜斌著 .-- 初版 .-- 台
中市：晨星出版有限公司, 2023.10
　　面；　公分 .--（台灣地圖；53）
ISBN 978-626-320-619-9（平裝）

857.4523　　　　　　　　　　　　　　　　112014007

線上讀者回函，
加入馬上有好康。

台灣地圖 53

走遊三國 101 回：
跟著郭老師走廟趣看三國演義

作　　　　者	郭喜斌
主　　　編	徐惠雅
執 行 主 編	胡文青
校　　　對	郭喜斌、胡文青、王韻絜
美 術 編 輯	李岱玲
封 面 設 計	張蘊方
繪　　　圖	李岱玲、王顧明

創 辦 人	陳銘民
發 行 所	晨星出版有限公司
	台中市 407 工業區三十路 1 號
	TEL：04-23595820　FAX：04-23550581
	http：//star.morningstar.com.tw
	行政院新聞局局版台業字第 2500 號
法 律 顧 問	陳思成律師
初　　版	初版　西元 2023 年 10 月 05 日
讀 者 專 線	TEL：02-23672044 / 04-23595819#230
	FAX：02-23635741 / 04-23595493
	E-mail：service@morningstar.com.tw
網 路 書 店	http：//www.morningstar.com.tw
郵 政 劃 撥	15060393（知己圖書股份有限公司）
印　　刷	上好印刷股份有限公司
定　　價	490 元
I　S　B　N	978-626-320-619-9